Nora Miedler

Funkentanz

Weitere Titel in dieser Reihe:

Tamina Berger: Engelsträne
Tamina Berger: Frostengel
Ulrike Bliefert: Eisrosensommer
Ulrike Bliefert: Lügenengel
Ulrike Bliefert: Schattenherz
Juliane Breinl: Perlentod
Juliane Breinl: Feentod
Bettina Brömme: Rachekuss
Bettina Brömme: Todesflirt
Bettina Brömme: Frostherz
Bettina Brömme: Engelmord
Beatrix Gurian: Prinzentod
Beatrix Gurian: Höllenflirt
Beatrix Gurian: Liebesfluch
Beatrix Gurian: Lügenherz
Zara Kavka: Giftkuss
Zara Kavka: Höllenprinz
Agnes Kottmann: Hassblüte
Krystyna Kuhn: Schneewittchenfalle
Krystyna Kuhn: Märchenmord
Krystyna Kuhn: Dornröschengift
Krystyna Kuhn: Aschenputtelfluch
Kathrin Lange: Schattenflügel
Kathrin Lange: Septembermädchen
Inge Löhnig: Schattenkuss
Inge Löhnig: Scherbenparadies
Manuela Martini: Sommerfrost
Manuela Martini: Sommernachtsschrei
Manuela Martini: Puppenrache
Nora Miedler: Lügenprinzessin
Susanne Mischke: Nixenjagd
Susanne Mischke: Waldesruh
Susanne Mischke: Zickenjagd
Susanne Mischke: Rosengift

Nora Miedler

Funkentanz

Arena

FSC
www.fsc.org
MIX
Papier aus verantwortungsvollen Quellen
FSC® C110508

1. Auflage 2014

Covergestaltung: Frauke Schneider
Gesamtherstellung: Westermann Druck Zwickau GmbH
ISBN 978-3-401-06922-7

www.arena-thriller.de
www.facebook.com/arenathriller
Mitreden unter forum.arena-verlag.de

Prolog

Ich bin tot.

Das war der erste Gedanke, an den ich mich erinnern konnte. Angst verspürte ich keine in diesem Moment, auch keine Trauer und nicht das geringste Gefühl von Verlust. Im Gegenteil. Mein Körper fühlte sich schwerelos an, wohlig eingehüllt in eine warme, schützende Decke. Behaglich. Der Tod ist angenehm, dachte ich noch.

Bis ich auf einmal die Stimmen hörte. Und die Schmerzen kamen. Die Rückkehr ins Leben hatte begonnen. Unvorhersehbar, brutal und vollkommen erbarmungslos.

1

Der Strahl der Taschenlampe bohrte sich direkt in meine Netzhäute. Der Mann, der die Lampe hielt, hätte mir genauso gut brennende Streichhölzer zwischen die Lider schieben können

»Au-ah«, krächzte ich.

Keine Reaktion. Um ihm auf die Sprünge zu helfen, ergänzte ich: »Kopf.«

Er senkte die Lampe, nickte zufrieden. »Willkommen zurück unter den Lebenden.«

Wenn Leben sich so anfühlt, dann würde ich lieber darauf verzichten, dachte ich, doch die einzigen Worte, die über meine ausgetrockneten Lippen kamen, waren: »Kopf … au.«

Stimmengemurmel drang an mein Ohr. Anscheinend hatte ich wieder die Augen geschlossen, denn dass mir ein Wasserglas, an die Lippen gesetzt wurde, traf mich derart unerwartet, dass ich zusammenzuckte und den Inhalt auf meinem Oberkörper verschüttete.

Lauteres Stimmengemurmel. Egal. Ich spürte, wie an mir herumgezerrt wurde. Ganz egal.

Als ich die Augen das nächste Mal aufschlug, war der Mann mit der Taschenlampe wieder da. Das Folterinstrument steckte diesmal unschuldig in der Brusttasche seines weißen Kittels. Mein Kopf war trotzdem kurz vorm Zerspringen.

»Wie geht es dir?«

Langsam hob ich die Hand und legte sie an die Schläfe.

»Immer noch Kopfschmerzen?«

Ich wollte nicken, kam aber nicht weit, ohne aufzustöhnen.

»Du hast starke Medikamente von uns bekommen, die als Nebenwirkung Kopfschmerzen auslösen können. Ganz abgesehen davon, dass du eine Gehirnerschütterung hast, die sich gewaschen hat.«

Ich sah ihn an. »Wie –«, begann ich, verstummte aber sofort wieder, als ich bemerkte, wie übel mir beim Sprechen und beim Denken wurde.

Der Mann wartete ab, dann sagte er: »Emilia?«

»Wie –«, setzte ich erneut an, denn das interessierte mich jetzt wirklich, »wie –«

»Emilia –«, unterbrach mich der Mann und wandte sich dann an jemand anderen.

Doch ich wollte es wissen. »Wie wäscht sich eine Gehirnerschütterung und wer –«

»Sie können jetzt ihre Eltern hereinholen, Schwester.«

»– ist Emilia?«, vollendete ich meinen zweiten Gedankengang.

Der Mann klappte den Mund auf.

Ich war immer noch mit dem Bild einer Gehirnerschütterung beschäftigt, die sich selbst mit Seife einreibt, als die Tür aufflog und eine rundliche Frau in Jeans und T-Shirt ins Zimmer gestürmt kam. Der Weißkittel riss seinen Blick von mir los, fuhr herum und versperrte der Frau den Weg.

»Nein, nein. Einen Moment noch, Frau Schneider. Bitte, warten Sie noch kurz draußen.«

»Was? Nein. Emilia!«

»Pssst.« Das kam aus dem Mund einer anderen Frau. Sie trug auch einen weißen Kittel. »Leise. Ihre Tochter hat starke Kopfschmerzen. Sie müssen absolut leise sein.«

Tochter. Eine Welle der Übelkeit überrollte mich. Die Frau in Jeans streckte die Arme nach mir aus, während ich schützend den Kopf gegen das Kissen presste. Ich war mir ganz sicher, dass ich diese Person noch nie zuvor gesehen hatte.

»Emilia«, rief sie erneut und riss sich vom Arzt los.

Emilia. Tochter. Ich würgte und übergab mich aufs Bett.

Meine Rückkehr zu den Lebenden war wirklich nichts, wozu man mir gratulieren musste.

Ich konnte die Augen nie lange offen halten. Doch jedes Mal, wenn ich sie aufschlug, stellte ich fest, dass jemand anwesend war. Ärzte, Krankenschwestern und fast immer saß die besorgte Frau neben meinem Bett. Nach kurzer Zeit war sie in Begleitung eines Mannes, der sich nie setzte, sondern immer neben ihrem Stuhl stehen blieb. Sie redeten miteinander, so leise, dass ich nichts verstand, doch ich begriff, dass sie die ganze Zeit über mich sprachen. Ihre Anwesenheit machte mich so nervös, dass ich mich in meinen wenigen wachen Momenten schlafend stellte. Die meiste Zeit jedoch verbrachte ich im Dämmerzustand.

Wie ich später erfuhr, dauerte es fast vierundzwanzig Stunden, bis die Pausen zwischen den Schlafphasen endlich länger wurden.

Als ich wieder einmal zu mir kam, saß ein anderer Arzt auf meiner Bettkante – nicht der mit der Taschenlampe. Von den beiden Personen ohne Kittel war ausnahmsweise nichts zu sehen.

»Hallo, Emilia«, sagte er leise.

»Neineinein«, flüsterte ich. »Falsch.« Ich schloss die Augen – nur für einen Moment, redete ich mir ein – und wiederholte: »Alles falsch.«

Ich hatte keine Ahnung, wie viel Zeit vergangen war, als ich die Augen wieder öffnete. Die Situation war dieselbe – der Arzt saß auf meiner Bettkante, wir waren allein im Raum – doch ich fühlte mich wesentlich wacher.

»Wie geht es dir jetzt?«

»Besser.«

Er lächelte. »Das freut mich.«

Pause. Dann fragte er: »Weißt du in etwa, welchen Tag wir heute haben?«

Ich runzelte die Stirn, stöhnte, das Nachdenken tat immer noch weh. »Wieso? Ist heute – was Besonderes?«

»Du klingst besorgt«, stellte er fest.

»Hab ich irgendetwas vergessen?«, fragte ich und merkte, dass ich wirklich besorgt klang.

»Wie kommst du darauf?«, holte er zur Gegenfrage aus.

»Weil Sie von mir wissen wollen, welchen Tag wir haben«, erwiderte ich. »Das klingt so, als hätte ich irgendetwas Wichtiges vergessen, was heute ist. Ihren Geburtstag vielleicht?« Ich versuchte ein müdes Lachen, das offensichtlich misslang.

»Hast du noch immer so starke Kopfschmerzen«, erkundigte er sich.

»Ja.« Stöhnend bat ich: »Können Sie mir endlich erzählen, was los ist?«

Er hob die Augenbrauen. »Natürlich. Du bist seit zwei Tagen hier bei uns. Die Erstdiagnose lautet: massive Gehirnerschütterung und Riss des linken vorderen Kreuzbandes – «

»Was?«

»Dein Knie. Als Ersatz für das gerissene Kreuzband haben wir dir eine Sehne des Oberschenkelmuskels eingesetzt.«

Ich bewegte das linke Bein und ächzte. »Au, Scheiße!« *Das* tut die ganze Zeit so scheiße weh – ich dachte, es wäre nur mein Kopf!« Mir entging sein Gesichtsausdruck nicht und ich setzte ein rasches »Sorry, aber echt –« hinzu.

Jetzt lachte er leise. »Du hast recht. So was tut *echt scheiße weh.«*

»Und trotzdem ist der ganze Rest noch viel schlimmer.«

»Der ganze Rest?« Seine Augenbrauen waren mittlerweile am höchsten Punkt seiner Stirn angelangt. Ich wartete ab, doch noch höher stiegen sie leider nicht.

»Okay, Sie haben das Anstarren gewonnen«, sagte ich schließlich.

Seine Brauen verschwanden unter seinem Haaransatz. Also doch.

»Was genau meinst du, wenn du sagst *der ganze Rest?«*

Ich tat es ihm gleich und setzte zu einer Gegenfrage an: »Wie kommen Sie eigentlich alle auf die Idee, dass ich Emilia heiße?«

»Hast du denn einen anderen Namen?«, fragte er.

»Nein … ja – ich weiß nicht, ich …« Ich wusste gar nichts.

»Deine Eltern haben uns deinen Namen verraten.« Er sprach jetzt sehr behutsam.

»Ein Albtraum«, flüsterte ich.

»Wie bitte?« Er beugte sich vor.

»Meine Eltern.« Ich schnaubte. »Woher wissen Sie überhaupt, dass die beiden meine Eltern sind? Haben *sie* Ihnen das erzählt?«

Er lächelte und sah gleichzeitig schrecklich besorgt aus. »Was ist das Erste, an das du dich erinnern kannst?«

»Seit ich hier in diesem Krankenhaus bin?«

»Zum Beispiel. Ja.«

»Zum Beispiel?«

Er sagte: »Wir können es auch ausweiten. Was ist deine erste Erinnerung überhaupt?«

Ich nickte langsam, dann fixierte ich einen Punkt an der Wand hinter ihm und tat, als müsse ich überlegen. Dabei wusste ich, dass es nichts zum Überlegen gab. Und wahrscheinlich wusste er es in diesem Moment auch schon.

Die Wahrheit war, dass ich mich an überhaupt nichts erinnern konnte, was sich vor meinem Krankenhausaufenthalt ereignet hatte. Die Wahrheit war, dass ich mein Leben vergessen hatte. Ich hatte mich selbst vergessen.

Das gesamte Krankenhauspersonal ging bemüht sensibel mit mir um. Trotzdem wurde ich den Eindruck nicht los, dass sie keine Ahnung davon hatten, wie ich mich fühlte.

»Verlust des autobiografischen Gedächtnisses«, nannten die Ärzte meinen Zustand. Eine Krankenschwester sagte, ich hätte bestimmt Angst, weil ich mich an nichts, nicht einmal an meine eigenen Eltern erinnern könne.

Ängstlich … wenn das bloß alles gewesen wäre. Ich fühlte mich komplett überfordert, schämte mich zutiefst für meine Hilflosigkeit vor all diesen fremden Menschen und hatte gleichzeitig das Gefühl, dass ich niemandem trauen konnte. Außerdem war mir immer noch speiübel und schwindelig. Dazu noch der Harnbeutel, der öffentlich am Bett hing und sich ständig vor aller Augen füllte – ohne dass ich das Geringste dagegen tun konnte. Und dann noch diese fremde blonde Frau, die mich schon wieder abschmuste, als wäre ich ein Baby.

Am liebsten hätte ich sie weggestoßen.

»Eva, komm. Lass sie doch mal«, sagte ihr sonst so stummer Begleiter. Ich warf ihm ein kurzes dankbares Lächeln zu und erntete als Antwort ein kaum sichtbares Nicken. Jetzt sah ich ihn mir zum ersten Mal so richtig an. Meinen Vater. Seine Distanziertheit stand in krassem Gegensatz zu der besitzergreifenden Überschwänglichkeit seiner Frau. Sie war wie ein Känguru, hätte mich bestimmt am liebsten in ihren Beutel gesteckt. Er erinnerte mich hingegen an einen Igel. Ein stacheliger Einzelgänger, der sich zusammenrollt und alle anderen aussperrt. Sein Blick traf meinen. Ein weiteres kurzes Nicken, dann sah er wieder weg.

Was war los mit ihm? Beunruhigt wandte ich mich ihr zu. Sie hatte sich umgezogen, seit ich sie das letzte Mal gesehen hatte. Statt der Jeans und dem schweinchenrosanen T-Shirt trug sie jetzt eine schwarze Hose und eine schwarze Bluse, an deren Bund sie ständig zerrte, als hätte sie Angst, dass sie hochrutschen und ihren Bauch entblößen könnte. War ich genauso mollig wie sie? Ich hatte bisher nicht einmal daran gedacht, einen Blick unter die Decke auf meine

Figur zu werfen. Und ich würde es ganz bestimmt nicht jetzt vor den beiden tun.

Sie tätschelte schon wieder meine Hand und ich spürte, wie satt ich es hatte, dazuliegen und nichts zu wissen.

»Was genau ist denn eigentlich passiert?«, drängte ich. Das Känguru öffnete den Mund. Doch anstatt zu reden, fing sie zu schluchzen an. Oh Gott, was ging hier vor?

»Emiliamaus«, wimmerte sie.

Der Igel versteifte sich noch mehr als sonst.

Versteckte Kamera, schoss es mir plötzlich durch den Kopf. Genau, das war es. Gleich würde ein Fernsehteam hier auftauchen und laut lachend verkünden, dass man mich unter Drogen gesetzt und dann gründlich verarscht hatte. Vielleicht war ich berühmt. Und morgen würde irgendwo im Fernsehen eine Sendung laufen, in der gezeigt wurde, wie Filmstar oder Popstar »Emiliamaus« voll reingelegt worden war.

Warum, verdammt noch mal, konnte ich mich an irgendwelche Fernsehsendungen erinnern, aber nicht an meinen eigenen Namen? Geschweige denn an die beiden Menschen an meinem Bett, meine Mutter und meinen Vater? Mein Magen fing wieder an zu rebellieren.

Meine Mutter schnäuzte sich lautstark. »Wir haben so sehr gehofft, dass *du* uns sagen kannst, was eigentlich passiert ist.«

»Ich?«

Beide sahen mich an. Schlagartig kam mir ein furchtbarer Gedanke: Vielleicht war ich hier gar nicht das Opfer. Womöglich war ich selbst schuld an dem ganzen Schlamassel! Aber warum sagten sie mir das dann nicht?

»Hab ich irgendetwas getan?«, fragte ich.

Wie auf Kommando schüttelten beide den Kopf. Ich hatte keine Ahnung, ob ich ihnen glauben sollte, und noch weniger kapierte ich, warum ich ihnen alles aus der Nase ziehen musste.

»Wie bin ich denn überhaupt im Krankenhaus gelandet?«, versuchte ich es erneut.

Meine Mutter sah meinen Vater auffordernd an, doch der ließ sich auf einen Stuhl fallen und überließ ihr das Reden.

»Du bist gestern Nachmittag mitten auf der Straße gefunden worden – «, sie stockte, schlug sich ihre zitternde Hand vor den Mund. Ich blickte nervös zu meinem Vater, der aber nur hilflos die Schultern zuckte.

»Von wem?«

Sie holte ein paarmal tief Luft und schnäuzte sich ein weiteres Mal, bevor sie weitersprach. »Du bist vor ein fahrendes Auto auf die Straße gefallen. Zum Glück – ja, zum Glück konnte es rechtzeitig bremsen.«

»Dann war ich also vorher noch unterwegs? Und bin durch den Sturz auf die Straße bewusstlos geworden?«

»Nicht gleich. Du – du hast geschrien ... der Fahrer hat dich auf den Bürgersteig gehoben und den Krankenwagen gerufen. Bevor der kam, hattest du schon das Bewusstsein verloren.«

»Und was war davor? Wann habt ihr mich zum letzten Mal gesehen?«, fragte ich, während ich viel lieber gebrüllt hätte: *Wer bin ich? Wie bin ich auf diese Straße gekommen? Wieso erkenn ich euch nicht? Verdammte Riesenscheiße noch mal, wer bin ich?*

Das Einzige, das ich bislang wusste, war, dass ich vor ein

paar Wochen sechzehn Jahre alt geworden war. Und dass ich ein Einzelkind war.

»Nicht jetzt, Georg«, hörte ich meine Mutter rufen. Erst in diesem Moment erfasste mein Hirn, was mein Vater gerade gesagt hatte.

»Davor ist unser Haus abgebrannt?«, wiederholte ich entsetzt und registrierte irritiert die wegwerfende Handbewegung meiner Mutter. Als wäre die Sache gar nicht der Rede wert gewesen.

»Das ist doch Wahnsinn«, flüsterte ich. »Waren wir im Haus, als es gebrannt hat? War irgendjemand darin?«

Meine Eltern warfen sich einen Blick zu, bevor mein Vater antwortete: »Du warst anscheinend dort, denn du hast selbst die Feuerwehr gerufen –«

»– und durch den Schock, den das Feuer bei dir ausgelöst hat«, übernahm meine Mutter, »ist wahrscheinlich der Gedächtnisverlust zustande gekommen. Oder auch durch die Gehirnerschütterung, die du dir vermutlich bei der Flucht vor dem Feuer geholt hast – so wie auch die Knieverletzung.«

»Das heißt ja, dass ich im Haus drin war!« Ich stockte, bevor ich langsam fragte. »Bin ich auch schuld an dem Feuer?«

»Nein«, antworteten beide wie aus einem Mund und irgendwie zu schnell. Was verheimlichten sie mir? Mir kam ein neuer erschreckender Gedanke. »Das heißt, wir sind obdachlos!«

»Nein, nein«, beeilte meine Mutter sich zu versichern. »Wir haben gerade mitten im Umzug gesteckt. Das Haus war schon … fast leer.« Sie warf meinem Vater einen Blick zu. »Wir wohnen jetzt am Starnberger See, eine Autostunde von München entfernt. Wegen Papas Arbeit – und so. Letzte Woche haben wir das erste Mal dort übernachtet. Es ist sehr schön«, fügte sie leise hinzu.

Am Starnberger See? Ich hatte beim besten Willen keine Ahnung, wie ich mit dieser Information umgehen sollte, verspürte aber zumindest Erleichterung, dass wir ein Dach über dem Kopf hatten.

Meine Mutter sah plötzlich ganz traurig aus. »Und du erkennst uns wirklich gar nicht? Kein bisschen?«

»Ich kann mich nicht mal daran erinnern, wie ich selbst aussehe«, erwiderte ich und bereute es sofort, als sie aufsprang und verkündete: »Ich organisiere uns einen Spiegel!«

»Nein!«

Erschrocken sah sie mich an.

»Es ist nicht so wichtig, wirklich nicht. Ich hab jetzt keine Lust … in den Spiegel zu sehen.« Ich hoffte, dass sie mir die Lüge glaubten, und lenkte das Thema schnell in eine andere Richtung. »Ich kapiere das alles nicht. Ich kann mich nicht an euch erinnern, nicht an mich, nicht an unser Haus und auch nicht an den Umzug. Aber ich weiß, wo der Starnberger See liegt. Und München sowieso.« Ich überlegte kurz. »Wir sind doch hier in Bayern, oder?«

Sie nickten.

»Und Bayern liegt in Deutschland und Deutschland liegt in Europa, nicht wahr?«

»Ganz richtig. Super, Maus«, sagte meine Mutter mit feuchten Augen.

Ich verkniff mir ein Augenrollen.

Mein Vater räusperte sich. »Die Ärzte haben uns das erklärt. Du hast tatsächlich nur den persönlichen Teil deiner Erinnerungen verloren.«

»Na, zum Glück nur den unwichtigsten«, murmelte ich.

Es war wirklich faszinierend. Ich konnte jede Menge unnützen Wissens aus meinem Gedächtnis abrufen. Zum Beispiel wusste ich, dass das Royal Baby George hieß, wer die letzte Staffel von *Germanys Next Topmodel* gewonnen hatte und dass Brad Pitt vor einiger Zeit fünfzig geworden war. Ich hatte aber keine Ahnung, ob ich Brad Pitt mochte und woher ich wusste, dass er Schauspieler war. Filme mit ihm fielen mir im Moment keine ein, aber zumindest dass er mit Angelina Jolie zusammen war. Verdammt, ich hätte sogar aus dem Effeff die Namen aller *Brangelina*-Kinder aufsagen können.

Aber weder an unser altes Haus noch an den Umzug konnte ich mich erinnern. Ich hatte keine Vorstellung von meinen Freunden oder davon, wie ich selbst tickte, davon, ob ich nett war, lieb, böse, ungeduldig, ehrgeizig, schüchtern oder dumm. Oder alles zusammen.

Ich hatte nicht die geringste Idee, wer ich war. Das Einzige, das mir übrig blieb, war, den Leuten zu glauben, was sie mir über mich erzählten.

Als ich in die müden, abgekämpften Gesichter der beiden Menschen sah, die mir wohl am nächsten standen, fühlte ich zum ersten Mal eine Verbundenheit zwischen uns.

Erst jetzt bemerkte ich, dass auch er schwarz gekleidet war. Als wäre ich gestorben, schoss es mir durch den Kopf.

Ich musterte meinen Vater und überlegte, ob ich ihm wohl ähnlich sah. Er war so groß, dass er ständig die

Schultern einzog, als könnte er so auf eine Ebene mit den durchschnittlich großen Menschen kommen. Sein Haar war dunkel und schütter und auf Wangen und Kinn sprossen vereinzelt ein paar Inseln aus Bartstoppeln. Kein modischer Dauerzustand, nahm ich an, sondern nur das Resultat ein paar schlafloser Nächte und sorgenvoller Tage, kombiniert mit einem denkbar ungünstigen Bartwuchs. Automatisch hob ich die Hand an mein Gesicht und strich mir über die Wange. Keine Bartstoppeln. Na immerhin.

Als ich den Versuch unternahm, möglichst unauffällig Haarsträhnen aus meinem Kopfverband zu zupfen, räusperte sich mein Vater: »Na, Emilia«, sagte er und mir fiel auf, dass es das erste Mal war, dass er freiwillig das Wort an mich richtete. »Willst du nicht doch mal in den Spiegel sehen? Das muss doch … unangenehm sein, wenn man nicht weiß, wie man aussieht.«

»Sehe ich dir ähnlich?«, fragte ich, woraufhin er unschlüssig dreinsah. »Es geht so.«

Vielleicht bin ich nicht seine leibliche Tochter, sondern seine Stieftochter, dachte ich. Die ungeliebte Stieftochter.

Meine Mutter schoss von ihrem Stuhl hoch: »Jetzt hole ich aber einen Spiegel!«

»Nein«, rief ich, selbst überrascht von der Vehemenz, die in meiner Stimme lag. Doch der Gedanke, hier vor meinen Eltern mein Gesicht sehen zu müssen, war unerträglich. Ich wollte unbedingt allein sein, wenn ich mich das erste Mal sah.

»Du brauchst dir keine zu Sorgen machen. Du bist wunderschön, Emilia«, versicherte meine Mutter, ließ sich aber brav zurück auf den Stuhl fallen.

Obwohl in meinem Kopf immer noch alles ziemlich wirr war, hätte ich fast über die Absurdität der Situation lachen müssen. Unser Haus war abgebrannt, ich hatte mein Gedächtnis verloren, aber Hauptsache, meine Mutter sagte mir, ich solle mir keine Sorgen machen, denn ich sei wunderschön.

»Wem von euch sehe ich denn ähnlicher?«, fragte ich.

»Die Augenform hast du von deiner Mutter«, verriet mein Vater.

Ich nickte und versuchte, mir nicht anmerken zu lassen, dass ich mich darüber freute. Die Augen meiner Mutter waren groß und rund und von einem strahlenden Blau. Sie passten zu ihrem runden Gesicht, das zwar momentan ziemlich verhärmt aussah, aber auch das schob ich auf die Umstände. Ihre Nase war breit und ihre Lippen voll, aber klein. Eigentlich sah sie aus wie ein ganz junges Mädchen, das man in den Körper – samt Falten – einer Mittvierzigerin gesteckt hatte.

»Und die Farbe?«, fragte ich weiter. »Hab ich die von dir?«

Er schüttelte den Kopf.

»Deine Augen sind grün. Da haben sich frühere Generationen durchgesetzt«, erklärte meine Mutter und versicherte dann noch einmal: »Du bist wirklich ganz wunderschön.«

»Frühere Generationen?«, hakte ich nach, »Großeltern? Sind sie –« Ich zögerte und meine Mutter nahm mir das Weitersprechen ab, indem sie auf eindeutige Weise den Kopf schüttelte.

Meine Eltern hatten beide keine Eltern mehr?

»Meine Haare waren früher übrigens auch rot«, unterbrach meine Mutter meine Gedanken.

Ich sah sie fragend an. Rot? Ich hatte es immer noch nicht geschafft, eine Haarsträhne aus dem Verband zu bekommen.

In diesem Moment kam eine Krankenschwester herein, legte mit den Worten »für die Verdauung« eine große gelbe Tablette auf mein Nachtschränkchen, nahm den Krug, füllte ihn im anliegenden Waschraum mit Wasser, stellte ihn knallend zurück an seinen Platz und verschwand wieder.

Meine Mutter füllte Wasser in ein Glas und hielt mir die Tablette hin.

»Danke, aber das kann ich schon selbst«, sagte ich und rang mir dann ein Lächeln ab, um meiner Reaktion im Nachhinein die Schärfe zu nehmen. Das Ding würde ich keinesfalls schlucken. Wer wollte schon eine gute Verdauung haben, wenn der Weg zum Klo ein solches Hindernis darstellte?

Mein Vater nickte, schlug die Hände auf die Oberschenkel und stand auf. »Wir sollten Emilia jetzt schlafen lassen«, sagte er zu meiner Mutter. »Komm, Eva.«

Ich nickte. Unendlich dankbar für die Aussicht, endlich allein sein zu können.

Meine Mutter zögerte. »Aber es ist doch erst acht. Was wirst du denn den ganzen Abend machen?«

Endlich mal in den Spiegel gucken. »Fernsehen gucken«, sagte ich und gähnte demonstrativ.

Sobald sich die Tür hinter ihnen geschlossen hatte, setzte ich mich ruckartig auf, etwas, das ich gleich fürchterlich bereute. Schwer zu sagen, was schlimmer war. Der stechende Kopfschmerz, der dumpfe Knieschmerz oder die plötzliche Übelkeit, die in meinen Körper schoss. Ich stöhnte und brauchte mehrere Minuten, bis sich mein Magen halbwegs beruhigt hatte.

Anschließend nahm ich ein paar ganz bewusste Atemzüge und raffte mich auf, die Beine aus dem Bett zu bekommen. Allein den rechten Fuß auf den Boden zu setzen, dauerte schon eine Ewigkeit. Das linke Bein konnte ich nur unter Mithilfe beider Hände aus dem Bett befördern.

Sollte ich doch eine Schwester rufen? Ich hielt mich am Nachtschränkchen fest und zog mich langsam in die Vertikale. Schwankend wartete ich, bis die neue Welle der Übelkeit abebbte. Nein, keine Schwester. Ich musste allein sein, wenn ich in den Spiegel sah. An der anderen Seite des Bettes entdeckte ich Krücken und fluchte laut. Was würde wohl länger dauern? Mich wieder zurück aufs Bett zu hieven, um an die Krücken zu gelangen, oder auf die Dinger zu pfeifen und auf einem Bein den kurzen Weg zum Waschraum zu hüpfen. Ich entschied mich für die zweite Variante.

Mit pochendem Kopf, pochendem Knie und dem ungeliebten Harnbeutel in der Hand hüpfte ich zum Bad. An der Tür angekommen, hielt ich mich für einen Moment an der Klinke fest. Dann raffte ich mich für die letzten beiden Sprünge zum Spiegel auf, der sich wie erwartet in dem kleinen Badezimmer über dem Waschbecken befand. Ich hielt mich fest und hob langsam den Kopf, um mein Spiegelbild sehen zu können.

Zehn Minuten später stand ich immer noch vor dem Spiegel – und immer noch hatte ich keine Ahnung, wie ich aussah. Ich brachte es einfach nicht über mich, die Augen zu öffnen. Wie würde es sich anfühlen, sich selbst anzusehen und nicht zu erkennen?

Die letzten Stunden war ich kein einziges Mal den Tränen nahe gewesen, doch nun lauerten sie hinter meinen geschlossenen Lidern. Die Kälte der Fliesen stieg in meine nackten Fußsohlen, ich fror in dem unförmigen Nachthemd. Dazu noch der Harnbeutel, den ich wie ein Handtäschchen mit mir herumtrug. Ich holte tief Luft. Unwillig, meiner Angst nachzugeben, nahm ich meinen ganzen Mut zusammen. »Scheiß drauf«, rief ich und riss die Augen weit auf.

»Oh«, machte ich. »Oh. Okay.« Das war nun also ich. Ich erkannte mich tatsächlich nicht. Ein kleines blasses fremdes Gesicht sah mir entgegen, dessen linke obere Hälfte gelb und angeschwollen war. Vermutlich hätte man mein Gesicht jedoch auch ohne diese Schwellung nicht gerade als wunderschön bezeichnet. Es sei denn, man war meine Mutter.

Am auffälligsten waren sicher die Augen. Groß und rund und von einem so reinen Grün, dass darin nicht mal der Hauch einer anderen Farbe zu erkennen war. Meine Nase fand ich in Ordnung, nur ein bisschen schief. Konnte es sein, dass sie gebrochen war?

Die Gesichtsform war schmal, der Mund breit. Ganz

oben aus dem Kopfverband quoll ein dicker, karottenroter Haarknödel heraus. *So* rot also.

Ob mich da draußen in der Welt irgendjemand attraktiv fand? Dieser Frage folgte sofort eine ganze Reihe Gedanken, so viele und mit einer solchen Intensität, dass ich das Gefühl hatte, jeglichen Halt zu verlieren. Meine Hände krampften sich um das Waschbecken, während ich mich fragte, ob ich da draußen einen Freund hatte. Ich horchte in mich hinein, bekam aber keine Antwort, weder aus meinem Herzen noch aus meinem Bauch und schon gar nicht aus meinem Kopf. Ich war mir selbst so fremd, dass ich noch nicht einmal wusste, ob ich überhaupt auf Jungs stand.

Wie kann man so etwas nicht wissen! Ein plötzliches Gefühl der Einsamkeit erfasste mich. Das Gesicht im Spiegel verschwamm hinter meinen Tränen. »Wer bist du?«, flüsterte ich.

Mein Spiegelbild blieb mir die Antwort schuldig. Doch etwas anderes passierte. Ich schaffte es, mich mit dem blassen schmalen Gesicht, den karottenroten Haaren, der leicht schrägen Nase und den breiten Lippen anzufreunden. Auch wenn ich keinesfalls die prachtvolle Schönheit war, die meine Mutter mir versprochen hatte, verspürte ich dennoch einen unverhofften Stolz darauf, dass ich irgendwie außergewöhnlich aussah.

Ich hob den Ausschnitt des Nachthemdes und warf einen vorsichtigen Blick auf meinen Körper. Hmm, na ja, vielleicht wurde das mit dem Busen ja noch was. Was ich sonst von meiner Figur sah, gefiel mir. Schlank, aber nicht mager. Ja, doch, damit konnte ich leben.

Ein Knall ließ mich zusammenfahren. Ich stand stocksteif da und lauschte. Mit pochendem Herzen versuchte ich, mich zu beruhigen, dass sicher nur die Zimmertür zugefallen war. Wahrscheinlich hatte die Nachtschwester einen Blick hineingeworfen. Doch hätte die nicht an die Badezimmertür geklopft, um mich zu suchen? Ich hüpfte zurück ins Zimmer und blickte mich misstrauisch um. Alles sah aus wie vorher.

Ich hievte mich zurück ins Bett und griff gerade nach den beiden Fernbedienungen, die man brauchte, um den Fernseher einzuschalten, als ich kapierte, dass doch etwas anders war als vorher. Die gelbe Tablette, die ich vorhin zurück aufs Nachtschränkchen gelegt hatte, war verschwunden. Egal, ich hatte ohnehin nicht vorgehabt, sie zu schlucken – aber komisch war es schon.

In der folgenden Nacht ließen meine Kopfschmerzen nach. Trotzdem hätte ich die Schwester erwürgen können, die um sechs Uhr morgens reingeprescht kam, mir ein Fieberthermometer unter die Achsel steckte und sich nach meinem Befinden erkundigte. Ich war zu keiner Antwort fähig, hatte aber auch nicht den Eindruck, dass sie eine erwartete.

»Kein Fieber«, rief sie eine Minute später triumphierend, als wäre ich deswegen ab sofort geheilt. »Kaffee oder Tee?«

»Bitte was?«, stöhnte ich.

»Kaffee oder Tee?«

»Ich weiß es nicht«, antwortete ich.

Sie tätschelte kurz meine Hand. »Ganz ruhig. Ich bring dir beides, dann wirst du gleich merken, was dir besser schmeckt.«

»Schwester«, rief ich ihr nach, als sie schon fast aus der Tür war.

»Was denn?«

»Kann es sein, dass die Nachtschwester die Verdauungstablette wieder mitgenommen hat?«

Sie sah mich irritiert an und es dauerte einige Zeit, bis sie verstanden hatte, was ich meinte.

»Ach so. Die ist vielleicht runtergefallen und liegt jetzt unterm Bett. Oder du hast sie doch geschluckt und es einfach nur vergessen«, fügte sie hinzu und verschwand summend durch die Tür.

Ich drehte mich zur Seite. Obwohl ich mir im Klaren darüber war, dass die Schwester den letzten Satz einfach nur gedankenlos dahingesagt hatte, brannte sein Echo in meinem Kopf.

»Nein«, sagte ich und biss die Zähne zusammen. Ich hatte die Tablette nicht geschluckt, das wusste ich.

Ich trank weder Tee noch Kaffee, sondern schüttete stattdessen gläserweise Wasser in mich hinein. Und ich aß mit großem Appetit drei Brote, die ich mir dick mit Butter, Marmelade und Honig bestrich. Ich war zufrieden, dass sie in etwa so schmeckten, wie ich mir das vorgestellt hatte.

Als ich beim dritten Brot angelangt war, klopfte es an der Tür. Ich erwartete, meine Eltern zu sehen, und spürte einen unerwarteten Stich der Enttäuschung, als stattdessen ein hochgewachsener Mann mit energisch flatterndem Kittel hereingeweht kam.

Im Schlepptau hatte er den Arzt mit der Taschenlampe. Beide würdigten mich weder eines Blickes noch eines

Grußes, sondern hängten die Köpfe über die mitgebrachte Krankenakte.

»Guten Morgen«, sagte ich laut.

Zwei überraschte Blicke trafen mich.

»Guten Morgen«, wiederholte ich.

»Wie geht es dir heute, Emilia?«, fragte der Arzt, den ich schon kannte.

Gut genug, um mitzubekommen, wenn Leute kein Benehmen haben, dachte ich. »Aus-ge-zeichnet«, sagte ich. »Besser könnte es mir nur noch gehen, wenn ich mein Gedächtnis wiederhätte beziehungsweise mir jemand sagen könnte, wie in etwa die Chancen stehen, meine Erinnerungen jemals zurückzubekommen.«

Der neue Arzt näherte sich meinem Bett. »Deinen Sinn für Ironie scheint die Amnesie jedenfalls nicht beeinträchtigt zu haben.«

Zu meinem Ärger spürte ich, dass ich rot wurde. »Wir kennen uns noch nicht, oder? Mein Name ist Emilia Schneider – hat man mir gesagt.«

Keine Ahnung, warum ich heute so zickig war. Der Idiot ging mir einfach auf die Nerven.

»Dr. Springer ist Spezialist für Amnesie. Er ist leitender –«

Blablabla. Ich setzte einen interessierten Gesichtsausdruck auf, hörte aber nicht mehr zu. In der Hoffnung, dass der Herr Spezialist beruflich mehr draufhatte als menschlich, formulierte ich in meinem Kopf bereits ein paar Fragen, die ich ihm stellen wollte.

»Was ist das Erste, an das du dich erinnerst?«

Am liebsten hätte ich laut geflucht. Ich hatte diese Frage

mittlerweile schon so oft beantwortet, dass doch eigentlich alle wissen mussten, dass die Antwort zu nichts führte.

Ich stellte eine Gegenfrage. »Wie viele Patienten mit – *meinem Problem* haben Sie schon behandelt?«

»Sag mir bitte, was das Erste ist, an das du dich erinnern kannst.«

Ich tat es ihm gleich und ignorierte seine Frage. »Und wie viele haben ihr Gedächtnis wiederbekommen?«

Springer und Kollege tauschten einen Blick. Ich seufzte.

»Also gut. Das Erste, an das ich mich erinnern kann, war, wie *Sie«* – ich deutete auf meinen besonderen Freund unter den Weißkitteln – »mir mit der Taschenlampe in die Augen geleuchtet haben.«

Die beiden steckten die Köpfe zusammen. »Das war am Montagabend, etwa sechs Stunden nach der Einlieferung.«

»Mhm, mhm, verstehe.«

Ach ja? Ich nämlich nicht.

»Gibt es überhaupt Leute, die ihr Gedächtnis wiederbekommen haben?«, wollte ich wissen und spürte zu meinem Entsetzen, dass mir Tränen in die Augen stiegen.

»Natürlich!«

Ich blinzelte die Tränen weg, überrascht von dieser so überzeugt vorgetragenen positiven Antwort. Doch Springer hatte noch etwas hinzuzufügen: »Selbstverständlich sprechen wir nicht immer von einem solchen Ausmaß der Amnesie. So etwas kommt zum Glück nur sehr selten vor.«

»Zum Glück«, wiederholte ich.

Von jetzt an stellte ich mich immer öfter schlafend, wenn Springer mich besuchen kam. Die Krankenschwestern hielten ihn davon ab, mich zu wecken, und ich musste nicht die Augen öffnen, um mitzubekommen, wie sehr sie sich freuten, wenn er wieder einmal umsonst in mein Zimmer gerauscht kam, als wäre er Hippokrates persönlich.

Die Tage im Krankenhaus vergingen und ich begann, mich stündlich fitter zu fühlen – geistig wie körperlich. In meinen Alltag hatte sich eine gewisse Routine eingeschlichen, deren Eckpunkte die drei Mahlzeiten am Tag bildeten. Kaum war das Frühstück vorbei, wartete ich schon aufs Mittagessen, nicht aus Hunger oder Appetit, sondern einfach nur aus Langeweile.

Vorsichtig erkundigte ich mich bei meinen Eltern nach meinen Freunden. Allmählich kam es mir komisch vor, dass niemand außer den beiden mich besuchen kam oder auf andere Art Anstalten machte, sich zu melden.

»Deine Freundinnen sind noch in den Ferien«, wurde mir erklärt. »Sibel ist die ganzen sechs Wochen bei ihren Großeltern in Izmir und Luna noch bis Mitte August in Sprachferien in Cornwall.«

Ich sah meine Mutter abwartend an, doch entweder hatte ich nur zwei Freundinnen oder sie hielt nur diese beiden für erwähnenswert.

Ich schloss für einen Moment die Augen.

Sibel.

Luna.

Nichts. Mein Hirn weigerte sich, irgendeine Reaktion auf diese beiden Namen zu zeigen.

»Kenne ich die zwei schon lange? Sind wir ein Dreier-Gespann – oder kennen sich die beiden gar nicht?«

»Doch, doch. Ihr drei seid beste Freundinnen. Ihr kennt euch, seitdem ihr gemeinsam aufs Gymnasium gekommen seid.«

Aus der Richtung meines Vaters war ein schweres Seufzen zu hören. Meine Mutter und ich sahen ihn fragend an. Er zuckte mit den Schultern.

Wäre ich mit meiner Mutter alleine gewesen, dann hätte ich sie vielleicht gefragt, ob es da noch jemanden in meinem Leben gab. Einen festen Freund vielleicht. Doch vor dem Igel wollte ich dieses Thema nicht ansprechen. Ich wusste ja nicht mal, ob ich unter normalen Umständen solche Dinge mit meinen Eltern besprach.

Nervös beobachtete ich, wie meine Mutter die Bettdecke aufschüttelte und anschließend glatt strich. Es machte mich fertig, nicht zu wissen, wie das bisherige Verhältnis zu meinen Eltern gewesen war, und mich gleichzeitig total natürlich ihnen gegenüber verhalten zu müssen. Schließlich waren sie die Menschen, die sich ein Leben lang um mich gekümmert hatten; auch wenn ich das Pech hatte, mich an nichts davon erinnern zu können.

Am Abend, nachdem meine Eltern gegangen waren, bekam ich Besuch von meinem Lieblingsarzt. Der ohne Professorentitel und Taschenlampe.

In gewohnter Manier schossen seine Augenbrauen nach oben, kaum dass ich ihn begrüßt hatte.

»Gut, dass Sie kommen. Es gibt ein paar Dinge, die mir im Kopf herumgehen«, sagte ich und verzog das Gesicht, als ich bemerkte, wie das klang. »Ha! Platz zum Herumgehen ist ja genug da drin.« Ich pochte mit der Faust auf meine Stirn. »Kaum was vorhanden, was im Weg stehen könnte.«

»Tatata«, kam es streng von meinem Gegenüber. »In deinem Gehirn befinden sich mindestens hundert Milliarden Nervenzellen, die rege Arbeit leisten. Ich habe es selbst am MRT gesehen.«

»Und Sie haben sie wirklich alle gezählt?«

»Jede einzelne«, versicherte er und ich spürte, wie sich mein Mund zu einem Lächeln verzog.

»Emilia«, er nahm seinen gewohnten Platz auf der Bettkante ein. »Du weißt, wie ein Computer funktioniert – oder?«

Ich verdrehte die Augen.

»Ich deute das als Ja. Wunderbar.« Er drehte den Speiseplan um, der auf dem Beistelltischchen lag, und zog einen Kugelschreiber aus seiner Brusttasche. »Pass auf – hier haben wir dein Gedächtnis.«

»Ja, das dürfte hinkommen«, sagte ich mit Blick auf das welke Salatblatt, das er aufgemalt hatte. Er ließ sich nicht aus der Ruhe bringen und teilte sein Kunstwerk in drei etwa gleich große Teile. In einen schrieb er *proz.*, in den nächsten *sem.* und in den dritten *aut.*

»Und was hat das mit einem Computer zu tun?«, fragte ich.

Er malte in Druckbuchstaben das Wort Festplatte über seine Skizze.

»Verstehe. Mein Gedächtnis ist eine Festplatte. Die ist gelöscht, weil mein Computer einen Systemfehler erlitten hat.«

»Falsch«, sagte er triumphierend. »Erstens ist nur ein Teil

der Festplatte betroffen. Zweitens kann von gelöscht gar keine Rede sein, der Zugang ist ganz einfach blockiert.« Er wartete ab. »Okay?«

Ich nickte.

»Schau mal, das hier ist das prozedurale Gedächtnis. Da sind Dinge gespeichert wie das Sprechen, Gehen oder das Essen mit Messer und Gabel.«

»Mhm.«

»Der Teil funktioniert wunderbar. Genauso wie der semantische.« Er tippte auf die passende Abkürzung in seiner Skizze. »Hier liegt dein erlerntes Wissen. Du hast meinem Kollegen vorhin sämtliche Mitgliedsstaaten der EU aufgezählt. Also, wenn *dein* semantisches Gehirn nicht funktioniert, dann weiß ich auch nicht.«

Es klang beinahe bewundernd und ich fühlte mich eigenartig stolz. Bevor ich rot werden konnte, sagte ich schnell: »Bleibt also noch der *Aut-Teil* – mit dem habe ich es wohl nicht so.«

Er nickte und beugte sich über die Zeichnung, als könnte er die Informationen dort ablesen. »Der autobiografische Teil ist momentan verschüttet, ja. Sagen wir mal, der Zugang zu diesem Stück der Festplatte ist zurzeit unterbrochen. Aber an sich ist die Platte noch da und der Inhalt ist keinesfalls gelöscht.«

»Darum kann ich mich zum Beispiel an Filme erinnern, aber nicht daran, dass ich sie oder mit wem ich sie geschaut habe?«

»Genau. Dein semantisches Gedächtnis speichert nicht nur Schulwissen, sondern auch – hm, nennen wir es – Unterhaltungswissen. Eben zum Beispiel Filme, mögliche

Zeitungsartikel, die du gelesen hast, und sogar Musik. Du kannst die allgemeine Information darüber abrufen, aber nicht die persönliche Information dahinter.«

»Es gibt etwas, das ich gar nicht verstehe«, gestand ich ihm. »Ich hab versucht, das mit dem Herrn Spezialisten zu besprechen, aber der ist, glaub ich, mehr an seinen eigenen Fragen interessiert.«

An seinem kurzen Kichern erkannte ich, dass er meine Meinung über seinen Kollegen teilte.

»Mich duzen alle hier –«

»Oh«, machte er.

Ich winkte ab. »Nein, das ist schon okay. Das ist mir sogar viel lieber. Ich frage mich nur die ganze Zeit, warum ich mich nie darüber gewundert habe. Ich wusste doch nicht, dass ich erst sechzehn bin. Und trotzdem habe ich mich duzen lassen, während ich selbst brav alle gesiezt habe. So, wie ich es wahrscheinlich von früher gewohnt war, oder?«

»Da hast du etwas sehr Wichtiges erkannt – ich darf dich doch weiter duzen, oder? –«

Ich rollte ungeduldig mit den Augen.

»Wir wissen nach wie vor so wenig über diese Form der Amnesie, dass wir selbst nur raten können. Uns ist das auch aufgefallen und es gibt zwei Thesen dazu. Professor Springer – der Spezialist, wie du ihn nennst – vertritt die These, dass du das Siezen in deinem semantischen Gedächtnis abgespeichert hast oder sogar in deinem prozeduralen. Er meint, dein Körper könnte auf das Siezen trainiert sein, wie er aufs Fahrradfahren trainiert ist. Mir gefällt die andere These besser.«

Ich schaute ihn neugierig an.

»Und zwar die, dass einfach deine Intuition wunderbar funktioniert. Die Intuition hat zwar viel mit persönlichen Erfahrungen, aber nicht ausschließlich damit zu tun.« Er zuckte entschuldigend mit den Achseln. »Das ist mit Sicherheit der Grund, warum du bisher keine Antwort auf deine Frage bekommen hast. Ärzte geben es nämlich gar nicht gerne zu, wenn sie überfragt sind.«

»Ich komme mir hier manchmal wie ein Versuchskaninchen vor.«

Er schüttelte den Kopf. »Nein, so schlimm ist es nicht. Aber natürlich geht es unter anderem darum, die Therapiemöglichkeiten stetig zu verbessern. Natürlich hofft man, dass kommende Fälle von deinem profitieren können – genauso wie du von bisherigen Patienten profitierst.« Er holte tief Luft. »Ich habe deinen Eltern anfangs sehr davon abgeraten, die Stadt und damit dein gewohntes Umfeld zu verlassen. Um deine persönlichen Erinnerungen zurückzubekommen, wird es wichtig sein, dass du bald einmal mit deinen Freunden zusammentriffst. Und auch deiner alten Schule solltest du möglichst schnell einen Besuch abstatten. Außerdem ist es wichtig, dass du weiter betreut wirst. Ich habe heute schon mit einem Kollegen unten in Starnberg telefoniert, der bereits einige Erfahrung mit Amnesiepatienten hat. Jedenfalls mehr als ich.« Er grinste leicht ironisch, dann nickte er. »Seine Daten stehen im Arztbrief, den du mitbekommst, und deine Eltern haben versprochen, dich schleunigst bei ihm anzumelden.«

Er wollte aufstehen, doch ich hielt ihn mit einer Frage

zurück: »Was soll ich machen, wenn meine Erinnerungen nicht zurückkommen?«

Er überlegte nicht lange. »Ich kenne dich ja erst ein paar Tage, aber eins hab ich sofort gemerkt – egal ob mit oder ohne Erinnerungen an deine ersten sechzehn Jahre –, du bist eine Kämpferin. Jemand, der sich auf seine Hinterbeine stellt, anstatt davonzulaufen. Ich hatte bisher ein einziges Mal mit einem Patienten zu tun, der an einer autobiografischen Gedächtnisstörung litt. Ein Mann. Doppelt so alt wie du. Aber er hat die Diagnose nicht halb so gut verkraftet.« Er stand auf.

Ich wusste, dass das sein Schlusssatz gewesen war. Sein persönliches Kompliment an mich, sein Appell an mein Selbstvertrauen. Doch ich konnte ihm meine Frage trotzdem nicht ersparen. »Ist sein Gedächtnis zurückgekehrt?«

Der Arzt hob die Augenbrauen und zögerte. Ich schüttelte den Kopf. War ja klar gewesen.

Er sagte: »Ich weiß es nicht. Er ist am zweiten Tag der Amnesie aus dem Krankenhaus geflohen, weil er meinte, alle Psychiater seien Quacksalber.« Er zuckte grinsend mit den Schultern.

Ich lächelte.

»In diesem Sinne, Emilia«, jetzt waren tatsächlich die Schlussworte gekommen, »ist heute beschlossen worden, dass du am Samstag das Krankenhaus verlassen kannst.«

In der letzten Nacht vor meiner Heimkehr schlief ich kaum. Stattdessen zermarterte ich mir den Kopf, wie mein Leben mit dem Igel und dem Känguru aussehen würde. Einerseits konnte ich es kaum erwarten, den Krankenhausalltag endlich hinter mir zu lassen, andererseits fürchtete ich mich vor allem, was danach kam.

Was, wenn ich in der richtigen Welt gar nicht mehr zurechtkam? Hier drin kannte ich wenigstens die Ärzte und das Pflegepersonal. Ich kannte die Frau, die jeden Morgen leise hereinkam und den Boden in meinem Zimmer wischte, und ich wusste, dass sie immer zur selben Zeit kam. Außerdem war ich in den letzten elf Tagen vor keine schwierigere Entscheidung gestellt worden, als zwischen Mittagsmenü 1 und 2 zu wählen. Und ich hatte hier immer wieder ein paar Stunden Auszeit vom Geglucke meiner Mutter gehabt. Würde mir das zu Hause auch gelingen? Von meinem Vater erwartete ich mir hier keine große Unterstützung. Seine Distanziertheit mir gegenüber hatte er in der gesamten Krankenhauszeit nicht abgelegt. Vielleicht war das einfach nur seine Art, aber irgendwie wurde ich das Gefühl nicht los, dass er etwas gegen mich hatte.

Ich schloss die Augen und versuchte, den Gedanken an ihn zu verdrängen. Bisher hatte sich mir keine Gelegenheit geboten, mit meiner Mutter alleine zu sprechen. Zumindest das sollte zu Hause dann möglich sein. Vielleicht konnte sie meine Fragen über ihn beantworten. Vielleicht war er ja immer schon so zu mir gewesen. Vielleicht hatte er mich von Anfang an nicht haben wollen.

Vom Gang hörte ich das Lachen des Nachtpflegers. Wahrscheinlich flirtete er wieder mit der hübschen Krankenschwester, die gemeinsam mit ihm Dienst hatte.

Erneut fragte ich mich, ob ich da draußen vielleicht einen Freund hatte? Einen, von dem meine Eltern nichts wussten und der gerade völlig verzweifelt war, weil er nicht herausbekommen konnte, warum und wohin ich seit fast zwei Wochen verschwunden war.

Mein Blick fiel aus dem großen Krankenhausfenster. Der Vorhang war nicht zugezogen und der Mond schien so nah zu sein, als hätte man ihn extra für mich dort aufgehängt. Vollmond. Vielleicht auch ein Grund, warum ich nicht schlafen konnte. War ich eigentlich abergläubisch?

Ich lag noch lange wach. Und schlief erst ein, als ich an ein Kängurubaby dachte, das zu seiner Mutter in den Beutel kletterte, in dem es sich sicher und geborgen fühlte.

2

Meine Eltern brachten mich also nach Hause. Meine Eltern. Mich. Nach Hause. Die Worte klangen immer noch seltsam und fremd.

Mein Vater fuhr den dunkelblauen SUV, während meine Mutter sich im Minutentakt zu mir nach hinten drehte.

Ach Mama, sagte ich innerlich. Und wünschte, ich würde den Mut aufbringen, sie auch laut so zu nennen.

»Mir geht's gut«, versicherte ich. Meine Mutter lächelte beruhigt und wandte sich nach vorne. Keine Minute später ertappte ich sie schon wieder bei einem Blick nach hinten.

»Mir geht's gut«, wiederholte ich mürrisch und fragte dann aus einem plötzlichen Impuls heraus: »Bin ich eigentlich oft so zickig?«

»Oft«, bestätigte mein Vater. Unsere Blicke trafen sich im Rückspiegel und ich erkannte an seinem vorsichtigen Lächeln, dass seine Antwort unter Umständen scherzhaft gemeint gewesen war. Ich lächelte zurück. Vielleicht taute er wirklich allmählich auf.

Er räusperte sich. »Jetzt sind wir bald da.« Ich schielte aus dem Fenster, nahm die Landstraße und die Wiesen wahr und fragte mich, wie klein und ländlich dieses Kaff eigentlich sein sollte.

Meine Mutter, der keiner meiner Blicke entging, beruhigte mich schnell: »Es ist kein Wunder, wenn dir die Gegend hier nicht bekannt vorkommt, wir sind ja gerade erst hergezogen.«

Ich verzichtete darauf, ihr zu erläutern, dass es sowieso kein Wunder war, dass ich mich an nichts erinnerte, dass das einzige Wunder gewesen wäre, *wenn* ich mich an was erinnert hätte.

Wir fuhren von einer winzigen Ortschaft in die nächste. Langsam schwante mir Böses. »Ist das so ein richtiges Dorf, wo wir wohnen?«

Meine Mutter warf einen Hilfe suchenden Blick zu meinem Vater, ich packte sie an der Schulter und rüttelte sie leicht. »Du kannst mir ruhig auch selbst antworten! Ist das bei uns immer so, dass zuerst der Mann um Erlaubnis gefragt wird?«

»Emilia.« In die Stimme meines Vaters hatte sich ein leiser Warnton geschlichen. Ich ließ mich gegen die Rückenlehne fallen. Ein Häuschen in der Einöde. Auch das noch.

Zwei Minuten später beugte ich mich wieder nach vorne. »Wie fand ich denn eigentlich eure Idee vom Umzug aufs Land?«

Diesmal drehte meine Mutter sich nicht zu mir um. »Gut«, sagte sie, den Blick starr durch die Windschutzscheibe gerichtet. »Die Idee hat dir gefallen.«

Ach ja?

Wir hielten vor einem hübschen weißen Haus mit rotem Ziegeldach und Efeu, das sich an den Mauern hochrankte. Ich kletterte aus dem Auto, stützte mich auf die Krücken und blickte mich um. Die Nachbarhäuser sahen ganz ähnlich aus, standen aber in angenehmer Entfernung von unserem, getrennt durch einen Holzzaun. Unser Garten schien riesig zu sein.

»Geil!«, rief ich.

Jetzt lächelte sogar mein Vater. »Ja, dasselbe hast du schon beim ersten Mal gesagt, als du es gesehen hast.« Er schloss die Haustür auf.

Ich nickte und freute mich in diesem Moment noch mehr darüber, dass mein Vater endlich zugänglicher wurde, als über das schöne efeuberankte Haus mit dem riesigen Garten. Ich sah ihm nach, als er vor uns das Haus betrat, und hielt aus einem spontanen Impuls meine Mutter zurück. »Bitte. Das ist jetzt ganz wichtig. Gibt es etwas, das ich falsch gemacht habe? Irgendetwas, das ich wiedergutmachen muss –«

Sie schüttelte den Kopf. Zu vehement, wie ich fand.

»Du muss es mir sagen, bitte«, drängte ich.

»Du hast überhaupt nichts gemacht, Maus«, zischte sie. »Komm, Papa wartet doch schon auf uns.«

Ich packte ihren Arm. »Ich werde das Gefühl nicht los, dass ich schuld an dem Brand war.«

»Emilia, um Gottes willen, lass das doch endlich. Und, bitte, bitte, sprich nicht mehr von dem Brand in Papas Gegenwart, ja? Das musst du mir versprechen.«

»Kommt ihr?«

Wir schraken beide zusammen und starrten zur Tür. Doch mein Vater ließ sich nicht blicken. Vielleicht konnte er uns trotzdem hören, doch mir war das jetzt egal.

»Wie soll ich denn mein Gedächtnis wiederbekommen, wenn ihr mir nicht dabei helft?«, warf ich ihr vor. »Ich muss wissen, was geschehen ist, um mich wieder erinnern zu können, verstehst du das nicht?«

Ihre Wangen waren jetzt knallrot. »Verstehst du denn nicht, dass wir selbst nicht wissen, was passiert ist?« Energisch schüttelte sie meine Hand ab und ging ins Haus.

»Was ist denn los?«, hörte ich meinen Vater von drinnen fragen.

Ihre Antwort darauf konnte ich nicht verstehen, doch das Echo seiner Frage hallte in mir nach. *Was ist denn los?*

Eine Wolke schob sich vor die Sonne, sodass das Haus plötzlich im Schatten lag. Ich fröstelte. Konnte es sein, dass meine Mutter deswegen so panisch jede Erwähnung des Feuers vermied, weil sie selbst damit zu tun hatte? War sie am Ende schuld daran, dass unser Haus abgebrannt war?

Meine Eltern führten mich durch unser neues Haus, doch ich bekam kaum etwas mit. Ich fühlte mich wie ein Roboter, der gerade mal so weit entwickelt war, dass er aufrecht stehen und ein Bein vor das andere setzen konnte. Ich hatte das dringende Bedürfnis, mich in irgendeinem Zimmer einzuschließen und zu heulen.

Nachdem ich meinen Eltern die Treppe in den ersten Stock hüpfend gefolgt war und eine Einführung in Sachen Bade-, Gäste-, Arbeits- und Elternschlafzimmer bekommen hatte, deutete mein Vater auf eine weitere Treppe, die schmaler war als die erste und einen Stock höher führte. »Da oben wäre eigentlich dein Zimmer.«

»Wäre eigentlich?«, wiederholte ich, überfordert von all den Eindrücken und meinem eigenen Gedankenkarussell.

»Es ist dein Zimmer«, beeilte sich meine Mutter zu sagen. »Du wolltest unbedingt den Dachboden für dich haben und wir haben zugestimmt. Aber bis dein Knie so weit in Ordnung ist, dass du problemlos Treppen steigen kannst, schläfst du wohl besser unten im Wohnzimmer.«

»Wie bitte?« Ich erwachte aus meiner Trance. Null Privatsphäre und das wochenlang?

»Nicht im Wohnzimmer«, entschied mein Vater.

»Aber die Couch lässt sich wunderbar zu einem Bett ausziehen!«

»Sie muss sich doch irgendwohin zurückziehen können, Eva. Wir quartieren sie hier im ersten Stock im Gästezimmer ein. Da hat sie ein Klo und Badezimmer und wird zumindest nicht ständig die kleine Treppe rauf und runter müssen.«

»Danke, Papa.« Erst als ich sah, wie sich seine Wangen rötlich verfärbten, wurde mir bewusst, wie ich ihn gerade genannt hatte. Sofort spürte ich, dass auch mein Gesicht heiß wurde. Ich räusperte mich. »Aber um ehrlich zu sein, würde ich am allerliebsten gleich mein eigenes Zimmer beziehen. Die Treppen stören mich nicht. Laut Physiotherapeutin *soll* ich mich ja bewegen.«

Anfangs zwar nur in Maßen, aber ich hatte sowieso nicht vor, mein Zimmer allzu oft zu verlassen.

Meine Mutter fand noch weitere Einwände – sie war die Meisterin der Einwände –, doch ich war schon längst auf dem Weg nach oben.

Gespannt öffnete ich die Tür. »Boah.« Ich setzte die Krücken in den Raum und schwang mich hinein. »Boah«, platzte ich erneut heraus. Das Zimmer war riesengroß, durch drei Dachschrägen zwar nur eingeschränkt benutzbar, aber gerade diese schrägen Wände waren es, die dem Raum seine Gemütlichkeit verliehen. An zwei Wänden waren Fenster eingebaut, ungewöhnlich große Fenster für einen Dachboden, durch die das strahlende Sonnenlicht hereinflutete. Ich nahm es als gutes Omen, dass die Wolken sich wieder verzogen hatten.

»Ich liebe dieses Zimmer«, flüsterte ich. An der einzigen geraden Wand befand sich ein langes, hohes Bücherregal in einem weichen Vanilleton. Der Schrank daneben musste aus der gleichen Serie stammen, er war exakt genauso hoch und vor allem hatte er dieselbe angenehme Farbe. Den Abschluss bildete eine riesige, dezent bemalte dunkle Holztruhe. Das ebenfalls vanillefarbene Bett stand im rechten Winkel dazu unter einer der Dachschrägen.

»Das sind die Möbel aus deinem alten Zimmer«, bemerkte mein Vater leise. »Ich hoffe, sie gefallen dir noch.«

»Und wie!« Doch meine Freude wurde gleich wieder von einem unangenehmen Gedanken gedämpft. »Sind denn nicht alle Möbel hier im Haus unsere alten?«

Er schüttelte den Kopf.

»Sind sie etwa – verbrannt?«

Mein Vater fuhr sich mit der Hand über die Stirn, als hätte er plötzlich Kopfschmerzen. »Großteils, ja«, murmelte er. »Aber dein Zimmer hatten wir schon umgesiedelt. Alles. Deine Bücher, deine Stofftiere –«

»Stofftiere?«

»Du sammelst sie«, mischte sich meine Mutter ein, in der bestimmt schon wieder die Panik hochstieg, weil das Tabuthema angesprochen worden war. Sie ging zur Truhe und öffnete sie. »Schau her. Da sind sie, deine Lieblinge.«

»Okay«, sagte ich langsam, während mein Blick über den kunterbunten Berg aus Plüschtieren huschte. »Wie alt bin ich noch mal?«, versuchte ich einen Scherz, den beide mit einem aufgesetzten Lächeln quittierten.

Etwas steif erkundigte ich mich, was sich in den vielen Kartons befand, die sich unter den Dachschrägen stapelten.

»Bücher«, antworteten beide wie aus einem Mund. Und meine Mutter fügte entschuldigend hinzu: »Ich hätte sie dir ja schon ins Regal geräumt, aber du bist sehr eigen, was deine Bücherordnung betrifft.«

»Ja. In allen anderen Dingen bist du nicht gerade eine Ordnungsfanatikerin«, warf mein Vater ein.

»Ach so? Bin ich eine Chaotin?« Wie die ganzen letzten Tage hungerte ich immer noch nach Informationen über mein wahres Ich. Doch wie auch in den Tagen zuvor wurde auch diesmal mein Hunger nicht wirklich gestillt.

»Ein ganz normaler Teenager eben«, sagte mein Vater nur und deutete meiner Mutter an, ihm nach unten zu folgen.

Sobald ihre Schritte verklungen waren, schloss ich mit einem Gefühl der Befreiung die Tür.

Auf meinen Krücken durchquerte ich den Raum, sah mir aus beiden Fenstern die Aussicht an und strich andächtig über die Möbel. Der Deckel der Truhe stand noch immer offen. Ich nahm ein weiches graues Nilpferd heraus und schnupperte daran. Ich konnte den Geruch nicht einordnen, aber ich mochte ihn. Die Nase im Nilpferd vergraben, schloss ich die Augen. Eine Ärztin im Krankenhaus hatte gesagt, dass es durchaus möglich wäre, meine Erinnerungen durch einen bestimmten Geruch wiederzuerlangen. Ich horchte in mich hinein. Nichts.

Das Nilpferd platzierte ich trotzdem auf meinem Kopfkissen. Auf einmal fand ich es gar nicht mehr peinlich, dass ich so viele Stofftiere besaß. Sie hatten etwas ungeheuer Tröstliches an sich.

Die Truhe sollte nicht direkt am Schrank stehen, fand ich. Energisch stemmte ich mich mit der Seite dagegen, beförderte sie ächzend unter eines der Fenster und ließ mich darauf nieder. Ich stützte die Ellenbogen aufs Fensterbrett und schloss die Augen.

Das Gefühl kam ohne Vorankündigung. Wie vom Donner gerührt verharrte ich in meiner Position, bis ich den Fehler machte, die Augen zu öffnen.

Die Aussicht war fremd, das Déjà-vu verflüchtigte sich auf der Stelle. Doch die Gewissheit, dass ich genau so schon mal auf dieser Truhe gesessen hatte, blieb. Das Glücksgefühl, das sich in mir ausbreitete, verschlug mir fast den Atem. Ich hatte einen Teil von mir wiedergefunden. Es war eine persönliche Erinnerung gewesen. Vielleicht sogar der Anfang von allen Erinnerungen, die nun der Reihe nach eintrudeln würden. Es kam mir vor, als müsste ich einen Luftballon aufblasen und hätte soeben den ersten und zugleich schwierigsten Teil geschafft. Ich hatte mir in den letzten Tagen die Lunge aus dem Leib gepustet, um über den kritischen Punkt zu kommen, ab nun würde bestimmt alles leichter gehen.

Ich schloss die Augen. Bereit dazu, den Ballon meiner Erinnerungen weiter aufzublasen. Aber sosehr ich mich auch anstrengte, er wurde nicht größer. Also öffnete ich die Augen wieder. Du musst dir Zeit geben, versuchte ich, mir selbst Mut zu machen. Dabei fühlte ich bereits, wie die Ungeduld in mir aufstieg. Immerhin ein erster Charakterzug, den ich entdeckt hatte.

Ich starrte ein paar Minuten gedankenverloren aus dem Fenster in den Nachbarsgarten, als jemand aus dem Haus trat.

»Wow«, flüsterte ich – und knallte mit dem Kopf gegen die schräge Fensterscheibe. Ich fluchte und fing gleichzeitig an zu kichern. Wurde ich jetzt komplett verrückt?

Aber dieser Typ da unten sah wirklich dermaßen gut aus, dass es kaum zu glauben war. Eine Haarsträhne fiel mir vors Gesicht und versperrte mir kurz die Sicht. Ungeduldig klemmte ich sie hinter mein Ohr und beugte mich wieder vor. *Klong* – ein weiterer Knall gegen die Fensterscheibe. »Verdammte Dachschrägen«, schimpfte ich und fühlte mich gleichzeitig wie aufgedreht.

Der Typ war schätzungsweise sechzehn oder siebzehn, er war groß, breitschultrig und hatte glatte blonde Haare, die ihm bis in den Nacken fielen. Surfertyp, schoss es mir durch den Kopf. Mit einem Mal war ich mir vollkommen sicher, dass ich auf Jungs stand.

Fasziniert sah ich ihm dabei zu, wie er mit geübten Bewegungen einen Gartenschlauch abrollte. Dieser Typ würde bestimmt selbst dann gut aussehen, wenn er mit einer *Hello Kitty*-Gießkanne ein Gänseblümchen goss.

Doch bevor er anfing, den Rasen zu sprengen, legte er plötzlich den Schlauch ab, hechtete hinüber zum Schuppen und verschwand darin.

»He, komm zurück«, flüsterte ich.

»Emilia?«

Ich erschrak dermaßen, dass ich ein drittes Mal gegen den Balken donnerte.

»Was machst du denn da?«, fragte meine Mutter besorgt von der Tür her.

»Kannst du das nächste Mal bitte anklopfen?« Ich musste mir größte Mühe geben, nicht wütend zu klingen.

»Das hab ich«, rechtfertigte sie sich und kam auf mich zu. »Du hast mich anscheinend nicht gehört.«

»Anscheinend.« Gequält schielte ich aus dem Fenster. Bitte, schöner Nachbar, bleib in deinem Schuppen, bis meine Mutter wieder weg ist. Sie soll mich nicht für eine Spannerin halten. Bitte, bitte.

»Gefällt dir der Ausblick von hier oben?«

»Ist okay«, erwiderte ich vorsichtig, während ich erleichtert feststellte, dass der schöne Nachbar noch nicht wieder aufgetaucht war. »Wolltest du was Bestimmtes von mir?« Ich stand auf und tastete mich an der Wand entlang zum Bett, um meine Mutter von der Aussicht wegzulocken.

»Nimm doch deine Krücken, Schätzchen. Wenn du abrutschst –«

»Jajaja«, murmelte ich und setzte meinen Weg fort. Ohne Krücken. »Also: Wolltest du was Bestimmtes?«

Nachdem meine Mutter mitsamt ihren Sorgen und ihren Argusaugen endlich gegangen war – nicht ohne mir vorher das Versprechen abzunehmen, in ein paar Minuten hinunterzukommen, um mich mit einem frisch zubereiteten

Käse-Toast zu stärken – hüpfte ich zu meinem Ausguckplatz zurück.

Der Typ war wieder da. Er hockte im Rasen und fummelte am Gartenschlauch herum. Leise kippte ich das Fenster auf.

Die Vögel zwitscherten und es roch nach von der Sonne gewärmtem Gras. Auf einmal spürte ich ein starkes Bedürfnis, da unten zu sein. Bei ihm. Vielleicht kenne ich ihn ja schon, überlegte ich. Vielleicht kenne ich ihn sogar gut …

Als hätte er meine Gedanken gespürt, wandte der Junge den Kopf nach oben und fixierte mein Fenster. Mein Herz machte einen Sprung.

Er hob die Hand und nickte mir zu.

Bevor ich den Impuls kontrollieren konnte, hatte ich schon beide Hände in die Höhe gerissen und winkte wild zurück.

Was machst du da?, fragte ich mich panisch, winkte jedoch weiter voll Enthusiasmus.

»Hi!«, rief er jetzt.

»Hi«, schrie ich glücklich zurück.

»Geht's dir besser?«, fragte er.

Ich nickte wie ein aufgeregtes Huhn und konnte mich gerade noch zurückhalten zu schreien, dass es mir suuuuuuper ging. »Warte kurz«, rief ich stattdessen. »Bleib genau da stehen. Geh nicht weg, ja?«

Ich schnappte mir meine Krücken und humpelte bis zur Treppe. Hüpfend erreichte ich den ersten Stock, schwang mich durch den Gang und nahm die nächste Treppe in Angriff. Hoffentlich wartete er wirklich.

Meine Eltern sprangen beide vom Sofa auf, als ich an ihnen vorbeihoppelte. »Emilia!«

Bevor ich die Tür aufzog, drehte ich mich zu ihnen um. Ich keuchte vor Anstrengung. »Ich will mich nur kurz mit unserm Nachbarn unterhalten.«

»Mit welchem denn?« Meine Mutter sah nervös zum Fenster.

»Mit dem Sohn«, antwortete ich und hoffte, dass das stimmte. Vielleicht war er ja auch nur der Aushilfsgärtner. Oder ein gärtnernder Gast. Oder er war viel älter, als er wirkte, und wohnte alleine da. Oder mit seiner Frau. Oh Gott! Ich schmiss die Tür hinter mir zu, hörte aber, dass sie gleich darauf wieder aufgezogen wurde. Doch ich drehte mich nicht um.

Der Weg ums Haus herum erwies sich als schwierig. Der Boden war uneben und voller hinterhältiger kleiner Erdlöcher. Eine Krücke blieb stecken, während mein Körper und die andere Krücke schon einen Meter weiter waren. »Emilia!«, hörte ich meine Mutter entsetzt aufschreien, während ich krampfhaft versuchte, das Gleichgewicht wiederzuerlangen. Ich entschied den Kampf knapp für mich und hörte, wie mein Vater zu meiner Mutter sagte: »Lass sie doch endlich.«

Der Junge (oder doch Mann?) hatte tatsächlich gewartet. Mein Herz pochte jetzt so laut, dass nur mein keuchender Atem es übertönte. Ich schwang die Krücken für den nächsten anstrengenden Schritt nach vorne und fluchte unbeherrscht, als die linke Krücke seitlich wegrutschte. Der Boden kam auf mich zu. Doch bevor ich fallen konnte, wurde ich plötzlich gepackt und zurück in die Senkrechte gehoben. Der Junge ließ meine Arme nicht gleich los. Aus der Nähe sah er sogar noch besser aus. So gut, dass meine Knie zu zittern anfingen. Im selben Moment fiel mir ein, wie gelb und verschwollen mein eigenes Gesicht gerade aussah.

»Alles okay?«, fragte er.

Ich wollte nicken, doch meine Nackenmuskeln schienen ein Eigenleben zu führen, sie entschieden sich für ein verneinendes Kopfschütteln.

Eine steile Falte zeigte sich auf seiner Stirn. Abrupt ließ er meine Arme los.

»Ich muss dich was fragen«, begann ich, »auch wenn es total dämlich klingt … kennen wir uns?«

Ich war mir fast sicher gewesen, dass er bejahen würde – immerhin hatte er mich vorhin gefragt, ob es mir schon wieder besser ginge, das klang doch wirklich sehr danach, als wären wir uns schon begegnet – doch er schüttelte den Kopf.

»Ich habe bisher nur von dir gehört«, sagte er und fuhr sich durchs Haar. Er wirkte richtig verlegen. So war das also. Meine Amnesie brachte andere in Verlegenheit.

»Oh«, machte ich.

Er sah mich fragend an und ich machte eine wegwerfende Handbewegung. »Alles klar. Es ist nur – na ja, ich bin auf der Suche nach Menschen, die mich kennen, damit sie mir etwas über mich erzählen können, weil«, ich brach ab, schob hinterher: »Das hört sich alles ziemlich bescheuert an.«

»Nein«, sagte er mit einem Hauch zu viel Überzeugung

in der Stimme, um wirklich ehrlich zu klingen, doch eigentlich fand ich das nett von ihm. Er wollte mich nicht demütigen.

»Ich hab das mit deinem Gedächtnisverlust gehört.« Er atmete bedauernd aus, eine seiner blonden Haarsträhnen wippte nach oben. Am liebsten hätte ich die Hand gehoben und die Strähne glatt gestrichen.

»Ich bin übrigens Nick.«

Ich nickte. Lange. Viel zu lange. Dann sagte ich endlich etwas. »Nick. Okay.«

»Okay?« Er hob amüsiert eine Augenbraue.

»Mhm.«

Er sah mich weiter abwartend an. Ich musste irgendetwas sagen. Irgendetwas, das mehr war als mhm, okay, aha … Oh bitte, kann nicht irgendein Komet die Erde treffen? Jetzt gleich?

Wie kann man nur so verdammt unbegabt im Flirten sein!, fragte ich mich. Ich fühlte mich, als stünde ich zum ersten Mal einem Jungen gegenüber. Und irgendwie war es ja auch so. In meinem momentanen Leben war ich gerade mal zwölf Tage alt.

Ich gab den Versuch auf, kokett zu sein, und beschloss, das Zusammentreffen mit Nick für Wichtigeres zu nutzen. Ich musste rausfinden, wer ich war. Und was es mit dem Brand auf sich hatte.

»Woher weißt du von meiner Amnesie?«

Er zuckte mit den Schultern. »Deine Mutter hat sich gestern mit meiner Mutter unterhalten. Über den Zaun.«

Also waren wir wirklich Nachbarn. Ich bemühte mich um einen möglichst neutralen Gesichtsausdruck, während ich gespannt wartete, wie es weiterging. Doch er fand anscheinend, dass er mir genügend Informationen gegeben hatte.

»Ja, und was genau hat meine Mutter deiner erzählt?«, bohrte ich deshalb weiter.

Er holte Luft, stieß sie wieder aus und sagte dann mit nach hinten geneigtem Kopf, als müsse er scharf nachdenken: »Dass du vermutlich eine Treppe hinuntergefallen bist und dabei wohl so etwas wie einen Schlag auf den Kopf bekommen hast –«, er fing an zu husten und hob abwehrend die Hände, »'tschuldige, das klingt so fies – so meine ich das nicht.«

Ich zuckte mit den Schultern. »Klingt nicht fies. Genauso war es. Das nehmen zumindest alle an. Wie gesagt, ich kann mich an nichts erinnern.« Jetzt, da ihm auch etwas peinlich war, fühlte ich mich gleich viel sicherer. »Und sonst hat meine Mutter nichts erzählt?«

Er sah mich unschlüssig an. Ich überlegte kurz und glaubte zu wissen, was ihm Sorgen bereitete. »Keine Angst, du kannst mich nicht schocken. Ich weiß Bescheid – über den Brand.«

Er nickte langsam.

»Hast du irgendetwas über die Brandursache gehört?«, hakte ich nach.

Jetzt schüttelte er vehement den Kopf. »Unsere Mütter haben auch nicht wirklich lange miteinander gesprochen. Dein Vater hat diese Zaungespräche wohl nicht so gern.« Er grinste. »Kann schon verstehen, dass den das ganze Getratsche nervt.«

»Ich hab langsam das Gefühl, dass ich es bin, die ihn

nervt.« Die Worte waren einfach so aus meinem Mund gepurzelt. Doch während ich sie aussprach, merkte ich, dass sie sich richtig anfühlten. Das Verhalten meines Vaters war mir ein Rätsel. Einerseits war da seine offensichtliche Distanz mir gegenüber, die mich sogar schon auf den Gedanken gebracht hatte, ob er überhaupt mein leiblicher Vater war. Andererseits musste ich immer wieder an seinen erfreuten Gesichtsausdruck denken, als ich ihn »Papa« genannt hatte, und an sein Verständnis für meine Privatsphäre. Oder war es ihm dabei viel mehr um seine eigene Privatsphäre gegangen und darum, mich aus dem Wohnzimmer fernzuhalten? Und konnte ich ihm das vorwerfen, falls tatsächlich ich es gewesen war, die unser Haus abgefackelt hatte?

»Mit so was kenne ich mich übrigens ziemlich gut aus.« Nicks Stimme riss mich aus meinen Gedanken.

»Mit was?« Mein Blick schoss hoch.

Nick deutete auf meine Beinschiene. »Lass mich raten. Vorderes Kreuzband und Meniskus.« Die Stirn in Falten gelegt, sah er mich fragend an.

»Nein, da hatte ich wohl Glück. Einfach nur das vordere Kreuzband«, erwiderte ich abwesend.

Er schüttelte den Kopf. »Glück wäre gewesen, wenn es nur den Meniskus erwischt hätte. Kreuzband ist immer ganz fies.« Er zog die Luft durch die Zähne in seine Lungen und ich sah seinem Gesicht an, dass er ganz genau wusste, wovon er sprach.

Ich versuchte, mir nicht die Enttäuschung anmerken zu lassen, dass sein Wissen sich auf Bänderrisse und nicht auf schwierige Vater-Tochter-Geschichten bezog, und lächelte. Zumindest hoffte ich, dass meine Mundwinkel nach oben zeigten. In Wahrheit hatte ich das Gefühl, die Kontrolle über meine Gesichtsmuskeln in dem Moment verloren zu haben, in dem ich Nick das erste Mal gesehen hatte.

»Du hast wohl auch schon Erfahrung damit.« Ich versuchte, seinen Tonfall nachzuahmen: »Lass mich raten. Hinteres Kreuzband und Meniskus?«

»Fast. Hinteres Kreuzband, Meniskus, äußeres Seitenband. Dämliche Kombination. Na ja, Basketball.« Er machte eine abwertende Handbewegung und ich wusste sofort, dass Basketball in seinem Leben eine große Rolle spielte. Oder zumindest gespielt hatte.

»Tut mir leid«, murmelte ich.

Der kurze Schatten, der sich auf sein Gesicht gelegt hatte, verschwand schnell wieder. »Ich kann dir ungefähr siebentausend Übungen zeigen, die dein Knie wieder auf Vordermann bringen. Die beiden Dinger da kannst du bald wegschmeißen.«

»Ja?« Ich warf einen Blick auf die ungeliebten Krücken. »Im Krankenhaus meinten sie, ich sollte erst in einer Woche mit Physiotherapie anfangen.«

Er hob die Schultern. »Na gut, wenn du willst, dass dein ganzer Oberschenkelmuskel flöten geht, dann warte ruhig noch eine Woche. Aber bis der dann wieder aufgebaut ist, dauert es mindestens drei Monate.«

Klugscheißer, dachte ich. Wäre ja auch zu schön gewesen, wenn so ein gut aussehender Typ nicht irgendeine Macke gehabt hätte.

»Tja, ich – werde dann mal wieder reingehen«, murmelte ich, unschlüssig, ob ich dem Besserwisser noch eine Chance geben sollte, sich wieder in einen Traummann zu verwandeln, oder ob ich ihn lieber komplett abschreiben sollte.

»In der Liebe darf man nicht ganz so gnadenlos sein«, flüsterte eine Stimme in meinem Innern. Ich schnappte nach Luft. Denn die Stimme, die ich gehört hatte, war nicht meine eigene gewesen. Mein Körper wurde von einem Zittern gepackt, als rüttelten unsichtbare Kräfte an ihm. Und dann rauschte die Erinnerung an wie ein Wasserfall, sie schoss ungebremst in meine Nervenbahnen und riss all meine Gedanken mit sich. Ich saß in einem Zug. Jemand befand sich neben mir. Noch einmal hörte ich die Stimme – es war die Stimme einer Frau – sagen: »In der Liebe darf man nicht ganz so gnadenlos sein.« Ich drehte den Kopf nach links, von wo die Stimme gekommen war, doch alles, was ich sah, war die weiße Hausmauer mit den großen, saftig grünen Efeublättern.

»Emilia – hey, Emilia«, hörte ich Nick rufen. Ich atmete hektisch ein, alles um mich herum flimmerte. Mehrmals musste ich zwinkern, bevor es mir gelang, den Blick zu schärfen. Mir war speiübel.

»Hey. Hey«, sagte er wieder.

Beim neuerlichen Luftholen erreichte der Atem endlich meine Lunge. Mit einem Schlag war auch die Übelkeit weg. Als ich Nicks erschrockenes Gesicht sah, entglitt mir ein kurzes schwaches Lachen.

»Wow.« Auch er erlaubte sich ein vorsichtiges Grinsen. »Machst du so was öfter? Ich dachte schon, dich hätte der Exorzist erwischt.«

»Was?«

»Du hast total gezittert, wie – wie Schüttelfrost, und deine Augen sind die ganze Zeit auf und ab geflippert.«

Das Ganze war mir furchtbar peinlich, aber er schien trotz der Gruselshow, die ich gerade hingelegt hatte, keine Berührungsängste zu haben. Im Gegenteil. Sanft legte er die Hand auf meinen Arm.

»Das war eine Erinnerung«, sagte ich, weil ich das Gefühl hatte, ihm eine Erklärung zu schulden. »Ich – ich habe in einem Zug gesessen.« Ich schluckte. »Das klingt nicht sehr sensationell, ich weiß.«

»Doch, natürlich.« Er nickte ernst. »Das könnte ein Durchbruch sein, das ist doch super!«

Kurz dachte ich, er würde die Hand für ein *high five* heben, und ich musste schmunzeln. Je länger ich mit ihm sprach, desto mehr schwand meine Hoffnung, dass mein Nachbar ein romantischer Held war, doch dafür war er irgendwie lustig. Und brauchte ich in meiner Situation nicht dringend etwas Aufheiterung?

Meine Mutter rief meinen Namen und keine zwei Sekunden später hörte ich auch schon ihre Schritte hinter mir.

»Hallo, Frau Schneider«, grüßte Nick und sah schon wieder ganz verlegen aus.

Der Blick meiner Mutter flog zwischen uns beiden hin und her, als könne sie sich nicht entscheiden, wer von uns beunruhigender für sie war.

»Emilia, komm jetzt bitte rein.«

Ich wollte gerade protestieren, als Nick mir zuvorkam: »Tja, dann bis bald mal.«

Wütend über diesen Verrat, drehte ich mich ohne Verabschiedung um. Doch als ich meiner Mutter durch den Garten ins Haus folgen wollte, rief er mir nach: »Nicht so!«

Ich konnte förmlich spüren, wie meine Mutter den Atem anhielt, als sie sich zu uns umdrehte.

Ich starrte von ihr zu Nick, der sich zwar eine leichte Irritation über das hysterische Verhalten der beiden Frauenzimmer anmerken ließ – etwas, das man ihm mit Sicherheit nicht vorwerfen konnte –, doch nur entschuldigend die Hände hob und sagte: »Wenn du die Krücken so schräg aufsetzt, werden sie dir immer wieder wegrutschen. Du musst sie von oben in den Boden stoßen, solange du dich noch nicht auf deine Beine verlassen kannst.«

Meine Mutter kniff die Lippen zusammen. Ich nickte meinem neuen Nachbarn zu und machte mich auf meinen Krücken davon. Weiterhin schön schräg, damit der Klugscheißer nur ja nicht dachte, er hätte irgendeinen Einfluss auf mich.

Noch bevor ich um die Ecke bog, musste meine Mutter mich auffangen.

Der Tisch war gedeckt und das Gesicht meines Vaters, der am Kopfende Platz genommen hatte, wurde vom Dampf aus den beiden Töpfen eingehüllt.

»Spaghetti Bolognese«, verkündete meine Mutter und sah mich vorsichtig an. »Das ist dein Lieblingsessen.«

»Na dann … danke.«

Es schmeckte mir tatsächlich. Und es war das erste Mal seit Tagen, dass ich es schaffte, eine volle Portion zu essen. Meine Mutter wollte den Teller sofort wieder füllen, doch ich winkte ab.

»Du musst aber essen, um wieder zu Kräften zu kommen«, beharrte sie.

Sofort merkte ich, wie ich wütend wurde. Doch als ich den warnenden Blick sah, den mein Vater meiner Mutter nach ihrer Bemerkung zuwarf, sagte ich versöhnlich: »Ich lasse mir wohl nicht gerne was sagen, wie?«

Es war das erste Mal, dass ich sie beide gleichzeitig lachen hörte. Es dauerte nicht lange an, bewirkte aber, dass wir uns danach alle drei spürbar befreiter verhielten.

»Du hast dir noch nie von irgendjemandem etwas sagen lassen«, betonte mein Vater und klang überraschend stolz. Hoffnung keimte in mir auf. Vielleicht war zwischen uns ja doch nicht alles verloren. Vielleicht war mein Vater einfach nur ein sehr schüchterner Mensch, der sich am wohlsten fühlte, solange eine gewisse Distanz eingehalten wurde. Auch wenn das in einer Familie ein erschreckender Gedanke war. Jedoch weit weniger schrecklich als die Vorstellung, dass ich unser Haus abgefackelt hatte.

»Als du in der Grundschule warst, wurden wir so oft zu deinen Lehrern zitiert wie keine anderen Eltern«, ergänzte meine Mutter in vermeintlich leidendem Tonfall, der jedoch nicht darüber hinwegtäuschen konnte, dass sie sich wohlfühlte, über die alten, die einfacheren Zeiten zu sprechen.

»Du warst noch keine vier Jahre alt –«, begann sie und wurde schon von meinem Vater unterbrochen.

»Sie war fünf«, sagte er.

»Noch nicht mal vier«, beharrte meine Mutter. »Du weißt doch gar nicht, welche Geschichte ich erzählen will!«

»Ich weiß nicht, welche Geschichte du erzählen willst? Eva, bitte. Du erzählst immer dieselbe Geschichte.«

»Wenn du so genau weißt, was ich erzählen will, dann tu du es doch. Da bin ich aber gespannt. Na, da bin ich jetzt wirklich gespannt.« Sie verschränkte die Arme vor der Brust und lehnte sich zurück.

Ich beobachtete die beiden gebannt, versuchte einzuschätzen, ob der Tonfall noch liebevoll war oder ob bereits der Ärger überwog.

Mein Vater holte tief Luft. »Also gut. Es war, als Emilia fünf war – «

»Piep«, unterbrach meine Mutter laut. »Schon falsch. Es kann sich nicht um meine Geschichte handeln. Denn dort war Emilia – «

»… noch keine vier«, ergänzte ich und begann, langsam Spaß an der Sache zu haben. »Soll ich euch was sagen?«, ich stützte die Ellbogen auf den Tisch und fuhr fort: »Mit euch als Vorbild hatte ich überhaupt keine andere Chance, als ein Sturkopf zu werden.«

Beide lachten. Der Raum schien mir plötzlich heller, die Augen meiner Eltern vertrauter.

An diesem ersten Abend daheim legte ich mich früh ins Bett. Ich begann, in *Jane Eyre* von Charlotte Brontë zu lesen. Mein Lieblingsbuch, wie meine Eltern erzählt hatten. Obwohl ich es angeblich an die fünf Mal gelesen hatte, konnte ich mich an nichts erinnern. Ich wusste zwar von vornherein grob, worum es ging, doch war jeder von Janes Gedanken eine Entdeckung für mich. Wie eine Reise, die ich vor sehr langer Zeit gemacht hatte und deren Fotos ich nun – Jahre später – zum ersten Mal zu sehen bekam. Fotos, dachte ich. Morgen werde ich meine Eltern endlich nach Fotos von meinen Freundinnen fragen. Und nach alten Familienfotos von uns. Es konnte doch nicht alles bei dem Brand zerstört worden sein. Bei dem verdammten beschissenen Brand, der uns allen das Leben zur Hölle machte.

3

Der nächste Tag brachte unerwartet zwei erfreuliche Überraschungen. Die erste schneite kurz nach dem Frühstück herein. Wir saßen noch um den Tisch herum, mein Vater in die Zeitung, meine Mutter in ihre Gedanken vertieft und ich vollkommen in die Erinnerung an mein gestriges Zusammentreffen mit Nick versunken.

Plötzlich stand eine schlanke schwarz gekleidete Gestalt in der Küchentür, ein entwaffnendes Grinsen im Gesicht. »'tschuldigung, aber die Terrassentür war offen und – Emilia! Wie siehst du denn aus?« Die Fremde stürmte auf mich zu und landete, während sie mich umarmte, fast auf meinem Schoß.

»Hi«, sagte ich, halb verlegen, halb erfreut.

»Emilia, wer ist denn das?«, fragte meine Mutter verblüfft, woraufhin ein betretenes Schweigen entstand, das sie selbst durchbrach und der Situation die Peinlichkeit nahm.

»Setzen Sie sich doch. Wollen Sie ein Brötchen essen? Einen Kaffee trinken?«

»Frau Schneider, bitte duzen Sie mich. Noch bin ich keine achtzehn.« Die Fremde strahlte meine Mutter an. »Zum Kaffee sage ich aber trotzdem nicht Nein.« Mit einem Knicks nahm sie die Tasse entgegen, trank einen Schluck und wandte sich dann mir zu. »Und jetzt erzähl. Was ist passiert? Ich hab langsam angefangen, mir Sorgen zu machen, weil ich dich nicht erreichen konnte.«

Obwohl ich an den Blicken meiner Eltern erkennen konnte, wie neugierig sie darauf warteten, mehr über meine Verbindung zu der jungen Frau zu erfahren, erhob ich mich und deutete ihr, mir zu folgen. »Nimm deinen Kaffee einfach mit«, sagte ich und rief meinen Eltern über die Schulter zu: »Wir gehen in mein Zimmer.«

»Gott, Emilia, was ist mit dir passiert?«, fragte die Unbekannte, während sie mir die Treppen raufhalf. Ich schüttelte nur den Kopf und legte den Zeigefinger an die Lippen. Sie nickte stumm.

Kaum waren wir in meinem Zimmer angekommen, legte sie erneut los, wenn auch ein paar Dezibel leiser als zuvor.

Ich ließ mich auf mein Bett sinken, lehnte die Krücken an die Wand und versuchte, das nervige Geräusch, als sie auf den Boden polterten, zu ignorieren.

Meine neue – alte? – Freundin hob die Krücken auf und klemmte sie hinter das Kopfende vom Bett.

»Oh«, machte ich. »Bist du immer so praktisch?«

»Was ist los, Emilia?« Mit verschränkten Armen und gerunzelter Stirn wirkte sie gleich fünf Jahre älter. Am liebsten hätte ich ihr die ganze Schminke aus dem Gesicht gewischt, um nachzuschauen, wie sie wirklich aussah.

Ich brauchte keine zwei Minuten, um meine kleine Geschichte zu erzählen. Doch weitere zehn, um ihre Fragen zu beantworten.

»Was ist das Letzte, an das du dich erinnerst?«

Ich seufzte. »Wenn ich das wüsste. Ich bilde mir zwar ein, dass ich mittlerweile ein vages Gefühl davon habe, wie ich da mitten auf der Straße liege und die Autos an mir vorbeirauschen, aber ich weiß nicht, ob das wirklich eine Erinnerung ist. In den letzten Tagen habe ich diese Geschichte schon so oft gehört und mir die Situation hundertmal vorgestellt. Ich träume davon, aber vielleicht nur, weil mir davon erzählt wurde. Doch im Traum kann ich das Blut riechen.«

»Das Blut?«

»Aus der Platzwunde am Kopf. Es ist über mein Gesicht gelaufen –«

»Iiihh!« Sie zog beide Mundwinkel nach unten.

Ich zog meine nach oben. Ein Gothic, der sich vor Blut ekelt?

»Bist du ein Gothic?«, fragte ich im nächsten Moment.

»Scheiße, Emilia«, sie ließ sich neben mir aufs Bett fallen, »du hast echt keinen Plan mehr von irgendwas.«

»Dann hilf mir!«, zischte ich, aggressiver, als ich es vorgehabt hatte, doch sie schien sich nicht daran zu stören.

»Was soll ich tun?«, fragte sie nur.

Ich warf verzweifelt die Arme in die Luft. »Wer bist du? Woher kennen wir uns? Wie lange schon? Was weißt du über mich? *Wer bin ich?*«

»Okay, okay, immer schön langsam mit den älteren Damen. Also, wir haben uns vor etwa zwei Wochen im Einkaufszentrum kennengelernt.«

»Vor zwei Wochen erst? Da habe ich ja fast schon im Krankenhaus gelegen.«

»Wir haben uns auch nur zweimal gesehen. Das war ja das Problem. Ich hatte keine Adresse von dir und nichts. Und dann bist du Montagabend nicht wie verabredet vor dem Kino gewesen. Und dein Handy war auch tot.«

»Mein Handy –«

»Der Teilnehmer ist nicht erreichbar. Ich hab so geflucht. Seit Dienstag radel ich jeden Tag den See entlang und frage nach einer Familie, die gerade erst eingezogen ist.«

Meine Antwort kam wie mechanisch. »Du Arme.«

»Du Beine.«

Ich presste die Augen zusammen und bedeckte mit den Händen mein Gesicht. Vollkommen unvermittelt hatte sich ein Bild in meinen Kopf geschoben. Ich sah mich selbst, wie ich rannte, das Handy ans Ohr gepresst. Ich schrie. Was schrie ich?

»Hey, Emilia!«

Ich wollte ihre Hand abschütteln, wollte um jeden Preis die Erinnerung festhalten, doch es war bereits zu spät. Der Gedanke an mich mit dem Handy in der Hand war nur noch ein Echo meiner Erinnerung. Wenn ich bloß gewusst hätte, was ich ins Handy geschrien hatte.

»Mach die Augen auf. Du machst einem ja Angst.«

Widerwillig öffnete ich die Augen. »Ich hab mich grade an etwas erinnert.«

»Ach so«, sie seufzte übertrieben erleichtert, »und ich hatte schon Angst, du fändest meinen Witz schlecht.«

Einen Moment lang starrte ich sie irritiert an, dann begannen wir plötzlich beide zu lachen.

»Der Witz war echt Kacke, weißt du das?« Ich schloss die Augen und schüttelte erschöpft den Kopf. »Das hat gutgetan. Ich hab mich gar nicht mehr erinnern können, wie sich echtes Lachen anfühlt.«

»Ach ne, sag bloß, du kannst dich an irgendwas nicht erinnern!«, zog sie mich auf und wir lachten wieder.

Das hier war so viel besser als die mitfühlenden und anklagenden Blicke meiner Eltern.

»So.« Ich richtete mich auf. »Jetzt erzähl mir aber alles. Wann und wie genau haben wir uns kennengelernt?«

»Hmm, das muss – ja, Freitag war es. Am Samstagvormittag haben wir uns dann zum Shoppen getroffen. Und am Montagabend hab ich mir die Beine vorm Kino in den Bauch gestanden.«

»Sorry.«

Sie kniff den Mund zusammen und schüttelte streng den Kopf. »Also bitte! Du hast doch eine gute Ausrede. Aber siehst du«, sie beugte sich vor und schlug sich stolz auf die Brust, »mein Instinkt, was dich betrifft, hat mich nicht getäuscht. Ich wusste, dass du nicht einfach eine blöde Tussi bist, von der man stumm abserviert wird, wenn sie genug von einem hat. Ich wusste ganz genau, wenn du die Schnauze voll von mir und meinem Gelaber hättest, dann würdest du mir das ins Gesicht sagen!«

»Aber so was von«, versicherte ich grinsend.

»Eben. Also, noch mal von vorn. Du bist am Freitagnachmittag in mich reingerannt. Oder ich in dich. So genau lässt sich das nicht sagen. Dann haben wir im exakt selben Moment exakt dasselbe gesagt, nämlich: ›Pass doch auf, wo du hinläufst.‹« Sie klatschte ihre Hände zusammen. »Und dann haben wir beide ’nen Lachanfall gekriegt.«

»Ja?«, fragte ich und ärgerte mich über meinen zweifelnden Tonfall. Warum glaubte ich ihr nicht einfach? Dass sie und ich ganz ähnlich tickten. Dass unser Kennenlernen mit einem Zusammenstoß und unsere Freundschaft mit einem Lachanfall begonnen hatte. Vielleicht weil es zu unkompliziert, zu harmonisch, zu simpel klang, nach all den letzten Tagen, in denen mir alles schwierig, tragisch und seltsam vorgekommen war. Sie schien meine Skepsis nicht zu spüren – oder war sie klug und einfühlsam genug, um zu wissen, dass sie mir solche Gefühle nachsehen musste? –, denn sie redete längst weiter.

»Wie heißt du eigentlich?«, unterbrach ich ihren Redeschwall.

»– Mel«, schob sie ein und quasselte weiter: »Und dann haben uns auch noch die beiden Typen angebaggert, die viel zu jung für uns waren. Wir sind dann lieber alleine einen Eiskaffee trinken gegangen –«

»Und wie alt bist du?«

»Siebzehn. Und in dem Café haben uns dann die nächsten Jungs angequatscht.«

»Ja?« Wieder dieser zweifelnde Tonfall.

»Ja«, äffte sie mich nach. »Auch wenn man es dir momentan grade nicht so ansieht, du bist hübsch – normalerweise. Und im Team sind wir unschlagbar. Wie gesagt, normalerweise.«

»Das klingt alles so, als hätten wir uns schon viel häufiger gesehen«, stellte ich fest und versuchte, mir meine Freude darüber, dass sie mich hübsch fand, nicht ansehen zu lassen.

Sie seufzte unerwartet auf. »Du kannst dir nicht vorstellen, wie unheimlich öde es in dieser Gegend ist. Vor drei Jahren haben sie ein Cineplex im Einkaufszentrum eröffnet. Das war das absolute Highlight der vergangenen zwanzig Jahre. Das Highlight in den zwanzig Jahren davor war die Eröffnung des Einkaufszentrums, aber egal. Der Altersdurchschnitt hier liegt bei etwa fünfundsiebzig Jahren.« Sie kratzte sich am Kinn. »Es ist also kein Wunder, dass wir uns gleich so gut verstanden und uns alles erzählt haben.«

Ich lachte bitter auf. »Dann kennst du mich nach zwei Treffen also viel besser als ich mich selbst.«

Sie runzelte die Stirn. »An was hast du dich vorhin erinnert?«, fragte sie dann.

»Ich weiß nicht genau. Es muss etwas mit meinem Handy zu tun gehabt haben. Als du das erwähnt hast, hab ich mich erinnert, wie ich irgendwie – ach, irgendwann damit telefoniert habe.«

Statt des spöttischen Kommentars, den ich befürchtet hatte, reagierte Mel nachdenklich.

»Ich frage mich, wie es dir hier in der Einöde gelingen soll, dich an dein altes Leben in München zu erinnern.«

»Da sagst du was.« Mir kam ein Gedanke. »Du, Mel, hab ich dir gegenüber vielleicht irgendeinen Freund erwähnt? Einen festen Freund?«

»Hast du denn einen?«

Ich zuckte vielsagend mit den Schultern, sie zog eine Grimasse. »Ah ja, stimmt. Du hast keine Ahnung, richtig? Schöne Scheiße. Ich weiß nur leider auch nichts darüber. Erwähnt hast du niemanden. Nur ein paar Freundinnen.«

»Sibel und Luna?«

Sie sah mich ratlos an. »Kann sein. Ich fürchte, mein Gedächtnis ist auch nicht grade das beste, zumindest was Namen betrifft.«

»Was genau hab ich denn über meine Freundinnen gesagt?«

»Nicht viel. Nur dass du sie vermisst.« Sie musterte mich

mitfühlend. »Schon krass, dass deine Eltern dich in so ein Dorf verfrachtet haben.« Nachdenklich fügte sie hinzu: »Eltern sind was Komisches. Ich sehe aus wie eine exakte Mischung aus meinen beiden, aber es vergeht kein Tag, an dem wir uns nicht gegenseitig massakrieren wollen. Bei euch hingegen wirkt alles ganz harmonisch. Und du siehst deinen Eltern irgendwie gar nicht ähnlich.«

Am Nachmittag, als Mel gegangen war – nachdem sie fünf Mal das Angebot meiner Mutter abgelehnt hatte, zum Abendessen zu bleiben –, saß ich allein in meinem Zimmer. Mein Vater war mit dem Auto unterwegs, einkaufen oder sonst irgendwas erledigen, meine Mutter war im Keller mit Waschmaschine und Trockner beschäftigt und ich hatte jede Menge Zeit, auf meiner Truhe vor der Fensterbank zu hocken und darauf zu hoffen, dass Nick sich irgendwann im Garten blicken ließ.

Nick. Ich lächelte. In der Liebe darf man nicht so gnadenlos sein. Wer auch immer die Frau war, die das zu mir gesagt hatte, ich fand immer mehr, dass sie recht hatte. Auf welche Liebe sich die Worte wohl bezogen hatten? Ich schreckte immer noch davor zurück, meine Eltern nach meinem Liebesleben zu fragen. Sie wurden ja bereits wortkarg, wenn es nur um meine Freundinnen ging. Angeblich waren die todtraurig gewesen, dass ich durch den Umzug auch noch die Schule wechseln musste. Mit dem Auto benötigte man grade mal eine Dreiviertelstunde bis zum Rand der Großstadt, doch mit der Bahn dauerte es länger und außerdem lag die Schule am entgegengesetzten Ende der Stadt, sodass ich drei weitere Verkehrsmittel gebraucht hätte, um dorthin zu kommen. Aber das war ja jetzt erst mal egal. Einerseits wünschte ich mir, meine Freundinnen kämen endlich aus ihren Urlauben zurück, andererseits dachte ich, dass es vielleicht besser war, sie noch nicht zu treffen. Ich konnte mir schon vorstellen, wie das ablaufen würde. Verunsicherung auf beiden Seiten. Und am Ende fühlten sie sich in der Gesellschaft ihrer fremden Freundin dermaßen unwohl, dass sie mich künftig eher meiden würden. Das war das Schöne an der Begegnung mit Mel gewesen. Dass sie mich kaum länger kannte als ich mich selbst – nach meiner Amnesie. Sie kannte mich seit sechzehn Tagen, ich mich seit dreizehn. Kaum ein Unterschied.

Ich ließ meine Stirn gegen die sonnenerhitzte Scheibe sinken und schloss für einen Moment die Augen. Sollte Nick ausgerechnet jetzt in den Garten kommen und zu mir raufschauen, dann würde er sehen, wie ich meine Nase an der Scheibe platt drückte. Doch die Gefahr bestand nicht, denn von meinem Fenster aus konnte ich ein großes Stück des Weges einsehen, der in den Garten führte. Ich öffnete die Augen, blickte – Stirn und Nase immer noch an die Scheibe gequetscht – geradeaus und stieß einen hohen Quietschton aus. Im Dach des Nachbarhauses, exakt auf meiner Höhe, lehnte jemand aus dem Fenster und winkte mir grinsend zu.

»Scheiße«, fluchte ich leise durch die Zähne, freute mich aber gleichzeitig ungemein, Nick wiederzusehen. Besserwisser hin oder her, man musste ihn allein schon für die Tatsache lieben, dass er sich einem Mädchen gegenüber, dem nicht nur einige Tassen im Schrank fehlten, sondern dessen Gesicht auch noch aussah, als wäre es zwischen die

Fäuste der Klitschko-Brüder geraten, so unvoreingenommen und freundlich benahm. Mit brennenden Wangen öffnete ich das Fenster.

Er formte ein kurzes Wort mit den Lippen, irgendetwas mit einem O, und zeichnete mit den Zeigefingern Spiralen in die Luft.

Ich hob lachend die Schultern und drehte die Handflächen nach oben, um zu zeigen, dass ich nicht die geringste Ahnung hatte, was er mir sagen wollte.

Er formte das Wort noch einmal – irgendetwas mit Au, dachte ich diesmal – und malte erneut die Spiralen in die Luft, diesmal links und rechts von seinem Kopf.

Hoffentlich meinte er nicht, dass ich dermaßen einen an der Klatsche hatte, dass es schon wehtat. *Au.*

Ich deutete mit dem Zeigefinger nach unten in den Garten – er nickte und verschwand.

Eilig angelte ich nach meinen Krücken und machte mich auf den Weg. Konnte ja nicht schaden, wenn er mich für eine Sportskanone hielt, die sich nicht mal von einem Kreuzbandriss aufhalten ließ.

Als ich keuchend im Garten ankam, wartete Nick bereits auf mich. »Hi«, sagte er.

»Hi«, echote ich und spürte, dass sich ein verklärtes Lächeln auf meine Lippen legte. Vielleicht hatte ich meine Gesichtsmuskeln immer noch nicht unter Kontrolle.

»Und ähm – ?«, begann ich und ahmte seine Luftzeichnung von vorhin nach.

Er grinste breit. Viel breiter noch als bei unserer letzten Begegnung. Sah ich da etwa einen Hauch von Farbe in seine Wangen steigen?

»Ich habe deine Haare gemeint. Weil du sie heute offen trägst – du siehst echt toll aus. Wow.«

Vor lauter Überraschung senkte ich den Kopf. Oh Gott, komm schon, Emilia, gib irgendeine coole Antwort darauf, irgendwas ganz Cooles!

Die Sekunden strichen dahin. »Cool«, sagte ich schließlich. Den Kopf hielt ich weiter gesenkt.

»Gefällt dir der Rasen so gut?«, hörte ich ihn fragen.

Ich grinste, behielt den Blick aber nach unten gerichtet.

»Ja«, sagte ich. »Warum fragst du?«

»Weil der Rasen so viel Aufmerksamkeit von dir bekommt, dass ich langsam eifersüchtig werde.«

Mit glühenden Ohren hob ich den Kopf. Sein Blick war auf meine Lippen gerichtet, unsere Körper schoben sich einander näher, als wären sie plötzlich magnetisch aufgeladen. Das alles geschah wie von selbst, ich kam gar nicht dazu nachzudenken, es war vielmehr, als würde der trommelnde Puls in meinen glühenden Ohren meine Bewegungen dirigieren. Als Nick seinen Kopf ganz langsam zu mir hinunterbeugte, bis unsere Gesichter kaum noch einen Zentimeter voneinander entfernt waren, löste sich das Trommeln auf und verwandelte sich zu einem Rauschen, das nicht nur meine Ohren, sondern all meine Sinne einnahm.

»Emilia!«

Wir schreckten auseinander. In Nicks Augen flackerte Panik, mich jedoch packte die schiere Wut. Das ging jetzt wirklich zu weit.

»Mutter«, rief ich wütend und drehte mich um. »Was soll denn das jetzt?«

Während meine Mutter noch damit beschäftigt war, ihren Mund empört aufzureißen, drang Nicks flüsternde Stimme an mein Ohr. »Tut mir leid. Bis bald.«

»Warte!«, rief ich. Doch er war schon verschwunden.

»Emilia, was um alles in der Welt machst du da?«

Ich setzte meine Krücken auf den Boden und schwang meinen Körper direkt vor meine Mutter. Meine Stimme zitterte vor unterdrücktem Zorn. »Warum mischst du dich ständig in alles ein? Endlich passiert mir etwas Gutes und dann kommst du und zerstörst es.«

Meine Mutter schnappte nach Luft, als hätte ich sie ins Gesicht geschlagen. Gut so. Genauso fühlte ich mich die ganze Zeit.

Der Abend endete schließlich katastrophal. Dabei waren meine Mutter und ich beide bemüht, die Szene vom Nachmittag zu überspielen. Ich wusste nicht, ob mein Vater irgendetwas davon mitbekommen hatte, die Sache wurde jedenfalls mit keinem Wort erwähnt.

Wir setzten uns zum Abendessen, es gab Linsen mit Semmelknödeln.

»Ich hoffe, es schmeckt dir, Emilia?«, erkundigte sich meine Mutter vorsichtig und plötzlich tat es mir leid, dass ich sie vorhin im Garten so angepflaumt hatte. In dem Bemühen, sie wieder glücklich zu machen, tat ich etwas extrem Unüberlegtes. Ich erkundigte mich nach Fotos von früher – weil ich ja wusste, wie gern sie über alte Zeiten sprach.

Meinem Vater rutschte der Löffel aus der Hand und landete geräuschvoll auf dem Teller.

»So ein Mist«, fluchte er und begann, mit einer Serviette sein besprenkeltes T-Shirt zu säubern.

»I-ich äh, natürlich kann ich mir denken, dass einige Fotos weg sind«, stotterte ich betroffen, »aber doch nicht alle?«

»Natürlich alle!«, wies mein Vater mich zurecht. »So ist das nun mal, wenn alles verbrennt, was man besitzt.«

Meine Mutter fixierte mich mit flehendem Blick und schüttelte dann demonstrativ den Kopf. Doch ich konnte nicht schweigen. Diesmal nicht. Diesmal mussten sie es mir endlich sagen.

»Jetzt sagt mir doch endlich, was ich so Schreckliches getan habe!«

Meine Mutter rang nach Worten, doch mein Vater brachte sie schnell mit einem resoluten »Nein« zum Schweigen.

»Emilia«, sagte er dann und es klang so resigniert, als hätte er die kommenden Worte schon oft an mich gerichtet, oft, aber vergeblich. »Nicht alles dreht sich immer nur um dich. Für deine Mutter und mich waren die ganzen letzten Tage auch schwer. Nicht nur, dass unsere eigene Tochter uns nicht wiedererkennt. Wir haben bei dem Brand auch noch fast alle Möbel und Erinnerungsstücke verloren. Der Hausverkauf stand knapp bevor. Eine Unterschrift noch und das Haus wäre verkauft gewesen. Die Versicherung zahlt weitaus weniger, als der Käufer es getan hätte. Wir nagen zwar nicht am Hungertuch, aber das Geld hätten wir dennoch gut gebrauchen können. Und –«, er stockte, schob den Teller von sich und stand auf. Ohne jede Vorwarnung verließ er das Zimmer.

»Ich habe dich doch so gebeten –«, begann meine Mutter, doch ich hatte mir schon meine Krücken geangelt und schwang mich, so schnell ich konnte, zur Tür hinaus. Ich fand meinen Vater in der Küche. In der halb fertigen Küche. Er stand mit dem Rücken zur Tür, das Gesicht in Richtung Fenster. Ich fragte mich, was er dort draußen in der Dämmerung zu sehen hoffte. Doch wahrscheinlich ging es ihm mehr darum, eben nichts sehen zu müssen.

Bestimmt wusste er, dass ich hinter ihm stand. Die Krücken machten ein Anschleichen absolut unmöglich. Dennoch drehte er sich nicht um.

Ich wartete ab und war mir sicher, dass er sich mir irgendwann zuwenden würde, wenn ich nur lange genug darauf wartete. Aber er war nicht weniger stur als ich, und als die Stille zwischen uns unerträglich wurde, presste ich hervor: »Bitte, sag es doch endlich! Sag doch endlich, dass ich das Haus angezündet und damit unser ganzes Leben zerstört habe!«

Er fuhr herum. »Nein! Du hattest überhaupt nichts damit zu tun. Vergiss den blöden Brand einfach!«

Er stöhnte auf, als ihm – so nahm ich an – bewusst wurde, dass ich nichts vergessen konnte, an das ich keinerlei Erinnerung hatte.

»Aber warum bist du dann so komisch zu mir?«, flüsterte ich und spürte Tränen in mir hochsteigen. »Was hab ich getan?«

»Nichts«, sagte er sofort. Doch meine erste Frage beantwortete er nicht.

»Ist es das?«, erkundigte ich mich. »Dass ich *nichts* getan habe? Gab es was, was ich hätte tun sollen? Hätte ich das Feuer löschen können und bin stattdessen weggerannt?«

Er schüttelte den Kopf. »Nein. Nein. Du hast die Feuerwehr gerufen, du hast alles richtig gemacht.«

»Woher weißt du das?«

»Von der Polizei. Der Notruf bei der Feuerwehr kam von deiner Handynummer.«

»Und – wo ist dieses Handy jetzt?«

Er schüttelte nur den Kopf und ich verstand. Es war zu Asche geworden, so wie das meiste andere in unserem Leben auch. Übrig geblieben waren ein paar Möbel – und wir drei.

Nein, nicht wir drei, nur meine Eltern. Und dann erst irgendwo ich.

Ich saß auf der Bettkante und wartete. Ich würde erst in den ersten Stock hinuntergehen, wenn meine Eltern die Tür zu ihrem Schlafzimmer geschlossen hatten und Stille im Haus herrschte. Ich wollte ihnen heute nicht mehr begegnen. Ein eigenes Badezimmer oder wenigstens ein Klo war das Einzige, das ich auf meinem Dachboden vermisste.

Es war bereits nach elf, als ich vorsichtig die Treppe hinunterstieg und mich auf der Toilette einschloss. Die Klospülung betätigte ich so sanft wie möglich, um meine Eltern im Schlafzimmer nebenan nicht auf mich aufmerksam zu machen.

Aus einem plötzlichen Impuls heraus stieg ich danach nicht die Treppe zu meinem Zimmer hoch, sondern nahm die andere Treppe, die hinunter ins Wohnzimmer führte.

Okay, der plötzliche Impuls ließ sich wohl am besten mit dem Wort Hunger beschreiben. Als Erstes steuerte ich die Küche an. In einem Topf auf der Herdplatte fand ich die Reste des Abendessens. Entweder hatte meine Mutter für die nächsten paar Tage vorgekocht oder sie und mein Vater waren mit leerem Magen ins Bett gegangen. Ich beförderte ein paar Löffel Linsen und zwei Knödel auf einen Teller und stellte ihn in die Mikrowelle. Den Topf verstaute ich im Kühlschrank. In einer warmen Augustnacht war er dort wohl am besten aufgehoben.

Während ich auf das Piepen der Mikrowelle wartete, verspürte ich einen Anflug schlechten Gewissens. Bisher hatte ich das Gefühl gehabt, dass meine Mutter zu den Menschen gehörte, denen es Spaß machte, ordentlich zu sein. Ohne unseren Streit hätte sie vermutlich nicht vergessen, den Topf über Nacht in den Kühlschrank zu stellen. Und ich war mir fast sicher, dass die beiden wirklich kaum was gegessen hatten.

Die Mikrowelle piepte und ich zuckte zusammen. Gerade waren meine Gedanken weiter zu Nick gewandert. Seit unserem Beinahekuss hatte ich ihn weder am Fenster noch im Garten gesehen. Wahrscheinlich hatte meine Mutter ihn für immer verschreckt.

Weil ich nicht wusste, ob die Oberfläche des Tisches hitzebeständig war, stellte ich den heißen Teller sicherheitshalber auf einem Stapel Papiere ab. Anschließend machte ich mich auf die Suche nach einem geeigneten Untersetzer.

Als ich endlich saß und den ersten Löffel Linsen kaute, blätterte ich gedankenverloren durch den Papierstapel. Plötzlich stach mir mein Name ins Auge.

Patientin: Emilia Schneider

Arztbrief:
Diagnose von Dr. Martin Weiss:
Rup. lig. crucant. gen. sin.
Commotio cerebri,
Vulnus lac.-con.

Diagnose von hausinternem Psychiater Dr. Wendelin Probst und dem vom M.-P.-Institut hinzugezogenen Psychiater Prof. Dr. Ignaz Springer:

Verlust des autobiografischen Gedächtnisses: mit größter Wahrscheinlichkeit ausgelöst durch den Schock der vorangegangenen Ereignisse (siehe Seite 4).

Andere Gründe für die Amnesie werden ausgeschlossen. Kein Hinweis auf organische Ursachen. Keine Drogen oder Medikamente im Blut. Laut Eltern keine vorausgegangene Migräne bekannt. Keinerlei Anzeichen von Schizophrenie oder sonstiger psychischer Labilität gefunden.

Die Patientin wird umgehend nach Entlassung mit ihren Eltern an den Starnberger See ziehen. Von Prof. Dr. Springer wurde dringend abgeraten, die Patientin jetzt aus ihrem gewohnten Umfeld wie Schule, Freundeskreis etc. zu reißen. Wesentlich bessere Chancen darauf, ihr Erinnerungsvermögen wiederzuerlangen, hätte sie bei einem Verbleib in ihrem gewohnten Umfeld in München.

Danach folgten zwei Seiten, auf denen ein ausführliches Blutbild und jede Menge andere Untersuchungsergebnisse aufgelistet waren. Nichts davon schien auffällig zu sein.

Ich nahm das nächste Blatt zur Hand und fand dort das Ende des Arztbriefes, wo unter anderem die Kontaktdaten des Arztes in Starnberg angeführt waren. Jedoch fehlte ganz offensichtlich die Seite davor, denn diese hier begann mitten im Satz:

– weswegen auch keine Geburtsurkunde bzw. sonstige Dokumente vorhanden sind.

Ich durchsuchte den ganzen Papierstapel nach dem fehlenden Blatt, fand jedoch nichts. Die Linsen waren mittlerweile wieder kalt geworden, aber der Appetit war mir ohnehin vergangen. Dass ausgerechnet die ominöse Seite vier verschwunden war, auf die sogar extra verwiesen wurde, konnte doch kein Zufall sein. Ich war ganz sicher, dass meine Eltern sie entfernt hatten, weil ich irgendetwas nicht erfahren durfte. Es wäre klüger von ihnen gewesen, gleich den ganzen Arztbrief zu verstecken.

Morgen würde ich sie nach der vierten Seite fragen. Und danach, was sie mir noch alles verheimlichten. Mich durchzuckte ein weiterer unangenehmer Gedanke: Was, wenn meine besten Freundinnen gar nicht in Urlaub gefahren waren? Vielleicht hielten meine Eltern mich absichtlich von ihnen fern, weil sie mir Dinge erzählen könnten, von denen ich nichts wissen durfte.

War meine Amnesie am Ende ein Segen für meine Eltern?

Mit einem Mal begann ich, fürchterlich zu frieren. Es gab nur einen einzigen Grund, weswegen der Verlust meines Gedächtnisses ihnen gelegen kommen konnte: Sie wollten mich schützen, weil ich etwas unfassbar Schreckliches getan hatte.

Ich traf einen Entschluss. Morgen würde ich versuchen, die Handynummern meiner Freundinnen herauszufinden, und ihnen dann beiden eine SMS schicken. Ich musste endlich herausbekommen, was vor meinem Gedächtnisverlust geschehen war.

Ich ging noch einmal die Papiere durch, versuchte, mich trotz Kopfschmerzen und Müdigkeit zu konzentrieren. Anscheinend hatte ich Lateinunterricht gehabt und noch nicht alle Vokabeln vergessen. Mir war sofort klar, dass es sich bei den ganzen lateinischen Abkürzungen am Anfang um mein Kreuzband, die Gehirnerschütterung und die Platzwunde handelte. In genau der Reihenfolge.

Meisterleistung, dachte ich gähnend.

Ich löschte das Licht in Küche und Wohnzimmer und wollte gerade im Finstern die Treppe in den ersten Stock hochsteigen, als ich das typische Quietschen einer sich öffnenden Tür hörte.

Ich beschloss, unten zu warten. Wahrscheinlich musste einer der beiden auf Toilette. Doch dann ging das Licht im Treppenhaus an. Auf ein Zusammentreffen mit Vater oder Mutter war ich jetzt echt nicht vorbereitet, panisch flüchtete ich in die winzige Abstellkammer, die unter den Stufen eingebaut und zum Glück noch leer war. Um keinen Lärm zu machen, wagte ich nicht, die Tür zu schließen, ich lehnte sie nur an.

Die Schritte auf der Treppe klangen eher nach meiner Mutter, fand ich, doch eigentlich wusste ich es nicht genau.

Aber egal, wer es war, es handelte sich bestimmt ebenfalls um einen Anfall nächtlichen Hungers. Mist, ich hatte vergessen, meinen Teller wegzuräumen.

Als die Schritte im Wohnzimmer angekommen waren, verstummten sie plötzlich. Klar, der dicke Teppich dämpfte jedes Geräusch. Ich beschloss, einen Blick hinauszuwagen, als plötzlich genau vor meiner Tür piepsende Töne zu hören waren. Es klang, als würde jemand eine Nummer mit dem Handy anwählen. Gleich darauf hörte ich ein leises Räuspern. Meine Mutter, eindeutig. Stand die jetzt wirklich ausgerechnet vor meinem Versteck und telefonierte heimlich? Mir brach der Schweiß aus. Aus irgendeinem Grund war ich mir vollkommen sicher, dass sie – wen auch immer sie anrief – gleich über mich reden würde. Und zwar lauter Dinge, die ich sicher nicht hören wollte, was zur Folge haben würde, dass unser Verhältnis sich weiter verschlechterte. Beinahe hätte ich mir die Finger in die Ohren gesteckt, aber dann siegte doch die Neugier.

»Hier ist Eva«, hörte ich sie leise sagen. »Wie geht es dir?«

Ich legte mein Ohr an den Spalt. Als hätte meine Mutter es bemerkt, senkte sie ihre Stimme noch mal um eine Nuance.

»Ich weiß wirklich nicht mehr weiter. Alles ist so verworren«, hörte ich sie flüstern. Dann eine Pause. »Nein, nur an die Dinge, die ich dir schon erzählt habe.« Erneute Pause, dann: »Nichts Neues, nein. Aber was machen wir, wenn sie – oh Gott, ich halte das nicht aus.«

Mir klopfte das Herz bis zum Hals. *Aber was machen wir, wenn sie …* Was konnte das bedeuten?

Ich hörte sie leise schluchzen. »Ich bin so allein. Ich brauche dich jetzt.«

Ich bin so allein, ich brauche dich jetzt? Hatte meine Mutter eine Affäre?

Ihre Stimme brach, als sie sagte: »Wann wachen wir endlich aus diesem Albtraum auf?«

Ich musste schlucken. Das Geräusch war so laut, dass ich panisch Luft einsog und die Augen schloss, so sicher war ich mir, dass ich jetzt entdeckt wurde.

Doch dann hörte ich, dass meine Mutter leise weiterredete. »Können wir uns nicht treffen? Ohne dass sie es erfahren?«

Plötzlich schnappte sie erschrocken nach Luft. »Er kommt«, flüsterte sie. »Ich melde mich wieder.«

Jetzt hörte auch ich die Schritte meines Vaters auf der Treppe.

»Da bist du ja. Was machst du denn hier unten?«

»Ich kann nicht schlafen, Georg. Also renne ich eben durchs Haus.«

Von einer Sekunde auf die andere hörte sich seine Stimme ungewohnt liebevoll an. »Na komm, Liebling, setzen wir uns ein bisschen in die Küche.«

Ich hörte, wie sie dankbar seufzte. Verdammt, war meine Mutter wirklich so eine falsche Schlange?

4

Als ich am nächsten Morgen aufwachte, hatte ich keine Ahnung mehr, wann ich eingeschlafen war. Unmittelbar nachdem meine Eltern außer Sichtweite waren, hatte ich mich heimlich die Treppen hochgeschleppt. Mit einem Schlag fiel mir das ominöse Telefonat meiner Mutter wieder ein. Ich fuhr hoch und musste gleich darauf scharf Luft einziehen, um einen Schrei zu unterdrücken. Konnte ich mir nie merken, dass ich mit dem verdammten Knie keine ruckartigen Bewegungen machen durfte! »Kannst du dir überhaupt irgendwas merken?«, murrte ich.

Doch dann fiel mir der Beinahekuss mit Nick wieder ein und Wärme breitete sich in meinem Körper aus. Vielleicht ergab sich heute ja eine neue Chance auf unseren entgangenen Kuss.

Ich hievte mich ungeschickt aus dem Bett. Von einer Traumfrau bist du wirklich milchstraßenweit entfernt, dachte ich, als ich mich ächzend in meine Klamotten quälte. Was hätte ich darum gegeben, zumindest während des Hoseanziehens das Knie anwinkeln zu können.

Bevor ich meinen Dachboden verließ, hüpfte ich noch mal zum Fenster und hielt Ausschau in Richtung Nachbargrundstück. Ich seufzte und wertete es als schlechtes Omen, dass ich weder Nick noch seine Eltern irgendwo entdecken konnte.

Im ersten Stock, ich wollte gerade ins Badezimmer gehen, hielt ich plötzlich inne. Es brauchte ein paar Momente, bis ich begriff, dass ich tatsächlich allein im Haus war. Zum allerersten Mal.

Ich war mir unsicher, ob ich enttäuscht sein oder mich freuen sollte. In der Nacht war ich so sicher gewesen, dass ich meinen Eltern mein Misstrauen gleich in aller Früh unterbreiten würde. Ich wollte wissen, was auf der verdammten Seite vier im Befund stand und warum sie die vor mir versteckt hatten. Andererseits spürte ich jetzt auch einen Hauch Erleichterung, die Konfrontation noch ein wenig aufschieben zu können. Außerdem, vielleicht konnte ich vorher noch Nick sehen …

Als ich die Treppe zum Wohnzimmer nahm, begann der Festnetzapparat zu läuten. Ich wettete mit mir selbst, dass das meine Mutter war, die – kaum aus dem Haus – sich gleich erkundigen musste, ob bei mir auch ja alles in Ordnung war. Ich begann, schneller zu hüpfen, doch der Anrufbeantworter entschied trotzdem das Rennen für sich.

»Hier spricht die Verwaltung der Universitätsklinik –«

Die Stimme stockte kurz. »– Frau Schneider, jemand von der Polizei hat bei uns angerufen und um eine Kopie des Befundes gebeten. Dabei ist mir aufgefallen, dass wir immer noch keine Versicherungsnummer von Emilia haben. Auch wenn Sie die Kosten selbst tragen, brauchen wir von Rechts wegen die Versicherungsnummer. *Drin-g-end.*«

Das Wort »Polizei« hatte eine versteinernde Wirkung auf mich. Als endlich wieder Leben in mich kam und ich zum Hörer greifen wollte, um mit der Dame persönlich zu reden, hatte sie ihren Monolog und damit auch den Anruf bereits beendet.

Warum interessierte sich die Polizei für meinen Befund? Lag etwa Körperverletzung vor? Vermuteten sie, dass mich irgendjemand auf die Straße gestoßen hatte. Oder ging es um den Brand? Mein Herz raste. Irgendetwas ganz Schlimmes war vorgefallen, da war ich mir vollkommen sicher. Die Worte, die meine Mutter letzte Nacht in ihr Handy geflüstert hatte, fielen mir wieder ein: *Was machen wir, wenn sie …*

Was machen wir, wenn sie sich an alles erinnert?, hatte sie das gemeint? Nur woran erinnern? Daran, dass ich eine Pyromanin war? Stand das auf der fehlenden Seite im Befund? Dann fiel mir ein, was der nette Arzt im Krankenhaus zu mir gesagt hatte. Er war voll des Lobes gewesen, hatte nichts davon gesagt, dass ich psychische Probleme hatte – sogar im Befund stand, dass ich psychisch stabil war. Endlich entspannte ich mich ein wenig. Bis mir der Gedanke kam, dass ich mir die positiven Sätze im Befund und das nette Gespräch mit dem Arzt auch nur eingebildet haben könnte. Wenn ich ganz verrückt war.

»Ach, komm schon«, murmelte ich und humpelte in die Küche. Hier irgendwo lag der Beweis, dass ich nicht vollkommen gaga war. Und auch wenn ich ganz genau wusste, dass ich es in der Nacht schon gelesen hatte, wollte ich mich noch einmal davon überzeugen.

Ich suchte die ganze Küche ab, doch der Papierstapel, in dem ich gestern den Arztbrief entdeckt hatte, hatte sich in Luft aufgelöst.

Ich ließ mich auf einen Stuhl fallen und presste die Lider

zusammen. Wenn ich nicht eh schon verrückt war, würde ich es bestimmt bald werden. Angestrengt versuchte ich, mir jedes Wort in Erinnerung zu rufen, das im Krankenhaus über mich gesprochen worden war. Obwohl mein Kurzzeitgedächtnis mittlerweile schon viel besser gehorchte, hatte ich vieles von den ersten Tagen vergessen. Dafür fiel mir jetzt etwas vollkommen anderes ein. Ich erinnerte mich, wie ich an jedem Tag, an dem ich zu Hause angekommen war (konnte das wirklich erst achtundvierzig Stunden her sein?) für einen Moment überlegt hatte, ob meine Mutter in Wahrheit selbst etwas mit dem Brand zu tun hatte und deshalb das Thema so beharrlich vermeiden wollte. Doch was sollte das mit meinem Befund zu tun haben? Neben den ganzen Angst einflößenden Gedanken, die durch mein Hirn sprangen, tauchte plötzlich ein vollkommen neuer auf.

»Nein!«, befahl ich mir laut. »Den Blödsinn wirst du gleich wieder vergessen!«

Ich wusste nicht, wie lange ich dagesessen hatte, bis ich mir im Klaren darüber war, dass ich meine Vermutung – jetzt, wo sie einmal in mir aufgekeimt war – nicht würde vergessen können, bevor ich ihr nicht nachgegangen war. Denn es gab da schon ein paar Dinge, die seltsam waren.

Erstens: das komische Verhalten meiner Eltern mir gegenüber. *Meiner Eltern.* Minutenlang starrte ich ins Leere und spürte dem Gefühl nach, das diese beiden Worte in mir auslösten – jetzt, nachdem ich meine Eltern besser kennengelernt hatte.

Ich schüttelte den Kopf. Der Gedanke, dass die beiden meine Eltern waren, fühlte sich mittlerweile vertraut an.

Auch wenn sie ein Känguru und er ein Igel war. Waren in Wahrheit nicht alle Eltern komisch? Doch da war auch noch ein Zweitens: die fehlenden Fotos. Ja, alles war verbrannt, das hatte ich kapiert, aber dass sie nicht mal in ihren Brieftaschen ein Foto von mir hatten? Oder auf ihren Handys? Wobei ich sie danach eigentlich gar nicht gefragt hatte. Mich interessierten ja eher Kinderfotos, alles von früher. Meine Gedanken rasten jetzt.

Noch etwas war merkwürdig: die fehlende Versicherungsnummer. Die hätten sie doch längst rausbekommen können, wenn sie sich darum gekümmert hätten. Jedenfalls dann, wenn sie über meine restlichen Daten Bescheid wussten.

Hieß das etwa, dass sie nicht die waren, für die sie sich ausgaben? »Du bist ja komplett durchgeknallt«, ermahnte ich mich selbst. Dennoch hatte der Gedanke etwas in mir ausgelöst. Ich musste endlich wissen, was hier los war. Irgendetwas musste ich doch rausbekommen können. Ich öffnete Schubladen und Schränke, wühlte mich durch Umzugskartons, stöberte in jedem noch so kleinen Objekt nach meinen Spuren. Irgendein zufällig hineingerutschtes Foto, das mich neben diesen beiden Personen zeigte, die mich vom Krankenhaus zu sich nach Hause geholt hatten und behaupteten, meine Eltern zu sein. Ich wollte, dass sie es waren. Das spürte ich deutlich. Trotz ihrer ganzen Heimlichtuerei und dem Gluckengehabe von ihr wollte ich, dass die beiden meine Eltern waren, wollte glauben, dass ich in Sicherheit war und genau dort, wo ich hingehörte.

Ich brauchte nur diesen einen kleinen Beweis, dieses

winzige Entgegenkommen vom Schicksal, diesen minimalen Beitrag, um meine Gedanken zu beruhigen. Obwohl mir die ganze Zeit über bewusst war, dass ein Foto rein gar nichts bedeuten musste, suchte ich weiter. Selbst wenn ich mich auf einem Schnappschuss als Siebenjährige auf dem Schoß dieser Frau wiederfand, musste das nicht bedeuten, dass sie meine Mutter war. Aber es wäre zumindest irgendetwas.

»Irgendetwas!«, schrie ich und stampfte mit dem falschen Fuß auf. »Scheiße!«

Ich unterdrückte die Tränen, die sich bereits in meinen Augen sammelte. Ich hasste es zu weinen. Das war mir in dem Moment vollkommen klar, dazu brauchte es keinen Flashback. Lieber noch mal schreien.

»Ich heu – le niiiiiie!«, heulte ich und hielt abrupt inne, als kräftig gegen die Haustür geklopft wurde.

Konnte das Nick sein?

Ich schluckte, strich mir die Haare aus der Stirn und von den feuchten Wangen und atmete konzentriert aus. Dann schwang ich mich auf den Krücken zur Haustür.

Davor stand Mel und sah mich irritiert an. »Emilia, geht's dir gut?«

Ich fiel ihr um den Hals.

Gemeinsam suchten wir das Erdgeschoss ab. Zweimal mussten wir eine Pause machen. Einmal, weil mein Knie so angeschwollen war, dass ich es hochlagern und Eis draufpacken musste, während Mel drei Marmeladenbrote aß, mich neben dem Sofa stehend ansah und immer wieder den Kopf schüttelte, als wäre das, was wir hier taten, vollkommen absurd. Und ein zweites Mal, als meine Mutter anrief, um sich zu erkundigen, ob bei mir alles in Ordnung wäre und ob sie mir irgendetwas Bestimmtes aus dem Supermarkt mitbringen sollte.

»Ja. Nein«, antwortete ich, verabschiedete mich schnell und legte den Hörer auf.

Mel stieg wortlos die Stufen hoch und ich hätte sie dafür küssen können, wie selbstverständlich sie mir bei meiner Mission half.

Als ich einen Laut von oben hörte, humpelte ich von der Küche ins Wohnzimmer.

»Hast du was?«, rief ich nach oben.

»Ich glaube, ich …« Mels Stimme verlor sich, doch im nächsten Moment hörte ich schon ihre Schritte. Sie kam die Treppe herab, ihr weißes Gesicht wirkte noch bleicher als sonst und in der Hand hielt sie ein rechteckiges Stück Papier, auf das sie so intensiv starrte, dass sie versehentlich eine Stufe ausließ und den Rest der Treppe herunterschlitterte.

Endlich hob sie den Blick und sah mich an. Ich spürte, wie sich feine Härchen in meinem Nacken aufstellten. Tränen schossen mir in die Augen und ich schüttelte den Kopf. Wie sehr wünschte ich mir in diesem Moment, ich hätte mich nie auf die Suche nach Beweismitteln gemacht. Hätte ich doch einfach alles auf sich beruhen lassen.

Bereits in diesem Moment wusste ich, dass, was auch immer Mel mir da brachte, es alles nur noch komplizierter machen würde. Schweigend hielt sie mir das Papier entgegen. Es war ein Foto.

Ich erkannte ein etwa sechsjähriges Mädchen, das zwischen zwei lachenden Erwachsenen auf einem Sofa saß, einen Arm besitzergreifend um die Frau links von sich, den anderen Arm mit derselben Vertrautheit um den Mann rechts von sich geschlungen.

»Das bin ich«, stellte ich leise fest.

Mel nickte düster. »Dreh es mal um.«

Auf der Rückseite stand: *Emilia mit Mami und Papi.*

Eines war jedenfalls klar: Auch wenn sich das Äußere eines Menschen innerhalb eines Jahrzehnts in vielerlei Hinsicht ändern konnte, diese beiden Personen auf dem Foto waren nicht der Mann und die Frau, bei denen ich zwei Tage zuvor eingezogen war.

Mel sah mindestens so betroffen aus, wie ich mich fühlte. Und das irritierte mich. Ich war darauf gefasst gewesen, in den nächsten Minuten gegen alle möglichen Argumente ihrerseits, dass es eine völlig harmlose Erklärung für dieses Foto geben könnte, ankämpfen zu müssen.

Doch sie sagte nichts dergleichen, was dazu führte, dass ich selbst plötzlich anfing, Argumente für die Harmlosigkeit des Fundes zu suchen.

»Vielleicht sind das Freunde von meinen Eltern. Und ihr Kind hat das Foto aufgenommen und darum klingt die Formulierung so komisch. Da auf dem Foto ist Emilia zu sehen plus – *meine* Mami und *mein* Papi. Also Mami und Papi von dem wirklichen Kind der beiden.«

»Das Problem ist, dass die Formulierung überhaupt nicht komisch klingt. Sofern man sie richtig interpretiert«, versetzte Mel. »Und sieh dir mal die Schrift an. Das stammt nicht von einem Kind. Und so jung, wie die Eltern aussehen, hatten sie damals sicher noch keine erwachsenen Kinder, die das so geschrieben hätten. Nein. Das hat hundertpro die Frau auf dem Foto geschrieben. Meine Mutter macht das heute noch so. Melanie mit Mama und Papa.« Sie verzog affektiert das Gesicht.

»Vielleicht wurde ich adoptiert«, stieß ich bestürzt hervor, »und das waren meine leiblichen Eltern.«

»Ach komm, da warst du kein Baby mehr. Daran könntest du dich doch ...«, sie stockte und setzte flüsternd hinzu, »... erinnern.«

Jede Antwort erübrigte sich. Und auch Mel schwieg eine Weile.

»Scheiße! Scheiße! Scheiße!«, brach es plötzlich aus ihr heraus, so laut, dass ich zusammenzuckte. Sie sank auf die Couch und trommelte mit den Fäusten auf die Rückenlehne. »So eine Kacke aber auch! Was läuft da?«

»Mel ... übertreibst du jetzt nicht –«

»Nein«, schrie sie und starrte mich an.

Und ich hab gedacht, ich hätte Probleme, schoss es mir durch den Kopf. Die tickt doch nicht richtig.

»Ich versteh das nicht«, sagte sie jetzt. Sie senkte den Blick und murmelte die vier Worte immer wieder vor sich hin. »Ich versteh das nicht.« Bis ich sie unterbrach: »Meinst du, ich verstehe es?«

Sie atmete tief ein und murmelte etwas.

»Wie bitte?«, fragte ich argwöhnisch.

Ihr Blick und ihre Stimme hoben sich gleichzeitig. »Ich glaube, ich muss dir etwas sagen.«

Da war es wieder. Das unangenehme Gefühl, wenn die Härchen im Nacken sich aufstellen.

»Du und ich, wir sind uns vor gestern – noch nie begegnet«, begann Mel langsam.

Ich atmete schwer aus. Fühlte mich verletzt, betrogen und schlicht und einfach dumm.

»Ich hab mir nicht viel dabei gedacht, als ich angefragt wurde. Irgendwie ist es ja doch so etwas wie eine Rolle und sie hatten gute Gründe, wie mir schien, also warum nicht eine Schauspielerin nehmen?«

»Was?«, unterbrach ich sie und setzte zischend hinzu: »Kannst du bitte von vorn beginnen?«

»Okay, ja. Scheiße.« Sie seufzte kurz und hörbar. »In Wahrheit bin ich schon zwanzig und Schauspielstudentin. Über die Künstlerbetreuung am Arbeitsamt gibt es ab und an Anfragen vom Theater oder Fernsehen. Tja, in dem Fall wurde nach einer jungen Frau gesucht, die hier in der Gegend wohnt und nicht älter aussieht als achtzehn.« Sie grinste schief. »Ich weiß, ich sollte vielleicht mal wieder aktuelle Fotos von mir machen lassen.«

Solltest du. »Und weiter!«, sagte ich laut.

»Das Amt hat mich zum Casting ins Café am Rathausplatz bestellt, wo sich herausgestellt hat, dass ich die einzige Kandidatin bin. Das hat mich aber nicht großartig gewundert, denn bei uns wohnen ja nur lauter alte Leute und vor allem keine Schauspieler. Ich bin nur übern Sommer hier, den Rest vom Jahr wohn ich in Berlin –«

Ich schloss die Augen, unfähig, die richtigen Worte herauszubringen, nämlich die, dass mich ihre persönliche

Geschichte nicht die Bohne interessierte und dass ich sie nur noch so lange in meinem Leben dulden würde, bis sie mir gesagt hatte, was sie wusste.

»Der Mann, der dort auf mich gewartet hat, sah richtig schüchtern aus. Mir war gleich klar, dass der weder vom Theater noch vom Film oder Fernsehen kommt. Der will sich auf diesem Weg 'ne Nutte bestellen, hab ich gedacht und hätte fast schon umgedreht. Jetzt wünschte ich, ich hätte es getan.«

»Und der Mann dort, war mein – Vater?« Meine Stimme triefte vor Verbitterung.

Sie zuckte mit den Achseln. »Jedenfalls hat er mir das gesagt. Und ja, es war der Mann, den ich gestern bei dir am Frühstückstisch gesehen habe.«

Ich drehte mich abrupt um. Ich wollte nicht, dass sie mein Gesicht sah. »Und weiter?«

»Er sagte mir, dass seine Tochter das Gedächtnis verloren hat, dass die Familie erst seit Kurzem in diesem Ort wohnt, ursprünglich aus München kommt und dass es für deine früheren Freunde momentan etwas schwierig ist, dich zu besuchen. Die örtliche Distanz sei zwar nicht so groß, aber wegen der Ferien wären die meisten wohl verreist. Er meinte, es müsse für dich sehr langweilig in der neuen Umgebung sein, noch dazu ohne Erinnerungsvermögen und dann auch noch ohne andere Ansprechpersonen außer den eigenen Eltern.«

»Langweilig«, schnaubte ich. »Wenn das mein einziges Problem wäre.« Ich drehte mich zu ihr zurück. »Und dir ist nicht in den Sinn gekommen zu fragen, wozu all diese komplizierten Lügen notwendig sind? Warum erfunden werden muss, dass wir uns *vor* meiner Amnesie schon kannten? Warum sie nicht einfach eine erste Begegnung jetzt und hier arrangiert haben? Wo es ihnen doch angeblich nur darum ging, dass ich Unterhaltung habe?«

Pause. Ich wartete.

»Ich hab mir darüber Gedanken gemacht«, sagte Mel schließlich. »Ich war auch kurz davor, danach zu fragen, hab dann aber für mich selbst eine Antwort gefunden, mit der ich zufrieden war, die mir einleuchtend erschien.«

Ich wartete erneut.

Plötzlich sah sie irgendwie klein aus auf dem Sofa. Einsam. Und obwohl ihr Gesicht tatsächlich auf einiges an Lebenserfahrung schließen ließ – in jedem Fall so viel, dass sie sicher nicht die Optimalbesetzung für ein junges Mädchen war – wirkte sie auf einmal hilflos wie ein kleines Kind, das heftig ausgeschimpft wurde, ohne zu wissen, was es eigentlich falsch gemacht hatte.

»Ich dachte, sie hätten befürchtet, dass es zwischen dir und mir vielleicht nicht klappen könnte. Dass wir uns nicht mögen würden. Aber wenn du von Anfang an denken würdest, dass wir bereits befreundet sind, würdest du erst gar nicht auf die Idee kommen, dass du mich nicht leiden kannst.«

»Und in Wirklichkeit ging es nur darum, mir eine weitere Person vorzuführen, die bezeugen kann, dass ich schon vor dem Krankenhausaufenthalt hier in diesem Kaff gewohnt habe.«

Mel hob hilflos die Schultern.

Das schrille Läuten des Telefons ließ uns beide zusammenzucken. Ohne Mel aus den Augen zu lassen, humpelte ich zu dem kleinen Tisch neben dem Sofa und nahm das Gespräch an.

»Hallo, Maus, hier ist noch mal Mama.«

Mein Herz hämmerte, als hätte es vor, meinen Körper zu verlassen. Gleichzeitig baute sich ein Klumpen Wut in meiner Kehle auf, sodass ich kaum ein Wort herausbrachte.

»Emilia? Hörst du mich? Hier ist Mama!«

Mit Müh und Not konnte ich mich davon abhalten, das Telefon quer durch den Raum zu schleudern. Ich schloss die Augen und murmelte: »Jaja, ich hör dich. Bei mir passt alles.«

»Wirklich? Du klingst so – ich weiß nicht –, bist du allein?«

»Nein. *Mel* ist hier«, konnte ich mir nicht verkneifen hinterherzuschießen.

»Oh. Ach ja, Mel. Geht es dir auch wirklich gut?«

Ich verdrehte die Augen. Wie oft hatte sie mich das in den letzten Tagen gefragt?

»Lässt du mich mal mit deiner Freundin sprechen?«

»Nein!« Das hättest du wohl gern. Ich zwang mich, meiner Stimme einen freundlicheren Klang zu geben, während ich sagte: »Komm, ich kann meine Sachen schon selbst regeln.«

»Ja, das weiß ich doch.« Pause. »Was denn für Sachen?«

»Nichts. Vergiss es. Mit – mir – ist – alles – in – Ordnung«, betonte ich. »Tschüss dann. Bis heut Abend!«

»So lange werden wir hoffentlich nicht brauchen. Ich denk, in einer Stunde sind wir wieder da.«

Mein Herz setzte für einen Moment aus. »Okay«, presste ich hervor und legte mit zitternder Hand auf.

»Jetzt aber schnell. Die sind gleich wieder da«, fuhr ich Mel an. »Was haben sie dir sonst noch gesagt?«

Sie sprang vom Sofa auf und rannte die Treppen hoch.

»Mel?«, rief ich ihr hinterher.

»Rühr dich nicht vom Fleck!«

»Haha.« Ich fluchte. Wenn mich mein Knie wenigstens nicht so stark eingeschränkt hätte. So unbeweglich, wie ich war, gab ich das perfekte Opfer ab. Ich stellte das verletzte Bein neben das andere und zwang mich, es zu belasten. Ich wusste genau, dass ich das so kurz nach der Operation noch nicht tun sollte, doch plötzlich hatte ich das Gefühl, dass ich imstande sein musste davonzurennen, wenn es die Situation erforderte. Ich biss in meine Faust, um nicht laut zu schreien, als ich das Bein etwa zur Hälfte belastete. Aber die Hälfte brachte mir genau gar nichts. Ich musste es voll belasten können, um eine Chance zur Flucht zu haben. Deshalb verlagerte ich das Gewicht noch weiter nach links.

Es ist nur körperlicher Schmerz, sagte ich mir. Menschen haben immer wieder bewiesen, dass es möglich ist, über die Schmerzgrenze zu gehen. Wie dieser Bergsteiger, der sich selbst den Arm amputiert hatte, um sich vor dem sicheren Tod in der Felsspalte zu retten. Wo auch immer ich davon gelesen oder gehört hatte, ich war jedenfalls ganz sicher, dass es einen solchen Bergsteiger gab.

Ich konzentrierte mich darauf, den Schmerz zu ignorieren, ihn abzukapseln, ihn an eine andere Stelle im Zimmer zu befördern, nein, am besten gleich hinaus aus der Tür. Während der Schmerz in meiner Vorstellung wie ein greller Blitz in den Himmel hinaufschoss, verlagerte ich noch mehr Gewicht auf mein linkes Bein. Ich hörte mich selbst aufstöhnen, doch der Schmerz war weg, er hatte die Wolkendecke durchbrochen und würde irgendwo im Weltall verglühen.

»Was machst du da?«

Mels Frage und ihr entsetzter Blick rissen mich aus meiner Übung. Der grelle Blitz schoss in meinen Körper zurück. Ich hob das linke Bein so schnell vom Boden, dass mich ein weiterer Blitzschlag traf.

»Hattest du wieder – eine Erinnerung?«

»Nein.« Zu meiner eigenen Überraschung merkte ich, dass gleich mehrere Bäche Tränen über meine Wangen flossen. Ach was, das waren ganze Wasserfälle, mein T-Shirt war nass. »Ich hab nur versucht, den Schmerz auszuschalten.«

»Scheint ja super geklappt zu haben«, stellte Mel trocken fest. »Sorry! War nicht so gemeint.« Sie musterte mich besorgt. Ich zuckte mit den Schultern. Vermutlich hatte sie auch kein leichtes Leben.

Sie sank zurück aufs Sofa, in den Händen hielt sie ein iPad. »Emilia Schneider ist dein voller Name, oder?«

»Woher soll ich das wissen?«

»Autsch.« Mel schnitt eine Grimasse. »Egal. Wir versuchen es jetzt einfach mal mit dem Namen.«

Ich starrte sie an. »Du bist ein Genie«, flüsterte ich.

»Mhm«, machte sie ironisch.

»Nein. Im Ernst.« Ich ließ mich neben sie sinken. Worte wie Facebook und Google tauchten vor meinem inneren Auge auf. »Wieso hab ich daran nicht gedacht? Man kann meinen Namen in die Suchmaschine eingeben und dann vielleicht Fotos von mir finden!«

Mel holte hörbar Luft.

»Was denn?«

Sie reichte mir das iPad mit den Worten: »Ich hab grad eins von dir gefunden.«

Ich starrte in mein eigenes Gesicht, das mir vom Bildschirm entgegenleuchtete. Mein Verstand brauchte ein paar Momente, bis das, was ich auf dem Display sah, einen Sinn ergab. »Gott«, hauchte ich. »Ich muss hier sofort weg.«

Ein Geräusch ließ mich zusammenzucken. Mel und ich starrten uns an. Die Haustür wurde aufgeschlossen. Und wir wussten beide, was das bedeutete.

5

Hallo Schatz. Ach, deine Freundin ist ja noch da. Wie nett.« Die Frau, die sich meine Mutter nannte, klang nervös. Hinter ihr kam der Mann herein, der behauptete, mein Vater zu sein. Seine Hände krampften sich um jede Menge potenzielle Mordwerkzeuge. Stolz zählte er auf: »Spaten, Harke, Rechen, Gartenschere, Grabegabel, Motorsäge.« Er nickte zufrieden. »Abverkauf im Baumarkt. Dreißig Prozent Rabatt auf alle Gartengeräte. Glück muss der Mensch haben.« Kaum hatte er den Satz beendet, verschwand das Lächeln aus seinem Gesicht, er wurde blass und flüchtete aus der Haustür.

Die Frau klatschte die Hände zusammen. »Wollt ihr beide Mädchen einen schönen warmen Kakao?«, gurrte sie mit übertriebener Fröhlichkeit.

Mel schnitt eine ihrer Grimassen. »Ne, nicht im Sommer. Außerdem wollten Emilia und ich grade an die frische Luft.« Sie stand auf und zog mich mit sich hoch.

»Emilia.« Die Frau sah mich flehend an. »Jetzt nicht, ja. Dein Vater möchte im Garten arbeiten und er braucht ein bisschen Ruhe.«

Ich wollte gerade erwidern, warum er dann das ganze Mordwerkzeug im Haus hatte stehen lassen, doch Mel kam mir zuvor: »Wir wollten sowieso ein Stückchen die Straße entlanglaufen.«

»Aber das geht doch nicht!«, rief die Frau aufgebracht.

Wieder war Mel schneller als ich. Sie griff nach den Krücken und plapperte los. »Machen Sie sich nur keine Sorgen, Frau Schneider, ich passe schon gut auf, dass Emilia nicht hinfällt.«

An der Art, wie sie an mir zerrte, erkannte ich, wie nervös sie war.

»Dein iPad«, flüsterte ich.

»Shit.« Sie drückte mir die Krücken in die Hand. Doch als wir uns in Richtung Sofa und nach dem Gerät umdrehten, war dieses bereits verschwunden. Die Frau hielt es in der Hand.

»Ein schönes Gerät«, sagte sie, während sie darüberstrich.

Mit drei langen Schritten war Mel bei ihr und entriss ihr das iPad.

Die Frau sah sie erstaunt an, dann runzelte sie die Stirn. »Emilia, es wäre mir wirklich lieber, wenn du heute Nachmittag im Haus bleibst. Vorhin hat es geregnet, der Beton ist nass und rutschig.«

Um nicht noch weiteren Argwohn bei ihr zu wecken, entschied ich mich für einen kindlich flehenden Ton. »Ach, komm schon. Nur ein paar Minuten. Ich brauch mal frische Luft.«

»Wir können ein bisschen später zu deinem Vater in den Garten gehen«, schlug die Frau vor.

Es war beinahe schon lächerlich, wie offensichtlich sie mich einsperren wollte. Und es kam mir mindestens genauso lächerlich vor, so zu tun, als bemerkte ich nichts davon. Sie musste doch wissen, dass ich es wusste. Nicht Mel war die Schauspielerin hier. Diese Frau und ich waren es, die sich gegenseitig zu täuschen versuchten, jedoch ohne dass das einer von uns gelang.

»Na, dann begleitest du mich eben nur zum Tor. Das wird doch okay sein, Frau Schneider, oder?«

Ich presste kurz die Augen zusammen. Mels Tonfall war viel zu spöttisch gewesen. Doch andrerseits … jetzt erst wurde mir bewusst, dass die Frau und Mel sich ja kannten. Die Idee, Mel für diese Rolle zu buchen, hatte das Ehepaar doch sicher gemeinsam ausgeheckt. Im selben Moment sah ich, wie Mel der Frau zuzwinkerte. Kälte breitete sich in meinem Inneren aus.

»Schatz, du zitterst ja!«

Ich schwang mich zur Haustür, dicht gefolgt von Mel. Ob das gut oder schlecht für mich war, wusste ich nicht. Vor Aufregung war ich unfähig, einen klaren Gedanken zu fassen.

Als ich die Tür aufriss, zuckte ich zurück. Unmittelbar vor mir stand der Mann und versperrte den Fluchtweg.

»Was ist passiert?«, fragte er und griff nach der Harke, die neben der Tür lehnte. Aus dem Augenwinkel sah ich, wie Mel ihm beruhigend zulächelte. Ein Schweißtropfen lief mir den Rücken hinunter.

»Emilia begleitet mich nur bis zum Tor.« Mel lächelte immer noch.

Diese falsche Schlange, schoss es mir durch den Kopf. Ob sie nun den Mann und die Frau hinterging oder doch mich in eine Falle lockte, sie löste ihre Aufgabe jedenfalls ausgezeichnet.

Die Frau war dennoch nicht überzeugt. »Ich komme mit«, verkündete sie.

Mel suchte den Blick des Mannes, er nickte ihr zu, dann ließ er uns vorbei. »Lass sie doch«, hörte ich ihn sagen. Mel schloss die Tür hinter sich. »Komm«, zischte sie.

»Auf wessen Seite stehst du eigentlich?«, zischte ich zurück.

»Wir dürfen nicht zu eilig wirken«, raunte sie zwischen zusammengebissenen Zähnen und verlangsamte ihre Schritte.

»Auf wessen Seite stehst du?«, wiederholte ich. Leise, aber dringlich.

»Auf deiner.«

»Und das soll ich dir glauben?«

»Was hast du denn auf einmal?«, flüsterte sie und öffnete das Tor. »Bloß weil ich ein bisschen geblinzelt habe. Ich musste die beiden Alten doch in Sicherheit wiegen.«

»Das verstehe ich eben nicht«, bemerkte ich. »Warum ist sie dir gegenüber so misstrauisch? Sie muss doch wissen, dass ihr Mann dich extra engagiert hat.«

Mel bog nach links ab, ich folgte ihr. Sobald wir um die erste Ecke waren, begann sie, schneller zu laufen, und ich hatte Mühe hinterherzukommen. »Hey, wolltest du nicht aufpassen, dass ich nicht hinfalle?«

Sie drehte sich um. »Pssst. Wir sind noch nicht aus der Gefahrenzone. Alles Weitere im Auto.«

Als sie den Schlüssel ins Zündschloss des gelben, uralt wirkenden Citroën steckte, hatte ich immer noch keine Ahnung, ob es eine gute Idee gewesen war, in das Auto einzusteigen. Doch ich hatte eine Entscheidung treffen müssen. Wenn ich Mel nicht vertraute, dann blieb ich hier und war diesen Leuten ausgeliefert. So bestand zumindest die Chance, dass sie es ehrlich mit mir meinte und mir half, zu der Adresse zu gelangen, die auf der Homepage stand. An alle anderen Folgen, die mein Vertrauen ihr gegenüber haben könnte, wollte ich erst gar nicht denken.

»Schnall dich an.«

»Wo fahren wir hin?«, fragte ich, während sie den Vorwärtsgang einlegte.

»Ich bring dich zum Bahnhof. Da fährt stündlich ein Zug nach Nürnberg. Hast du dir die Adresse gemerkt?«

»Zum Bahnhof?« Ich glaubte, mich verhört zu haben. Alleine der Gedanke, dass sie mich mitten in einer fremden Stadt am Bahnhof rausließ, löste wieder Panik in mir aus.

»Ich kann dich nicht bis nach Nürnberg bringen.« Mel sah mich entschuldigend an. »Das Auto gehört meiner Mutter und die bringt mich um, wenn es nicht vor der Tür steht, wenn sie heimkommt. Ich hab ja nicht mal einen Führerschein.« Sie grinste verschmitzt.

»Was?«

»Alles easy, keine Panik. Hab alle Stunden absolviert, bin nur bei der Theorie durchgefallen. Und brauch erst wieder Kohle, um die Prüfung zu wiederholen.«

»Scheiße«, murmelte ich.

»Also, pass auf. Wir fahren jetzt erst mal los. Und am Bahnhof wird sich alles Weitere finden.

Ich nickte, auch wenn ich weit weniger optimistisch war.

»Dann kaufen wir dir ein Ticket und …«

»Warte! Stopp!«

Mel stemmte ihren Fuß so kompromisslos auf die Bremse, dass wir beide gegen die Gurte geschleudert wurden.

»Spinnst du?«, fragten wir beide gleichzeitig.

Sie fing zu prusten an.

»Du verrücktes Huhn«, sagte ich, musste aber selbst grinsen.

»*Du* verrücktes Huhn«, konterte sie. »Willst du, dass ich 'nen Herzinfarkt kriege? Was sollte die Schreierei? Dachte schon, ich hätte ein Baby überfahren!«

Und ich dachte, ich hätte Nick gesehen, fügte ich in Gedanken hinzu. Doch egal, wie sehr ich aus dem Beifahrerfenster starrte, sein Garten blieb leer.

»Du wolltest doch weg von hier«, erinnerte mich Mel.

»Will ich ja auch. Fahren wir.«

»Hast du dir die Adresse gemerkt?«, fragte Mel erneut, als wir in die Hauptstraße einbogen.

Ich nickte abwesend, während ich die kleinen bunten Häuser der winzigen Stadt betrachtete, die nun doch nicht meine Heimat werden würde.

»Ich werde sie dir nachher zur Sicherheit aufschreiben«, sagte Mel und ich begriff, dass sie immer noch über die Adresse in Nürnberg sprach.

Doch ich hatte sie mir tatsächlich gemerkt. Obwohl ich die Homepage nur so kurz angeguckt hatte, sah ich sie deutlich vor meinem inneren Auge. War das vielleicht ein Zeichen dafür, dass mein Unterbewusstsein sich an die Adresse erinnerte? Erneut musste ich an Nick denken. Was, wenn ich ihn nun nie wiedersah? Ich spürte einen schmerzhaften Stich in der Herzgegend, doch dann fiel mir ein, dass ich dem Mann und der Frau sowieso die Polizei auf den Hals hetzen musste. Vielleicht ergab sich im Zuge dessen auch ein Wiedersehen mit Nick … Schluss jetzt. Ich verbot mir jeden weiteren Gedanken an ihn und konzentrierte mich noch einmal auf meine Erinnerung an die Homepage.

Prompt sah ich das große Porträtbild vor mir und die Worte, die darunter standen: *Emilia Schneider, 16 Jahre, vermisst seit Montag, dem 11. August. Zuletzt wurde sie Montagvormittag in ihrem Zuhause in Nürnberg gesehen. Bitte helfen Sie uns, unsere Tochter wiederzufinden! Wir sind für jeden Hinweis unendlich dankbar!* Dazu waren eine Adresse in Nürnberg und eine Telefonnummer angegeben.

»Wir müssen die Nummer anrufen!«, platzte es aus mir heraus.

Mel starrte mich an und rief: »Wir müssen vor allem die Polizei anrufen! Mist, warum hab ich daran nicht früher gedacht!«

Die Polizei. Natürlich! Vielleicht sollten wir gleich dorthin fahren. Aber was, wenn sie mir nicht glauben würden? Trotz der Vermisstenhomepage. Was, wenn meine Möchtegern-Eltern mich genauso von der Polizeistation abholten, wie sie mich aus dem Krankenhaus abgeholt hatten.

»Vorsicht«, schrie ich und spürte beinahe schon den Crash mit dem Kleinlaster vor uns, doch Mel schaffte es gerade noch, den Citroën zur Seite zu reißen. Danach war es kurz ruhig. Keine von uns hatte das Bedürfnis, den Beinahe-Zusammenprall zu kommentieren. Genauso wenig wie die Tatsache, dass wir anschließend fast im Straßengraben gelandet wären.

Ich sah ein, dass Mel sich ab sofort vor allem aufs Autofahren konzentrieren sollte, und beschloss, den Anruf bei der Nummer von der Homepage selbst zu erledigen. »Leihst du mir kurz dein Handy?«, fragte ich leise und ruhig, um sie nicht zu stören.

»Ich kann's immer noch nicht fassen, dass ich die ganze Zeit nicht an die Polizei gedacht hab«, kam ihre dumpfe Antwort.

»Wenn es dich beruhigt, mir geht's genauso.«

»Aber du hast ja wenigstens eine Ausrede. Du bist gaga.« Sie grinste kurz. »Das Handy muss in meiner Hosentasche stecken. Ich glaube, es ist die rechte.«

Ich nahm das als Aufforderung, in ihrer Hosentasche herumzufummeln, fand aber kein Handy.

»Vielleicht auf der anderen Seite«, vermutete ich, doch Mel gab keine Antwort. Ich blickte auf und sah, dass ihr Gesicht einen äußerst alarmierten Ausdruck angenommen hatte.

»Was ist denn jetzt schon wieder? Hast du das Handy etwa bei meinen – Möchtegerneltern vergessen?«

»Ich glaube, wir haben gerade ein viel größeres Problem«, murmelte sie, während ihre Augen ständig zwischen Rückspiegel und Windschutzscheibe hin und her wanderten. »Siehst du den Chevy hinter uns?«

Ich drehte mich um und wurde sofort mit einer Schmerzattacke im Knie bestraft. Nicht mal meinen Oberkörper konnte ich drehen, ohne dass das blöde Knie sich bemerkbar machte. Dicht hinter uns fuhr ein dunkelblauer SUV. Ich konnte mich zwar partout nicht an die Automarke des Ehepaars erinnern, aber die Farbe und die Größe passten.

»Denkst du –?« Ich brach ab.

Sie nickte. »Und ob. Der Wagen verfolgt uns schon seit einiger Zeit.« Sie nahm die linke Hand vom Lenkrad und begann, ihre Hosentasche abzuklopfen. »Hach, wo ist das verdammte Ding? Sieh mal zwischen den Sitzen nach. Vielleicht ist es mir rausgerutscht. Du hast kein Handy mit, oder?«

»Ich besitze nicht mal eins. Angeblich ist es verbrannt.« Ich spürte, wie in mir die Zweifel wuchsen: Stimmte die Geschichte vom Feuer überhaupt? Oder war das auch nur eine bequeme Erklärung für die nicht vorhandenen Fotos gewesen. Ich schnaufte. Was hatte ich mich fertiggemacht, weil ich dachte, ich wäre schuld an dem Brand. Was, wenn es den am Ende gar nicht gegeben hatte? Was hatten diese Leute damit bezweckt? Was lief hier ab?

Mel fluchte, während sie begann, den Boden unter ihr abzutasten. Ihr Kopf lag am Lenkrad, sodass ich meine Suche zwischen den Sitzen sofort unterbrach und panisch auf die Straße starrte.

»Sag mir, ob 'ne Kurve oder sonst was kommt, von dem ich wissen muss«, presste sie hervor und tauchte dann tatsächlich unters Lenkrad ab. »Wo ist das verfluchte Ding?«

»Mel? Mel, wir fahren Slalom!« Ich griff nach dem Lenkrad und versuchte, das Auto in der Spur zu halten.

Stöhnend richtete sie sich auf. »Aua. So ein Shit. Ich muss es echt bei den Spinnern liegen gelassen haben.«

»Kannst du jetzt bitte wieder das Steuer übernehmen?«, stieß ich hektisch hervor, weil die scharfe Linkskurve rasend schnell auf uns zuschoss.

Sie schloss die Hände ums Lenkrad und kontrollierte erneut den Rückspiegel. »Die sind noch immer hinter uns. Wir müssen uns was einfallen lassen.«

»Wie meinst du das?«

»Ich kann dich nicht auf direktem Weg zum Bahnhof bringen, sonst holen sie dich spätestens am Gleis ein.«

»Was wollen die nur von mir? Woher kennen die mich überhaupt?« Ich spürte, wie die Panik in mir wieder wuchs. »Und warum merkt in dem ganzen Krankenhaus niemand, dass da was nicht stimmt?«, schloss Mel sich an.

»Na ja, immerhin hat man sie mittlerweile aufgefordert, die fehlenden Dokumente nachzureichen.«

»Aber sie müssen doch zumindest deine Versicherungsnummer angegeben haben. Außerdem müsstest du bei einem von ihnen mitversichert sein. Egal, ob privat oder nicht. Werden diese Daten gar nicht gecheckt im Krankenhaus?«

Bevor ich Zeit zum Antworten hatte, bogen wir mit quietschenden Reifen in einen Feldweg ein. Der dunkelblaue Wagen schoss hinter uns vorbei.

Ich nickte. »Gut. Sehr gut. Und jetzt?«

»Jetzt können wir nur hoffen, dass sie nicht so clever sind, uns schon am Bahnhof zu erwarten, wenn wir von unserem kleinen Umweg zurückkehren.«

Der zugehörige Parkplatz war fast voll, sodass wir ziemlich weit weg vom Bahnhofsgebäude parken mussten. Kurz hatte ich überlegt, ob es nicht klüger wäre, dass Mel mich direkt vor dem Eingang aussteigen ließ, um sich dann in Ruhe einen Parkplatz zu suchen. Doch die Gefahr, plötzlich ganz allein und auf Krücken dem Mann und der Frau gegenüberstehen zu müssen, hatte mich davon abgehalten. Auch wenn sie die lausigste Autofahrerin war, die ich mir vorstellen konnte, gab Mel mir mittlerweile ein Gefühl von Sicherheit.

Rasch bewegten wir uns vorwärts, wobei wir immer wieder verstohlene Blicke zurückwarfen. Als Mel die Eingangstür für mich aufhielt, fiel mir ein weiteres Problem auf. »Ich hab überhaupt kein Geld für ein Ticket.«

Mel schlug sich mit der flachen Hand gegen die Stirn. »Mist! Vorhin hab ich noch daran gedacht. Meine Geldbörse liegt im Auto. Und das iPad mit der Adresse auch! Wie dämlich kann man eigentlich sein? Komm, stell dich dort zu dem Kiosk und blättere in ein paar Zeitschriften, bis ich zurück bin. Versteck die Krücken vor deinem Körper.« Sie nahm ihre Sonnenbrille ab und setzte sie mir schief auf die Nase. Dann rannte sie los.

Ich rückte die Brille gerade, wandte mich einem Ständer mit Zeitschriften zu und kam mir vor wie in einem miesen Agentenfilm. Statt in den Magazinen zu blättern, schaute ich mich möglichst unauffällig nach einer Telefonzelle um. Während mein Blick durch die winzige Bahnhofshalle schweifte, hatte ich plötzlich das Gefühl, mich zu drehen. Die Umgebung schoss an mir vorbei, die Gesichter der Menschen verschwammen, genauso wie ihre Gespräche. Aus dem kollektiven Rauschen heraus hörte ich eine Stimme: »Seit den Handys gibt es ja kaum noch Telefonzellen.«

Ich sah mich selbst umherhetzen. Auf einem Bahnhof, allerdings einem viel größeren als hier. Die Stimme begleitete mich, blieb ständig neben mir. Was sagte sie?

»Alles in Ordnung mit dir?«

Ich riss mir die Brille von der Nase. Vor mir stand eine

ältere Dame und fragte noch einmal, diesmal misstrauischer: »Alles in Ordnung mit dir?«

Ich beeilte mich zu nicken, obwohl mir so schwindelig war, dass ich dem Impuls widerstehen musste, die Frau zu packen und mich an ihr festzuhalten.

Sie wandte sich missbilligend ab. Vermutlich war sie zu der Überzeugung gelangt, dass ich auf Droge war.

Ich stützte mich auf die Krücken, bis der Schwindel sich halbwegs gelegt hatte. Wäre ich nicht gestört worden, vielleicht hätte ich diesmal eine Chance gehabt herauszufinden, wem die Stimme in meiner Erinnerung gehörte. Es war dieselbe Frau gewesen, die mir den Satz über die Liebe gesagt hatte. Eine ältere Frau. So viel war sicher.

Jemand berührte meinen Rücken, ich fuhr herum.

»Kein Grund zur Panik«, japste Mel. »Nur zur Eile. Ich hab grade an der Anzeigentafel nachgesehen, dein Zug geht in vier Minuten von Gleis 2.«

»Und wo ist das?«, rief ich panisch.

»Mir nach! Rolltreppe!«

Als ich mich durch die Halle schwang, kam ich an einem Mann in blauer Uniform vorbei. Vermutlich ein Mitarbeiter der Bahn. Für einen Moment überlegte ich, ob es nicht doch das Klügste wäre, mich an ihn zu wenden und ihn zu bitten, die Polizei zu verständigen. Doch Mel stand bereits mitten auf der Rolltreppe und fuchtelte hysterisch mit den Händen herum, dass ich ihr endlich folgen sollte. Ich setzte die Krücken auf die Rolltreppe und schob meinen Körper hinterher.

»Und jetzt Gas geben!« Mel wartete bereits oben auf mich und trieb mich an.

Während wir zu Gleis 2 hetzten, durchsuchte sie ihre riesige Geldbörse, die mit allem Möglichen zugemüllt war, nur Geld schien nicht viel darunter zu sein.

»Dreißig Euro. Mehr hab ich nicht. Ich hoffe, das reicht.« Sie blieb abrupt stehen, wühlte weiter. »Und Hustenbonbons – nimm, sind lecker –« Nervös nahm ich eines, während sie weiterkramte und murmelte: »Na komm schon, irgendwo muss doch da doch noch was sein.«

»Lass, Mel. Sonst verpass ich noch den Zug. Ist total lieb, dass du mir die dreißig Euro leihst. Das heißt aber –«

»Ha!« Triumphierend hielt sie eine Zwei-Euro-Münze in die Höhe.

» – dass wir uns wirklich wiedersehen müssen, ja?«

»Klar! Und jetzt komm endlich!« Sie sprintete wieder los und ich folgte ihr fluchend.

Als wir endlich am Bahnsteig ankamen, wartete der Zug bereits.

Mel drückte mir noch rasch einen Zettel in die Hand. »Da steht die Adresse in Nürnberg drauf und außerdem noch meine Handynummer.«

»Oh Gott, wie kommst du denn überhaupt zu deinem Handy?«, fiel es mir plötzlich ein. »Du kannst da auf keinen Fall noch mal hin.«

»Keine Sorge. Das Erste, was ich jetzt mache, ist, die Polizei anzurufen. Ich hoffe nur, die glauben mir diesmal«, setzte sie murmelnd hinzu.

»Wieso diesmal?«, erkundigte ich mich irritiert.

»Unwichtig. Einfach nur ein paar schlechte Erfahrungen gemacht. Egal. Jetzt komm schon her.«

Sie drückte mich so fest an sich, dass ich kaum noch

Luft bekam und mein Knie sich schon wieder bemerkbar machte.

Mir schossen Tränen in die Augen. Vielleicht nicht nur wegen der Schmerzen im Knie.

»Ich hoffe, wir sehen uns bald wieder«, murmelte ich in ihre Halsbeuge und war froh, dass um uns herum so ein Trubel herrschte.

Sie löste sich und rückte ein wenig von mir ab, um mir in die Augen zu schauen. »Versprich mir, dass du mich anrufst, sobald du bei deinen Eltern angekommen bist.« Es war ein Befehl und ich salutierte brav. *»Aye, aye, captain.«*

Ich fand einen letzten freien Platz in einem Abteil für sechs Personen, befestigte meine Jacke an dem kleinen Plastikhaken neben der Tür und ließ mich umständlich auf meinem Sitz nieder. Ein älterer Herr, der mir gegenübersaß, warf einen mitfühlenden Blick auf mich und meine Krücken. Ich zog den rechten Mundwinkel zu einem halben Lächeln hoch, bevor ich mich schnell dem Fenster zuwandte. Nur ja nicht zu verbindlich werden, mir war gerade so gar nicht nach einem Gespräch zumute.

Der Zug fuhr aus dem Bahnhof und nahm an Fahrt auf, Wiesen und Äcker rauschten am Fenster vorbei.

Ich steckte Mels Zettel in meine Hosentasche und begann, auf meiner Unterlippe herumzukauen. Wie wohl ihr Gespräch mit der Polizei lief? Je mehr ich darüber nachdachte, desto sicherer wurde ich: Ich hätte sie zur Polizei begleiten sollen. Von dort aus hätte ich immer noch die Telefonnummer in Nürnberg anrufen können. Und dann hätten sie mich abholen können. Sie. Die Nürnberger. Ich fühlte mich keinesfalls bereit, gleich wieder von Eltern oder Familie zu sprechen. Ob ich wohl Geschwister hatte?

Eines musste ich Mel lassen – sie hatte Durchsetzungsvermögen. Allein deswegen saß ich jetzt in diesem Zug.

Plötzlich kam mir ein Gedanke. Blödsinn. Mel würde sicher nicht zur Polizei gehen. Dann müsste sie ja auch über ihre Rolle in der ganzen Geschichte sprechen.

Ich wurde unruhig. »Verzeihung, kann mir bitte irgendjemand ein Handy leihen?«

Der ältere Herr bot mir sofort sein Gerät an. Doch leider umsonst. Als ich die Nummer eintippte, die Mel mir aufgeschrieben hatte, ertönte ein Tonband, das mir mitteilte, dass der Teilnehmer momentan nicht erreichbar wäre.

Vielleicht auch besser so. Mels Handy, fiel mir ein, lag ja sicher noch in dem Haus von dem Ehepaar. Einen kurzen Moment dachte ich daran, die Polizei anzurufen. Doch ich wusste weder, auf welche Polizeistation Mel gehen würde – falls sie denn ging –, noch hatte ich eine Ahnung, wie ich der Polizei telefonisch meine Geschichte erzählen sollte.

Ich gab das Handy zurück, bedankte mich noch mal und zwinkerte die Tränen weg, die mir unvermittelt in die Augen stiegen, als ich ein letztes Mal an den Mann und die Frau dachte. Und daran, wie leichtfertig ich ihnen vertraut hatte.

Erst als ich in Nürnberg auf dem Bahnsteig stand, merkte ich, wie erschöpft ich war. Trotz der sommerlichen Temperaturen fror ich und meine Arme waren plötzlich zu schwach, um mein Körpergewicht mithilfe der Krücken zu tragen. Der Gedanke, erst herausfinden zu müssen, welche Verkehrsmittel ich benutzen musste, um zu der angegebenen Adresse zu kommen, ermüdete mich noch mehr. Ich würde ein Taxi nehmen und hoffen, dass zwanzig Euro reichten, um an mein Ziel zu gelangen.

Laut dem Taxifahrer sollte die Fahrt etwa zwanzig Minuten dauern. Ich blickte aus dem Fenster, sah vorbeiziehende Häuser, Bäume und andere Autos und hatte das Gefühl, mich irgendwo im freien Fall zwischen Adrenalinrausch und Tiefschlaf zu befinden.

Was würde mich an der Adresse erwarten?

Wie sollte ich mich verhalten? Was zu den Leuten sagen? Gut, sollte ich wirklich ihre vermisste Tochter sein, dann würden ja wohl *sie* etwas sagen. Und dann musste ich ihnen nur noch begreiflich machen, dass ich leider mein Gedächtnis verloren hatte und mich an nichts erinnern konnte.

Was auch immer mich erwarten würde, dieses Mal musste ich vorsichtiger sein und durfte nicht wieder so leicht mein Vertrauen und Herz verschenken. Sicher, die Homepage schien echt zu sein und das Foto zeigte zweifellos mein Gesicht, doch auch das Krankenhauspersonal war echt gewesen und außerdem *echt* davon überzeugt, dass Herr und Frau Schneider meine Eltern waren.

Die Stimme des Taxifahrers ließ mich zusammenzucken.

»Was?«

»Wir sind da, Fräulein. Achtzehn Euro zwanzig, bitte schön.«

Er hatte vor einem weißen Mehrparteienhaus gehalten. Ein moderner Neubau. Hatte ich hier wirklich gelebt?

Nichts daran kam mir bekannt vor, aber gut, das hatte ich auch nicht erwartet.

Ich kramte die restlichen zwanzig Euro hervor, drückte sie dem Fahrer in die Hand und hievte dann mich und die Krücken mühsam aus dem Wagen. Das Taxi fuhr davon.

Ich hatte kaum die Krücken auf den Gehsteig gesetzt, als ein Schrei die Luft zerschnitt.

»Emilia!«

Ich riss den Kopf nach oben. Aus einem Fenster im zweiten Stock hing eine Frau so weit heraus, dass es aussah, als würde sie jeden Moment hinauskippen.

»Emilia!«, schrie sie noch einmal. Dann: »Günther!« Und dann war sie verschwunden.

Ich stand vor dem Haus, die Krücken fest an den Körper gepresst, und zitterte so sehr, dass mir die Zähne klapperten. Als die Tür von innen aufgerissen wurde, hatte ich längst zu schluchzen begonnen.

Die Frau und der Mann, die durch die Tür gerannt kamen, erdrückten mich beinahe mit ihrer Umarmung. Von einer Sekunde auf die andere waren alle meine Vorbehalte gegenüber diesem zweiten Elternpaar wie weggeblasen. Ich war zu Hause angekommen. Es musste einfach so sein.

Wir schafften es eine ganze Weile nicht ins Haus zurück. Minutenlang quetschten sie mich an sich und redeten wild auf mich ein, als hätten sie Angst, ich könnte wieder verschwinden, wenn sie nur einmal wagten, Luft zu holen.

Wo warst du? Geht es dir gut? Was ist mit deinem Bein passiert? Wo warst du? Hat dir jemand etwas getan? Was ist mit deinem Bein passiert? Wo warst du? Wer hat dich hergebracht? Warum hast du dich nicht gemeldet? Hat dir jemand etwas getan? Geht es dir gut? Wo warst du?

Ich konnte nicht antworten. Zu überwältigt war ich von der Situation, von all den neuen Eindrücken, davon, wie groß die Ähnlichkeit zwischen ihnen und mir war. Vor allem, was ihn betraf. Er hatte dieselben roten Haare wie ich und seine Augen leuchteten grün hinter der Brille hervor. Von ihr hatte ich die Statur, den Körperbau. Nur dass ich sie um einen halben Kopf überragte.

»Wo warst du, Emilia?«

»Geht es dir gut, Mäuschen?«

Ich dachte an das Foto, wie ich zwischen ihnen auf dem Sofa gesessen hatte. *Emilia zwischen Mami und Papi.*

Endlich schaffte ich es, zumindest zu nicken. »Können wir jetzt reingehen? Bitte?«

Sie trug meine Krücken, er half mir die Treppe hinauf. Aus dem Augenwinkel bekam ich mit, wie ihm eine Träne über die Wange lief, die er mit einer raschen Bewegung wegwischte.

Die meiste Zeit sah ich zu Boden und konzentrierte mich aufs Humpeln. Die Stockwerke zählte ich nicht mit, dafür jedoch die Stufen: Es waren vierundfünfzig.

»Der Lift ist leider ausgefallen«, erklärte sie schon bei der zweiten Stufe und klang dabei so glücklich, als würde sie von einem Lottogewinn berichten.

Ich hatte die letzten Tage immer wieder auf ein Déjàvu gehofft. Als ich an der Seite meiner eben wiedergefundenen Eltern die Wohnung betrat, kam es endlich. Wenn auch nicht gerade auf die Art, die ich mir gewünscht hätte.

Es war völlig skurril. Schon wieder betrat ich mit fremden Menschen ein fremdes Zuhause. Und diese beiden hier wussten noch nicht mal, dass ich sie und die Wohnung nicht kannte.

Wie um alles in der Welt sollte ich ihnen das begreiflich machen?

»Ich hab mein Gedächtnis verloren«, sagte ich, als ich mir die Schuhe auszog.

Sie starrten mich an, ein angedeutetes Lächeln auf den Lippen. Vielleicht war ich ja ein Scherzkeks, eine Art Clown, der ständig blödelt und dem man deshalb nie glaubt, wenn er mal die Wahrheit spricht.

»Wirklich. Ich kann mich an nichts erinnern.«

»Du weißt nicht, wo du die letzten Tage gewesen bist?« Jetzt war ihnen das Lächeln vergangen, dafür stieß ich ein kurzes Lachen hervor. »Doch, doch, daran schon. Der Witz an der Sache ist, dass ich mich an euch nicht erinnern kann.« Verlegen grinsend zuckte ich mit den Schultern und brach im nächsten Augenblick in Tränen aus.

Der Weinkrampf war derart heftig, dass ich zwischendurch das Gefühl hatte, ersticken zu müssen.

Meine Mutter wollte mich ins Wohnzimmer bringen – »wir setzen uns zusammen aufs Sofa und sprechen in aller Ruhe« –, doch ich wollte mich keinen Zentimeter mehr bewegen, bevor ich ihnen nicht die ganze Geschichte erzählt hatte. Genau hier im Flur, an die Wand gelehnt, röchelnd vor lauter Schluchzen und den linken Fuß immer noch im Schuh, begann ich.

Ich hatte mich so davor gefürchtet, ihnen zu sagen, dass ich mich nicht an sie erinnern konnte. Aber für sie war alles, was danach kam, viel erschütternder.

»Diese Leute haben behauptet, deine Eltern zu sein?« Die Stimme meiner Mutter überschlug sich. »Sie – sie haben dir gesagt, dass sie deine Eltern sind?«

Offensichtlich konnte sie es nicht glauben und ich hatte das Gefühl, mich entschuldigen zu müssen. »Es tut so mir leid. Ich wusste doch nicht, dass sie es nicht sind –«

»Mäuschen«, rief sie aufgebracht und nahm mich in die Arme. »Ich mache dir doch keinen Vorwurf. Mein Gott, diese – da war ein Foto von uns? Woher hatten die das? Und … andere Fotos gab es nicht, weil die alle *verbrannt* sind?«

»Das haben sie gesagt. Dass sie keine Dokumente und Fotos haben, weil unser Haus abgebrannt ist.«

Die beiden warfen sich einen alarmierten Blick zu.

Sie wandte sich wieder an mich. »Bad Hausen heißt der Ort, hast du gesagt?«

Ich nickte. »Ja, oder auch nur Hausen … vielleicht auch Oberhausen – echt, ich war die ersten Tage so daneben, aber ja, ich glaube, es war Bad Hausen.«

»Und die haben ausgerechnet auch Schneider geheißen?«

»Ohne Dokumente, die etwas anderes beweisen, konnten sie sich ja nennen, wie sie wollten!« Mein Vater biss die Zähne zusammen. »Ich ruf die Polizei an.«

»Am besten die Vermisstenstelle. Dann kannst du auch gleich sagen, dass Emilia wieder da ist.« Bei den letzten Worten begann ihre Stimme zu zittern. Sie lächelte seufzend und streichelte meinen Rücken.

»Ihr habt mich vermisst gemeldet?«, fragte ich überflüssigerweise und erntete erneut entgeisterte Blicke. Vor lauter Aufregung war ich noch gar nicht dazu gekommen, mir zu überlegen, was diese letzten beiden Wochen wohl für sie bedeutet hatten. »Habt ihr gedacht, ich wäre weggelaufen?«

Sie schluckte und sagte leise: »Wir haben *gehofft*, du wärst weggelaufen.«

Sie musste ihre Erklärung nicht weiter ausführen. Klar, was für Alternativen hätte es auch schon gegeben?

»Wenn ich diese … diese Arschlöcher – entschuldigt bitte – erwische, dann garantiere ich für nichts!«, hörte ich ihn schimpfen.

»Ruf die Polizei an«, erinnerte sie ihn. Dann hakte sie mich unter. »Jetzt komm endlich rein ins Wohnzimmer. Hast du Hunger? Haben sie dir überhaupt genug zu essen gegeben?«

»Könnte ich vielleicht was zu trinken bekommen?«

»Natürlich, Mäuschen. Mein Gott …«

Sie führte mich zu einem großen Ecksofa aus schwarzem Leder und drückte mir wenige Sekunden später ein Glas Apfelsaft in die Hand.

»Und du hast keine Erinnerung daran, wie du nach München gekommen bist? Oder was du dort wolltest?«

Ich schüttelte den Kopf. »Statistisch gesehen«, fing mein Vater stockend an und nahm auf der anderen Seite des Sofas Platz. »Statistisch gesehen sinkt die Chance, Vermisste zu finden, bereits nach einem Tag radikal. Heute, am Tag vierzehn –«, er brach ab und schluckte schwer.

Ich nickte und trank das Glas in einem Zug leer. Von mir aus musste er nicht weiterreden.

Doch das wollte er anscheinend. »Diese ganzen idiotischen Bullen – entschuldige, das muss ich jetzt wirklich so sagen – haben uns nicht geglaubt, dass du nicht zu den Jugendlichen gehörst, die einfach so abhauen. Das glauben alle Eltern von ihren Kindern, haben sie gesagt. Ha!« Er nahm die Brille runter und fing an, sie mit seinem Hemd zu polieren.

Ich lächelte unsicher. »Na, jetzt können wir ihnen sagen, dass ihr die ganze Zeit recht hattet.«

»Ich weiß nicht, ob mich das beruhigt.« Er atmete tief durch. »Aber wir werden es den Verantwortlichen jedenfalls kräftig unter die Nase reiben. Das Wichtigste ist jedenfalls, dass diese zwei Herrschaften schleunigst gefunden werden und hinter Gittern landen.« Er setzte die Brille wieder auf, sie saß genauso schief auf der Nase wie vorher. »Erzähl mir noch einmal ganz genau, wie die beiden aussehen, dann schreib ich mir das auf, bevor ich die Vermisstenstelle anrufe.«

Ich hörte, wie sie mit der Zunge schnalzte, dennoch blieb ihr Ton liebevoll: »Günther, wir brauchen jetzt nichts aufzuschreiben. Bitte, ruf gleich einmal an! Emilia erklärt den Polizisten dann am besten alles selbst.«

»Wisst ihr, was? Ich rufe vorher noch Mel an. Sie sollte mittlerweile schon bei der Polizei gewesen sein.«

Die beiden tauschten einen Blick, der mir zwar nicht gefiel, aber dennoch eine wohlige Wärme in mir auslöste. Es war die Sorte Blick, die Eltern sich zuwerfen, wenn sie es beide besser wissen, ihr Kind aber nicht kränken wollen. Spontan entschied ich, dass die Probezeit für meine neuen Eltern nun vorüber war. »Mel ist ganz bestimmt zur Polizei gegangen«, versicherte ich ihnen.

Meine Mutter nahm mir das leere Glas ab. »Hoffentlich,

Mäuschen. Ich frage mich nur, warum diese Mel die Polizei nicht von Anfang an verständigt hat? Sie kann dem Mann diese Geschichte doch nicht geglaubt haben. Dass sie dir vorspielen soll, ihr wärt Freundinnen ... das ist mir so unbegreiflich.«

»Unbegreiflich finde ich vor allem, dass sich ein ganzes Krankenhauspersonal zwölf Tage lang täuschen lässt. In welchem Krankenhaus war das noch mal?«

Ich starrte meinen Vater an. Krampfhaft versuchte ich, mich zu erinnern.

»Lass dir Zeit, Mäuschen.«

Ich lächelte sie dankbar an, während ihr Kosename in meinem Kopf widerhallte: *Mäuschen. Emiliamaus* hatte mich die andere Mutter genannt. Ich schüttelte den Kopf. Die andere Mutter, so ein Blödsinn!

»Könnte es die Uniklinik gewesen sein?«, riss mein Vater mich aus meinen Gedanken.

»Ja!«, rief ich. »Die war es.«

Doch dann war ich mir plötzlich gar nicht mehr so sicher. Hatte tatsächlich das Wort Universität auf dem Befund gestanden? »Ich glaube zumindest, dass es die Uniklinik war«, schob ich nach.

Erwartungsvoll sahen mich beide an.

»Der eine Arzt hieß Wendelin mit Vornamen. Ganz bestimmt. Und der andere, der Professor, den haben die von woanders hinzugezogen. Ach verdammt, hätte ich bloß den Befund mitgenommen!«

Meine Mutter winkte ab. »Das ist kein Problem, das findet die Polizei blitzschnell heraus. Du warst ja unter deinem eigenen Namen im Krankenhaus.«

»Genau.« Ich fühlte mich gleich besser. »Ich ruf jetzt Mel an«, verkündete ich und nahm das Mobilteil des Festnetzapparats vom Wohnzimmertisch.

Dann angelte ich den Zettel mit Mels Nummer aus meiner Hosentasche und tippte langsam und konzentriert die Zahlen ein. Bitte, geh ran, Mel, flehte ich innerlich. Ich hörte ein Knacken, wartete aufs Läuten, aber wieder meldete sich nur die Tonbandstimme: Der Teilnehmer war vorübergehend nicht erreichbar.

»Scheiße«, entfuhr es mir.

Meine Mutter strich sich das Haar hinter die Ohren. Sie sah beunruhigt aus. »Diese beiden Leute ... die müssen verrückt sein, oder? Eine andere Erklärung gibt es dafür nicht, oder?«

»Die sind komplett wahnsinnig«, bekräftigte mein Vater.

Sie zog die Stirn in Falten. »Aber wie kommen sie zu dem Foto von uns dreien? Und warum ausgerechnet Emilia?« Hilflos sah sie von ihm zu mir.

Plötzlich kam mir ein Gedanke. »Kann es sein...«, versuchte ich, die richtigen Worte zu finden. »Kann es sein, dass ... Ich mein, habt ihr mich vielleicht adoptiert?«

In ihren Gesichtern stand der pure Schock. Fast hätte ich sie darum beneidet. Ich persönlich hatte das Gefühl, dass mich momentan gar nichts mehr schockieren konnte.

»Sieh dir doch mal Papa an!« Meine Mutter rang sichtlich um Fassung. »Und dann sieh in den Spiegel, Mäuschen.«

Ich nickte. Sie hatte recht. Die Familienähnlichkeit war unverkennbar.

»Tut mir leid, ich –«

»Du brauchst dich für nichts entschuldigen«, sagte meine Mutter und nickte nachdrücklich.

»Ich probiere es noch mal bei Mel«, entschied ich, um die Situation zu retten.

Erneut warfen meine Eltern sich einen Blick zu. Sie mochten Mel nicht, so viel war klar. Aber ich setzte dennoch meine Hoffnungen in sie, »denn« – so erklärte ich ihnen – »wenn Mel in Hausen zur Polizei geht und denen alles erzählt, dann werden die Polizisten dort sich doch sicher bei der Polizei hier melden.« Hier in – zum Glück musste ich nicht zugeben, dass mir für einen Moment sogar der Name der Stadt entfallen war, in der wir uns befanden. Plötzlich fühlte ich mich so ausgelaugt, dass ich nur noch das Bedürfnis hatte, mich in mein Zimmer zu verkriechen und zu schlafen. Dabei wollte ich doch unbedingt dabei sein, wenn mein Vater die Polizei anrief.

Als ich wieder aufwachte, war ich völlig orientierungslos. In meinem Kopf tanzten Ortsschilder herum, Hausen, Oberhausen, Waldhausen, manche davon mit einem dicken roten Querstrich. Die Augen fielen mir wieder zu.

»Schlaf ruhig weiter«, hörte ich eine sanfte Stimme und spürte, wie die Decke fester um meinen Körper gezogen wurde.

Ich fühlte mich so wohl wie seit Tagen nicht mehr, doch einschlafen konnte ich nicht. Die Stimme hatte mich daran erinnert, wo ich war. Ich lag auf dem großen Ecksofa. Zu Hause.

Vorsichtig öffnete ich ein Auge und erkannte meine Eltern, die nebeneinander auf der gegenüberliegenden Seite des Sofas saßen und sich leise unterhielten.

Trotz ihres hysterischen Ausbruchs am Fenster und ihrer warmen Fürsorglichkeit hatte ich schnell erkannt, dass meine Mutter die Starke von den beiden war. Mit ihrer kleinen Statur und ihrem von braunen Locken umrahmtes Gesicht erinnerte sie mich an eine zerbrechliche Puppe, doch sie strömte spürbar Kraft aus. Eine Löwin im Körper einer Gazelle, schoss es mir durch den Kopf. Er hingegen sah aus wie ein zerstreuter Professor mit seiner schief sitzenden Brille und dem roten Vollbart, der struppig in alle möglichen Richtungen abstand. Vermutlich zog er ständig daran. Ich lächelte still in mich hinein. Mein Vater war groß und haarig wie ein Bär, dabei aber sanft und kuschelig wie ein Teddy.

Wie auf Kommando drehten sie sich beide zu mir.

»Tut mir leid, ich war nur so müde ...«, murmelte ich und wusste selbst nicht, warum ich mich dafür entschuldigte.

»Schlaf hilft«, sagten beide wie aus einem Mund und wir mussten alle lachen.

»Ist das bei euch oft so?«, fragte ich. »Dass ihr das Gleiche denkt und sagt?«

Meine Mutter lächelte verschmitzt. »Nicht allzu oft.«

»Aber immer öfter«, ergänzte mein Vater.

Wie sehr hatte ich mich in den letzten Tagen nach solchen Momenten gesehnt. Unglücklicherweise dauerte er nicht lang.

»Was sagt die Polizei?«, schoss es mir durch den Kopf. »Haben sie schon irgendwas von Mel gehört?«

Mein Vater schüttelte den Kopf. »Ich hab dem Kommissar das mit äh … Mel erzählt und er hat gemeint, er wird ein bisschen herumtelefonieren, um herauszubekommen, ob sich irgendwo rund um München ein Mädchen mit dieser Geschichte gemeldet hat. Womöglich in einem Ort namens – Hausen.« Er holte tief Luft. »Ja, und wir, Emilia, haben morgen um acht Uhr dreißig einen Termin bei der Kriminalpolizei, um die Entführung – denn so muss man das meiner Meinung nach nennen – offiziell anzuzeigen. Ich kann nur hoffen, dass die dort nett zu uns sind.«

»Nett?« Ich lachte auf. »Ich bin doch kein kleines Kind mehr. Und ich werde schon dafür sorgen, dass die mir meine Geschichte glauben.«

»Dann macht es dir also nichts aus, dass du morgen früh mitkommen musst?«

»Wieso sollte es?« Ich setzte mich auf. »Wie gesagt, ich bin kein kleines Kind mehr, Papa!«

Ich stockte und auch mein Vater erwiderte nichts mehr. »So«, entschied meine Mutter schließlich und stand auf, »jetzt bekommst du aber endlich was zu essen, Emilia.«

Papa. Ich hatte ihn einfach so Papa genannt.

Als wir in der Küche saßen, erklärte Papa, dass er sich gleich morgen darum kümmern werde, einen Kollegen aufzutreiben, der auf Amnesie spezialisiert war.

Es dauerte eine Weile, bis ich das entscheidende Wort begriff.

»Kollegen?«

Mein Vater rang sich ein entschuldigendes Lächeln ab. Fast sah er ein bisschen verlegen aus. »Ich bin selbst Psychiater. Allerdings seit zehn Jahren in der Wissenschaft tätig. Transkulturelle und Ethnospsychiatrie.«

»Aha?«

Er schüttelte den Kopf: »Nichts, was uns in diesem Fall helfen könnte. Aber ich habe bereits eine Kollegin im Kopf, die hauptsächlich mit Amnesiepatienten zu tun hat.«

Es war komisch, diese Diagnose aus dem Mund meines Vaters zu hören. Aber klar, genau das war ich – eine Amnesiepatientin.

»Und du? Arbeitest du auch?«, fragte ich meine Mutter und verfluchte mein Gedächtnis.

»Ich bin Lehrerin an einer Grundschule.« Sie stellte Butterbrote auf den Tisch und pflückte Schnittlauch aus einem Topf am Küchenfensterbrett. »Es tut mir so leid, Mäuschen, dass wir nichts anderes haben. Aber als du auf einmal weg warst …«

Um meiner Mutter das Weiterreden zu ersparen, nickte ich schnell. Die letzten vierzehn Tage mussten die Hölle für die beiden gewesen sein. »Das schmeckt sehr gut.«

Draußen im Flur klingelte das Telefon. Mein Herzschlag beschleunigte sich, hoffentlich war das Mel. Mein Vater ging hinaus und kam gleich darauf zurück. »Es ist Esther –«

Meine Mutter sah vom Schnittlauchtopf auf. »Oh Esther! Ich hab vorhin bei ihrer Mutter angerufen.«

Ich sah meine Eltern fragend an.

»Deine beste Freundin, Mäuschen. Ihre Familie ist überglücklich, dass du wieder da bist.«

Ich spürte förmlich, wie die Überforderung in mir wuchs. Eben noch hatten sich meine Gedanken um Butterbrote gedreht und jetzt sollte ich mich dem Telefonat mit meiner wildfremden besten Freundin stellen. »Bitte sag, dass ich gerade nicht kann«, bat ich meinen Vater flüsternd. »Ich ruf sie morgen zurück.«

Nachdem mein Vater zurück in den Flur gegangen war, versuchte ich, mich zu erklären: »Was hätte ich zu ihr sagen sollen? Ich kann mich doch gar nicht an unsere Freundschaft erinnern. Ich weiß ja nicht mal, *wie* wir miteinander reden.«

Meine Mutter sah mich traurig an. »Sicher. Aber bei wirklichen Freunden ist das kein Problem, da ergibt sich alles wie von selbst, du wirst sehen. Ruf sie morgen wirklich zurück, ja? Bitte kapsle dich nicht von deinem Umfeld ab.«

Ich nickte und verbarg meine finsteren Gedanken. Du hast ja keine Ahnung, wie scheiße das ist, wenn man sich wie ein Neugeborenes fühlt, brüllte ich innerlich. Nein, schlimmer noch, denn von einem Neugeborenen erwartet wenigstens keiner was, außer dass es schreit, trinkt und schläft.

»Was sagst du?« Den fragenden Blick meiner Mutter konnte ich nur erwidern. Hatte ich meinen Gedanken etwa laut ausgesprochen? Ich schüttelte den Kopf, schloss die Augen. Hab Geduld mit ihnen, wies ich mich zurecht. Sag irgendetwas Nettes.

»Butterbrot mit Schnittlauch schmeckt gut«, brachte ich schließlich heraus und meine Mutter schien sich tatsächlich darüber zu freuen.

»Du warst immer schon leicht zufriedenzustellen, wenn es ums Essen ging.« Sie schmunzelte. »An deiner absoluten Lieblingsspeise hat sich seit Kleinkindtagen nichts geändert.«

»Spaghetti Bolognese?«, fragte ich beklommen und hoffte auf ein Nein.

Doch sie nickte strahlend. Dann huschte ein Schatten über ihr hübsches Gesicht. »Hat das – haben das –, hast du das bei *ihnen* gegessen?«

»Im Krankenhaus«, sagte ich schnell und versuchte mich an einem beruhigenden Lächeln. Ich hatte keine Ahnung, warum ich log. Wobei, ein bisschen schon. Die beiden hatten so viel durchgemacht, da musste ich sie nicht auch noch damit belasten, dass meine »Entführermutter« anscheinend einiges über meine Vorlieben wusste. Ich nahm mir ein zweites Brot und versuchte, das mittlerweile vertraute Gefühl von Panik abzuschütteln. Vielleicht hatte es sich ja auch nur um einen Zufallstreffer gehandelt. Spaghetti schmeckten schließlich doch fast jedem.

6

Erschrocken fuhr ich hoch. Irgendetwas stimmte nicht. Es dauerte, bis ich verstand, was mich so irritierte. Es war mein Knie. Normalerweise rächte sich jede ruckartige Bewegung mit einem scharfen spitzen Schmerz, doch diesmal spürte ich gar nichts.

Ich blinzelte in die Finsternis. Langsam erwachte die Erinnerung. Die Erinnerung an gestern. Die Zugfahrt nach Nürnberg, die Ankunft mit dem Taxi bei meinen Eltern. Und an davor – an meine gemeinsame Suche mit Mel nach Beweisen. Plötzlich sah ich den Mann vor mir, wie er mit Motorsäge und Harke in der Tür gestanden hatte, und die Frau, wie sie Mel und mir mit schriller Stimme Kakao angeboten hatte. Ich schauderte. Zitternd erhob ich mich, um das Licht einzuschalten.

Ich war schon durch den halben Raum getapst, da wurde mir klar, dass ich weder die Krücken benutzte noch humpelte. Ein ungutes Gefühl überkam mich. Mein Fuß stieß plötzlich gegen etwas Hartes. Ich senkte den Kopf. Die dicken Vorhänge verbargen den Schein der Straßenlaternen, doch unter meiner Zimmertür fiel ein schmaler Streifen Licht herein, das vom Flur kommen musste. Er reichte meinen Augen aus, um einen niedrigen Gegenstand zu erkennen. Ich beugte mich hinab, ging sogar in die Hocke, mein Knie schien vollkommen geheilt. Mein Glücksgefühl wurde jedoch gleich darauf von einer schrecklichen

Erkenntnis überrollt. Der Gegenstand, vor dem ich hockte, war die bemalte Truhe aus meinem ersten Zimmer. In dem anderen Haus. Bei den anderen Eltern. Ich begriff, dass ich mir ihre Erscheinung nicht nur eingebildet hatte. Sie waren wirklich da. Der Mann mit der Harke in der Hand sah mich an …

Erneut fuhr ich hoch und diesmal tat es höllisch weh. Ich saß aufrecht im Bett, keuchend und blind in der Finsternis um mich herum. Obwohl ich die Augen so weit aufgerissen hatte, dass sie zu tränen anfingen, konnte ich nichts erkennen. Doch ich spürte, dass ich in Sicherheit war. Die Rückkehr in das andere Haus war nur ein Traum gewesen. Genau wie das geheilte Knie, etwas, das ich in diesem Fall jedoch gerne in Kauf nahm.

Meine Augen suchten die Digitalanzeige des Weckers. 03:23. Stöhnend ließ ich mich zurückfallen und starrte minutenlang in die Finsternis. Ich fluchte. Jetzt hatte ich sogar schon Angst vorm Einschlafen.

Kurz entschlossen quälte ich mich aus dem Bett und humpelte zur Tür. Als meine Finger endlich den Lichtschalter ertastet hatten und die nackte Glühbirne an der Decke das Zimmer in kalte Helligkeit tauchte, erschrak ich.

Was, hatten meine Eltern noch mal gesagt, war mit dem Lampenschirm passiert?

Mir war schwindelig. Ich lehnte mich gegen die Wand, während ich den Blick durchs Zimmer schweifen ließ. Als Erstes fiel mir eine große dunkle Rattantruhe auf, die unter dem Fenster stand. Eine hellrosa Wolldecke lag darauf. Ich blinzelte. Kein Wunder, dass mir die Truhe in dem anderen Haus so bekannt vorgekommen war. Hatte ich deshalb sofort das Bedürfnis verspürt, sie unter das Fenster zu schieben? Außer der Truhe war der Raum nur spartanisch eingerichtet. Genau, jetzt fiel es mir wieder ein, meine restlichen Möbel würde ich noch bekommen, hatten sie gesagt. Wir waren gerade mitten im Umzug. Ich schnappte nach Luft. Nein, das waren doch die anderen Eltern gewesen, die mitten im Umzug steckten. Wieso sah es dann hier so kahl aus?

Schlief ich etwa doch noch? Ich blickte an mir herab. Ich trug einen Pyjama meiner Mutter, weil – genau, weil meine Kleidung noch nicht da war. Irgend so etwas hatten sie gesagt, bevor ich eingeschlafen war. Ich war so müde gewesen, ich hatte nicht richtig zugehört, hatte nur endlich schlafen wollen.

Meine Unterarme ragten wie weiße Seile aus den zu kurzen Ärmeln, meine Hände sahen aus wie zwei fünfbeinige schlafende Spinnen. Fast durchsichtig. Plötzlich tauchte ein Gesicht vor meinem inneren Auge auf. Es war faltig und weiß, fast durchsichtig und … Die Erkenntnis traf mich wie ein Schlag: Die Frau, der das Gesicht gehörte, war tot.

Ich schrie, suchte nach der Tür, fand sie und riss sie auf. In meiner Panik verlor ich das Gleichgewicht.

Als meine Eltern mich fanden, lag ich am Boden und wand mich vor Schmerz.

Meine Mutter stürzte zu mir, während mein Vater – bekleidet mit einem gestreiften Pyjama und bewaffnet mit einem geschlossenen Regenschirm – sich den Schweiß von der Stirn wischte. Dann beugte er sich herunter und schob vorsichtig mein linkes Pyjamabein bis übers Knie hoch.

»Ich hab – ich hab eine tote Frau gesehen«, stammelte ich.

»Was?«

»Irgendjemand ist gestorben, nicht wahr? Au!«

Mein Vater tastete die Schwellung an meinem Knie ab. Er bog mein Bein ein wenig und zog meinen Unterschenkel zu sich.

»Niemand ist gestorben«, sagte er mit ruhiger Stimme. »Und ich glaube, was dein Knie betrifft, haben wir noch mal Glück gehabt. Bist du genau draufgefallen?«

Ich nickte.

Er sah beruhigt aus. »Klar, dass das wehtut. Schlimmer wäre, wenn es wehtäte, ohne dass du draufgestürzt bist. Ich glaube, es ist nicht gerissen.«

Ich nickte abwesend. In meinem Kopf spukte immer noch das Bild von dem wächsernen Gesicht herum. Was verdammt noch mal war das gewesen? Eine Art Flashback oder doch nur ein Albtraum. Vielleicht hatte ich ja bis zum Sturz geschlafen?

Meine Eltern unterhielten sich leise miteinander. Mein Vater sah unschlüssig drein, doch meine Mutter nickte bestimmt. Schließlich sagte er: »Na gut, komm Emilia, zieh dir was über.«

Ich erschrak. »Was?«

»Deine Mutter meint, ich solle dich zur Sicherheit ins Krankenhaus bringen. Vielleicht hat sie recht.«

»Vielleicht.« Sie schnaubte und warf die Arme in die Höhe. »Was habt ihr Ärzte nur für ein Problem mit Krankenhäusern?«

Er zuckte mit den Schultern.

»Hey«, meldete ich mich zu Wort. »Ich hab auch ein Problem mit Krankenhäusern. Außerdem hast du doch gesagt, dass nichts gerissen ist.« Papa, fügte ich stumm hinzu.

»Ich bin aber leider kein Chirurg. Außerdem kann das in so einem Fall sowieso nur ein MRT zeigen.«

»Können wir nicht morgen einfach zu irgendeinem Arzt gehen?«

»Magnetresonanz gibt es in keiner normalen Arztpraxis.« Er holte tief Luft. »Also komm, auf geht's.«

Sie halfen mir in die Schuhe. Beziehungsweise in den rechten Schuh. »Den linken brauch ich nicht«, sagte ich und konnte immer noch nicht fassen, dass ich kurz davor war, schon wieder im Krankenhaus zu landen.

Plötzlich gab die Wand, an die ich mich stützte, nach. Ich quietschte vor Schreck.

»Vorsicht«, mahnte mein Vater, während er einen heruntergerutschten Karton wieder zurück auf den Stapel stellte.

»Wozu die ganzen Schachteln?«, fragte ich argwöhnisch.

Er warf meiner Mutter einen ratlosen Blick zu.

»Ja«, begann sie vorsichtig. »Das ist es eben, über das wir vor dem Schlafengehen noch mit dir reden wollten – du warst so müde, da haben wir gedacht, wir verlegen das auf morgen.« Sie warf einen Blick auf eine imaginäre Uhr an ihrem Handgelenk und lachte, etwas zu laut. »Na ja, mittlerweile ist es ja schon morgen.« Sie seufzte. »Wir sind erst kürzlich umgezogen, Emilia. Papa hat ein Angebot von der Universität Nürnberg bekommen ...«

»Und wo haben wir früher gewohnt?«, presste ich hervor und fürchtete mich im selben Moment vor der Antwort.

Meine Eltern tauschten einen kurzen Blick.

»In München«, sagte meine Mutter schließlich.

»Schaffst du es?« Mein Vater schaute besorgt in Richtung Beifahrersitz.

»Natürlich.« Ich nickte energisch, um auch ja keinen Zweifel aufkommen zu lassen. Auch wenn ich mich längst dafür verfluchte, sein Angebot einer Schmerztablette ausgeschlagen zu haben.

Ich fühlte mich, als hätte mich jemand niedergeschlagen. Es konnte doch beim besten Willen kein Zufall sein, dass wir tatsächlich umgezogen waren – und dann auch noch aus München. Genau wie die beiden Entführer behauptet hatten. Woher hatten die so viel über mich gewusst?

Meine Mutter war daheim geblieben. Papa hatte sie dazu überreden können, sich noch einmal hinzulegen. Ich fand das auch besser. Es war schon schlimm genug, dass einer der beiden die Tour ins Krankenhaus machen musste. Und alles nur wegen meiner Panik.

»Ist irgendeine alte Frau gestorben?«, fragte ich meinen Vater unvermittelt.

Er schüttelte den Kopf, murmelte: »Jetzt fängst du schon wieder damit an.«

Ich war zu müde, um weiter nachzuhaken, und bezweifelte auch, dass es jetzt Sinn gemacht hätte. Zu Hause würde ich noch einmal meine Mutter danach fragen. Irgendetwas musste meine Vision doch zu bedeuten haben.

Immer wieder ließ ich den Blick nach links schweifen,

um das Gesicht meines Vaters in Ruhe zu mustern. Ein anziehendes Gesicht, fand ich. Nicht unbedingt hübsch, dafür waren die Knochen zu kräftig, aber die entschlossenen Züge in Kombination mit den klugen Augen weckten auf Anhieb das Gefühl, diesem Menschen vertrauen zu können, ja vertrauen zu wollen.

»Was hattest du eigentlich mit dem Regenschirm vor?«, fragte ich ihn.

»Ich weiß auch nicht. Vielleicht Gespenster verjagen.«

Ich nickte, sagte jedoch nichts. Dass mein Vater damit gerechnet hatte, dass ich in meinem Zimmer in ernsthafter Gefahr war, erschreckte mich. Weil es nämlich bedeutete, dass ich mich dort doch nicht sicher fühlen konnte.

Ich wartete auf dem Parkplatz des Krankenhauses, bis mein Vater einen Rollstuhl organisiert hatte. Die Vorstellung, dass der letzte Mann, der mich in einem Rollstuhl geschoben hatte, ebenfalls von sich behauptet hatte, mein Vater zu sein, ließ mich erschaudern.

»Alles in Ordnung, Emilia?«

Nein. »Ja.«

Davon, dass der Großteil des Landes gerade schlief, war im Wartebereich der Notfallambulanz nichts zu merken. Das grelle Neonlicht schnitt unbarmherzig in meine Netzhaut, während die lauten Stimmen der beiden Krankenschwestern hinter dem Anmeldeschalter sich in mein Trommelfell bohrten. Die Ausdünstungen einer lallenden jungen Frau im Schickimicki-Kostüm, die plötzlich begann, in eine Tüte zu kotzen, vertrieben auch noch den allerletzten Gedanken an ein frisches sauberes Bett.

Gespannt beobachtete ich den Begleiter der Betrunkenen. Obwohl er aufgesprungen war, hatten seine Hosenbeine doch den ein oder anderen Spritzer abbekommen. Mittlerweile sah er weitaus verzweifelter drein als sie. Offensichtlich hatte sie wieder genug Luft, um einen lauten Fluch auszustoßen, der so gar nicht zu ihren Dreihundert-Euro-Schühchen und den braven Perlenohrringen passen wollte. Ich konnte den Zwiespalt, in dem der Typ steckte, förmlich spüren. Hierbleiben oder wegrennen? Putzen helfen oder selbst kotzen? Als sie auch noch zu heulen anfing, wurden seine Fluchtgedanken förmlich greifbar.

Bevor ich wusste, was ich tat, rollte ich zu den beiden hin. »Dort drüben beim Waschbecken gibt es einen Spender mit Tüchern«, erklärte ich ihm.

Er spurtete sofort los und ich hoffte, dass er die Gelegenheit nicht nutzen würde, um gleich ganz abzuhauen.

»Ich bin nich' be'runken!«, schrie sie plötzlich und starrte mich vorwurfsvoll an.

Ich zuckte leicht zusammen, wartete aber ruhig auf die Rückkehr ihres Begleiters. Er kam tatsächlich zurück, ich dankte ihm innerlich und wischte mir mit dem ersten Tuch die Spucke seiner Begleiterin von der Wange.

»Schatz, was ist denn los?«, rief mein Vater, der immer noch vor dem Schalter stand und besorgt zu mir rübersah.

»Schass, was is'n los, Schass, was is'n los«, äffte die Frau ihn nach und schwang im Rhythmus dazu ihre Tüte.

»Nichts, nichts«, winkte ich ab. Aber mein Vater hörte gar nicht mehr zu. Stattdessen hatte er eine Diskussion mit der Anmeldeschwester begonnen.

Ich rollte zu ihm hinüber und sagte scherzhaft: »Und was ist bei dir los?«

Doch er bemerkte mich gar nicht.

»Noch einmal«, sagte er sichtbar aufgeregt. »Wir haben die Hölle hinter uns. Meine sechzehnjährige Tochter war zwei Wochen lang *verschwunden*. Wir hatten wirklich anderes im Kopf, als die Scheiß-Krankenversicherungskarte nachmachen zu lassen, nachdem unser ganzes Haus abgebrannt ist.«

Ich schwebte. Doch nicht lange, dann hatte mich die Erdanziehungskraft wieder in ihren Fängen. Als der Aufprall unumgänglich war, stöhnte ich. Das Stimmengewirr um mich herum schwoll an, fremde Hände tasteten nach meinem Körper, zerrten und zogen an mir. Ich fing an zu schreien. Bevor sie mich zurück in den Rollstuhl setzten, öffnete ich für einen Moment die Augen. Die Betrunkene mit den teuren Schuhen übergab sich gerade ein weiteres Mal. Ihr Begleiter war endgültig verschwunden.

Jemand rollte mich in Richtung Gang. »Papa«, rief ich. »Pa-pa!«

»Ich bin da. Ich bin da.« Er lief neben mir her und blinzelte in einer Tour, als hätte er was im Auge. Seine Hand schoss nach oben, doch er konnte die Träne nicht schnell genug wegwischen. Ich sah sie. Und fasste einen Entschluss.

»Stopp!«, rief ich, setzte mein gesundes Bein auf den Boden und bremste mit dem Fuß.

»Was machen Sie denn da«, fauchte mich eine Stimme von hinten an.

»Ich steige jetzt aus.«

»Emilia –«

»Sitzen bleiben!«

Ich stemmte den Fuß noch kräftiger gegen den Boden.

Wir saßen wieder im Auto. Das Knie schmerzte jetzt noch viel mehr.

»Du nimmst gleich eine Tablette, wenn wir zu Hause sind«, wiederholte mein Vater immer wieder.

Ich nickte nur. Nachdem ich das Krankenhauspersonal und meinen Vater davon überzeugt hatte, dass ich nur einen kurzen Schwindelanfall gehabt hatte, durften wir wieder fahren. Ohnehin hatte sich herausgestellt, dass das einzige MRT-Gerät des Krankenhauses zurzeit kaputt war und frühestens am nächsten Tag repariert wurde. Und ohne die Magnetresonanz-Untersuchung konnte sowieso keine endgültige Diagnose gemacht werden.

Wir fuhren schweigend.

Ich hatte keine Ahnung, ob mein Vater eine Ahnung hatte, was in mir vorging. Ob er kapierte, dass ich seine Worte in der Notfallambulanz gehört hatte. Und dass ich genau deswegen aus dem Rollstuhl gekippt war. Es war der reinste Albtraum. Tagelang hatte ich geglaubt, das Haus meiner Eltern abgefackelt zu haben. Und nun war ich bei meinen richtigen Eltern und erfuhr, dass auch ihr Haus abgebrannt war. Aber warum hatten sie mir das nicht schon gestern erzählt? Als ich ihnen berichtet hatte, dass die Entführer angeblich alle Fotos und Dokumente bei einem Hausbrand verloren hatten. Die Parallele hätte ihnen doch auffallen müssen!

»Wie geht es dir jetzt?«, fragte mein Vater plötzlich.

»Ganz ehrlich? Schlecht.«

Er warf mir einen besorgten Blick zu. »Schwindelig?«

»Nein«, sagte ich gedehnt, nach wie vor unsicher, wie ich die tausend Fragen in meinem Kopf am besten formulieren sollte. Schließlich gab ich jede Taktik auf. »Warum habt ihr mir nicht gestern schon gesagt, dass unser altes Haus abgebrannt ist?«

Er sah betroffen drein.

»Oh, richtig«, fügte ich mit einem ironischen Unterton hinzu. »Du weißt ja gar nicht, dass ich es schon weiß, denn du hast es mir ja immer noch nicht gesagt. Ich frage mich nur, warum!«

»Emilia …«

»Was? Was ist denn los? Ich kapiere das alles nicht. Ich hab zwei Wochen bei wildfremden Leuten gelebt, die mir auch nie etwas erzählen wollten. Bei ihnen verstehe ich das ja –«

»Schätzchen –«

»Siehst du nicht, wie seltsam das ist? Hast du das der Polizei erzählt? Dass hier irgendwie alles doppelt läuft?«

»Natürlich. Mama und ich sind ja auch nicht blöd. Wir waren zutiefst geschockt, als du uns das alles erzählt hast, und fragen uns natürlich auch, warum diese beiden Leute so viel über unser Leben wissen. Das kann einfach kein Zufall sein.«

»Richtig«, sagte ich mit Nachdruck. »Aber das Schlimmste für mich ist, dass ich bei euch langsam das gleiche Gefühl bekomme wie bei ihnen.«

»Wie meinst du das?« Die Ampel, auf die wir zurasten,

sprang auf Rot. Er stieg abrupt auf die Bremse und verhinderte in letzter Sekunde und mit quietschenden Reifen einen Auffahrunfall. Der Fahrer im Auto vor uns drehte sich zu uns um. Zum Glück spendete die Morgendämmerung noch nicht viel Licht, denn ich hatte wirklich keine Lust, jede einzelne seiner Gesten zu erkennen. Es wurde Grün.

»Besprechen wir das lieber zu Hause«, bemerkte ich und war überrascht, als mein Vater mir widersprach: »Nein. Ich möchte wissen, wie du das genau gemeint hast. Inwiefern erinnern wir dich an die beiden –«

»Bei ihnen wusste ich die ganze Zeit, dass sie mir etwas verheimlichen. Ich dachte, sie wollten mich vor irgendetwas beschützen. Im Nachhinein versteh ich natürlich, warum sie so komisch waren. Aber ich frage mich, warum ihr mir etwas verheimlicht? Was ist da, das ich nicht wissen darf?«

»Nichts. Wir verheimlichen dir nichts.«

»Hat es mit dem Brand zu tun?« Ich holte zitternd Luft. Ich wurde den Gedanken einfach nicht los, also sprach ich ihn aus: »Bin ich schuld an dem Feuer?«

»Bitte was?« Er riss den Kopf zur Seite und starrte mich an.

»Bin ich schuld an dem Feuer?«, wiederholte ich.

Meine Mutter erwartete uns bereits an der Eingangstür. Gemeinsam hievten meine Eltern mich ins Wohnzimmer aufs Sofa. Ich schob mich in die Ecke und lagerte das Bein nach oben.

»Hast du Schmerzen, Emilia?«

Ich nickte. Es war eine dankbare Ausrede, um die Tränen zu erklären, die über meine Wangen liefen.

Ich spülte eine Tablette hinunter, die mein Vater mir hinhielt, und hoffte, dass sie bald half.

»Ich hab uns allen eine Kanne Nerventee gekocht«, verkündete meine Mutter und goss gelbgoldene Flüssigkeit in drei große Tassen, die auf dem gläsernen Sofatisch standen.

Ich lächelte schniefend. »Nerventee?«

»Ja, ich weiß«, sie schien leicht verlegen, »du glaubst nicht an solchen Hokuspokus, aber –«, sie ließ den Satz in der Luft hängen.

»Aber du hoffst, dass du meine Amnesie dazu nutzen kannst, um mich umzupolen«, ergänzte ich.

Sie öffnete entrüstet den Mund.

»War doch nur ein Scherz«, beruhigte ich sie. »Obwohl es für euch ja eigentlich sehr praktisch sein könnte.« Die beiden tauschten einen unsicheren Blick.

»Na, überlegt doch mal. Ihr könntet mir erzählen, dass ich immer total fleißig war. Musterschülerin, Gemüsefanatikerin, ein Sonnenschein mit Heiligenschein.« Obwohl mir so gar nicht danach zumute war, zwang ich mich zu lachen.

»Sollen wir dir etwas über dich erzählen?«, fragte meine Mutter vorsichtig.

Ich kaute auf meiner Unterlippe herum. »Ja, das sollt ihr. Ja, bitte. Bitte sagt mir, warum ich unser Haus abgefackelt habe.«

»Ich hab dir doch schon gesagt, dass das absoluter Unsinn ist!« Jetzt klang mein Vater wütend. »Wie kommst du überhaupt auf den bescheuerten Gedanken?«

»Günther«, mahnte meine Mutter.

Er sah sie mit hochrotem Gesicht an: »Ist doch wahr. Sie hat sich da total in was verrannt. Wir haben im Auto schon darüber diskutiert.«

Diskutiert? Du hast doch immer nur *aber nein, aber wieso* und *hör jetzt bitte auf* gesagt. Doch ich verkniff mir jeden Kommentar. »Und wer was es dann?«, fragte ich stattdessen.

Meine Mutter zuckte hilflos mit den Schultern »Es war ein – ein Leitungsschaden. Ein simpler, blöder Leitungsschaden!«

»Ein Kabelbrand«, verbesserte er sie automatisch.

»Ha! Nie im Leben«, versetzte ich und nahm meine Mutter ins Visier. »Dir ist doch nicht mal das *Wort* Kabelbrand eingefallen.« Ich blickte meinen Vater herausfordernd an. »Du hättest ihr besser erklären müssen, wie die offizielle Version lautet.«

»Emilia!« Die Stimme meiner Mutter kippte ins Hysterische ab. »Verstehst du denn nicht, dass ich auch nicht mehr Herrin meiner Sinne bin. Ich dachte, mein Kind wäre tot! Ich dachte, ich würde dich nie wiedersehen! *Du warst zwei Wochen verschwunden!«*

»Denkst du, das weiß ich nicht!«, schrie ich zurück. »Ich hab zwei Wochen lang irgendwelche Fremden für meine Eltern gehalten, und wenn ich ihnen nicht durch Zufall auf die Schliche gekommen wäre, dann würde ich vermutlich noch die nächsten Jahre bei ihnen hocken! Und warum? Weil die Polizei mich gar nicht richtig gesucht hat! Weil die nämlich nie geglaubt haben, dass ich entführt wurde. Die waren sich sicher, dass ich abgehauen bin!«

Je mehr wütende Worte ich ausspuckte, umso schlüssiger schienen sie mir. Plötzlich war ich ganz sicher, dass ich recht hatte. »Die haben nämlich gedacht, ich bin aus Angst vor euch abgehauen. Weil ich unser Zuhause zerstört habe. Ich *weiß*, dass es so war.« Und dann sagte ich etwas, dem sie nicht mehr widersprechen konnten: »Ich weiß es ganz bestimmt«, sagte ich, »denn ich kann mich daran erinnern.«

Beiden war die Farbe aus dem Gesicht gewichen. Wie erstarrt standen sie vor mir, während ich ihren entsetzten Blicken so lange wie möglich standhielt.

»Wie viel von deiner Erinnerung ist zurück, Mäuschen?«, fragte meine Mutter schließlich.

Da ich nichts Sinnvolles darauf antworten konnte, tat ich, als hätte ich die Frage überhört.

»Ihr scheint nicht besonders erfreut darüber, dass mein Gedächtnis zurückkommt«, stellte ich stattdessen fest.

»An was genau erinnerst du dich?«, variierte meine Mutter ihre Frage.

»An meine Schuld«, behauptete ich, konnte jedoch ein nervöses Blinzeln nicht unterdrücken.

»Du hast keine Schuld –«, begann mein Vater von Neuem, aber meine Mutter fiel ihm ins Wort: »Und außerdem stimmt es nicht, dass du dich an irgendetwas erinnern kannst. Das sehe ich dir doch an.« Ihre Stimme klang so sanft, als würde sie mich damit streicheln.

Trotzig schob ich die Lippen vor. Als sie sich zu mir aufs Sofa setzte und mich fest an ihren sicheren, warmen Körper drückte, fing ich zu schluchzen an. Behutsam wiegte sie mich hin und her und an der Art, wie sie immer wieder schluckte, erkannte ich, dass auch sie den Tränen nahe war.

Ich hatte den Kopf noch in ihrem Hals vergraben, als mein Vater leise sagte: »Ich verstehe das nicht ganz. Kannst du dich jetzt an irgendetwas erinnern? Kannst du dich an uns erinnern?«

Ich hörte das Zittern in seiner Stimme und musste mich überwinden, den Kopf zu heben und ehrlich zu sein. »Nein – ich erinnere mich an gar nichts. Leider. Ich will nur, dass ihr endlich ehrlich zu mir seid. Ich hab gedacht, wenn ich so tue, als könnte ich mich erinnern, habt ihr keinen Grund mehr, mich beschützen zu wollen.« Mich zu belügen, fügte ich in Gedanken hinzu.

»Wir sind ehrlich zu dir, Mäuschen«, meine Mutter strich mir durchs Haar. »Du hattest nichts mit dem Feuer zu tun. Papa und ich haben nur so komisch reagiert, weil wir selbst nicht wissen, was genau passiert ist.«

»Was?«

»Die feuerpolizeiliche Untersuchung hat bisher nichts ergeben«, bestätigte mein Vater.

Die feuerpolizeiliche Untersuchung. Verdammt. Genau wie bei dem anderen Paar. Es war exakt die gleiche Geschichte. In was für einem Albtraum steckte ich hier bloß fest?

Es war Viertel nach acht und wir mussten aufbrechen, um rechtzeitig bei der Polizei zu sein. Doch ich konnte mich einfach nicht überwinden, meinen Platz auf dem Sofa aufzugeben. Es war nicht nur das bescheuerte Knie, sondern vor allem die bleierne Müdigkeit, die sich plötzlich wie eine dicke schwere Decke auf mich gelegt hatte und mich regelrecht ins Sofa presste. Vergeblich versuchte ich, weitere Flashbacks wie jenen am Bahnhof zu erzeugen, wo ich mich an die ältere Dame erinnert hatte. Ich erschrak. Gehörte das tote Gesicht, das ich letzte Nacht gesehen hatte, etwa dieser Frau? Oder waren meine kurzen Erinnerungen ohnehin nur Erzeugnisse meiner Fantasie? Ich wusste es nicht. Die Müdigkeit lähmte nicht nur meinen Körper, sondern auch mein Hirn. Denken war kaum möglich, Erinnern ausgeschlossen.

»Das hat überhaupt keinen Sinn«, hörte ich meine Mutter sagen. »Sie muss schlafen. Und das bisschen, an das sie sich erinnert, kann auch einer von uns der Polizei erzählen.«

»Ich mach das. Auf dem Heimweg mach ich einen Abstecher zu Ferdinands Praxis. Der hat schon mit einer Kollegin gesprochen, die er mir empfehlen will.«

»Schaffst du das auch alles?«, hörte ich wieder meine Mutter fragen.

Pause. Dann seine Stimme: »Es ist vernünftiger, wenn du bei ihr bleibst. Du machst das besser.«

Ihr macht das beide gut, dachte ich noch, dann schlief ich ein.

Ein schrilles Geräusch weckte mich. Gleich darauf spürte ich ein sanftes Rütteln an der Schulter.

»Emilia, wir müssen dich jetzt leider kurz wecken.«

Ich riss die Augen auf, fuhr hoch und biss vor Schmerz die Zähne zusammen.

»Geht es, Mäuschen?«

Ich nickte.

Keine zwei Minuten später führte mein Vater einen Mann ins Zimmer, den er als Kommissar Neumann von der Kripo vorstellte. Neumann war groß, ungeduldig und unsympathisch. Er kam gleich zur Sache. Viel zu schnell für mich und meinen müden Kopf.

»Fräulein Schneider, es freut mich, dass Sie wieder da sind –«

» – aber –?«, fragte ich und unterdrückte ein Gähnen.

»Aber?« Er runzelte die Stirn und sah insgesamt etwas zu übertrieben erstaunt aus.

»Das wollten Sie doch sagen«, erläuterte ich ihm. »Schön, dass Sie wieder da sind, *aber* …«

»Fräulein Schneider, ich bin gekommen, um *Ihnen* Fragen zu stellen.« Neumann lachte aufgesetzt und offenbarte eine gute Aussicht auf jede Menge Zahnfleisch. Nein, ich mochte den Kerl nicht.

Trotzdem hätte ich fast mit ihm mitgelacht. Die Art, wie meine Eltern und Neumann auf drei Stühlen, aufgereiht wie die Hühner auf der Stange, vor mir saßen, hatte etwas Absurdes. Vielleicht war ich aber auch einfach nur überdreht.

Neumann stützte seine Ellbogen auf die Oberschenkel. Automatisch kam mir sein Gesicht einen guten halben Meter näher.

Oh-oh, jetzt geht er aufs Ganze, dachte ich.

»Und meine erste Frage lautet: Warum sind Sie nicht ehrlich zu uns?«

»Was?«, entfuhr es mir.

»Wie meinen Sie das?«, schob mein Vater hinterher und klang dabei fast ein wenig interessiert.

Meine Mutter fuhr jedoch sofort vom Stuhl hoch und wechselte zu mir aufs Sofa. Sie wiederholte die Worte meines Vaters, doch während diese aus seinem Mund rein mechanisch gekommen waren, gab sie ihnen etwas Lauerndes. Die Löwenmutter, die ihr Junges verteidigt, dachte ich.

Verständnisvolles Zahnfleischgrinsen bei Neumann. »Ich habe einen Neffen im Alter Ihrer Tochter ...«

»Wenn Sie hier irgendwie andeuten wollen, dass Emilia lügt«, schnitt ihm meine Mutter das Wort ab. »Dann ist es besser, Sie schicken uns sofort einen anderen Beamten.« Ihre Augenbrauen schossen in die Höhe. »Meine engste Freundin ist Redakteurin bei der *NZ* und sicher daran interessiert, dass unsere Polizei minderjährige Entführungsopfer nicht ernst nimmt.«

Die Mundwinkel des Kommissars glitten nach unten. Säuerlich erklärte er: »Im Klinikum der Universität München gab es in den letzten beiden Wochen keine Patientin mit dem Namen Emilia Schneider. Wie erklären Sie sich das?«

Ich riss die Augen auf. Ich war mir am Ende so sicher gewesen, was den Kliniknamen betraf.

Mein Vater klopfte energisch auf seine Schenkel. »Na, dann war es eben nicht das Uniklinikum! Ich habe Ihnen heute Morgen doch gesagt, dass meine Tochter sich nicht ganz sicher ist.«

In Neumanns Augen schimmerte Schadenfreude. Er ließ meinen Vater aussprechen und sagte dann mit sichtlicher

Genugtuung. »Meine Leute haben heute Vormittag *sämtliche* Krankenhäuser in und rund um München angerufen. Und bei keinem einzigen war in den letzten zwei Wochen eine Emilia Schneider als Patientin registriert.«

Bamm. Das saß.

»Das kann nicht sein«, flüsterte ich.

»Ja dann – haben Sie Ihre Arbeit nicht gründlich gemacht.« Mein Vater rang um Worte. »Ach, kommen Sie, Herr Neumann, jeder weiß doch, wie das in großen Betrieben so läuft. Da – da braucht nur irgendein inkompetenter Mitarbeiter das Telefon in der Verwaltung abheben und schon haben Sie die Fehlinformation. Ich habe fünfzehn Jahre lang in Krankenhäusern gearbeitet, glauben Sie mir, ich weiß, wie es dort teilweise zugeht.«

»Ich kann mir das alles doch nicht nur eingebildet haben?« Zu meinem eigenen Entsetzen hatte ich die Worte laut ausgesprochen. Neumann sah mich neugierig an, meine Eltern wechselten einen Blick. »Ich hab es mir natürlich nicht eingebildet«, erklärte ich, aggressiver als gewollt. »Hören Sie, ich war zwölf Tage lang in einem Krankenhaus in München. Unter meinem Namen. Das muss doch irgendwo verzeichnet sein. Oh! Die Verwaltung von der Klinik hat sogar bei den Leuten angerufen, die behauptet haben, meine Eltern zu sein!«

Die Information war für alle drei neu. Mir fiel noch etwas ein, etwas richtig, richtig Gutes. »Und die Dame von der Verwaltung hat auch gesagt, dass die Polizei noch irgendwelche Unterlagen braucht. Wegen dem Brand wahrscheinlich ... Moment –« Erinnerte ich mich richtig? Wenn die Polizei involviert war, dann bedeutete das, dass es einen echten Brand gegeben hatte. Es sei denn, sie befassten sich aus irgendeinem anderen Grund mit diesem Verbrecherpaar.

»Ich verstehe gar nichts mehr«, sagte ich kläglich und erntete dafür einen mitleidigen Blick von Neumann, auf den ich gern verzichtet hätte.

Er wandte sich an meine Eltern. »Wenn uns Ihre Tochter wenigstens *irgendwelche* Anhaltspunkte geben könnte, was diese ganze Geschichte betrifft.«

»Könnten Sie mal mit mir persönlich sprechen, bitte«, spuckte ich hervor. Dieses ewige ›Ihre Tochter‹ war ja nicht zum Aushalten. »Außerdem hab ich Ihnen gerade etwas Wichtiges gesagt. Die Polizei in München hat in diesem Krankenhaus angerufen. Wenn Sie also bei Ihren Kollegen dort nachfragen …«

»Das tue ich, da kannst du sicher sein« – aha, jetzt waren wir also schon per Du.

»Wir werden sehen, was dabei rauskommt. Du musst schon verstehen, dass die Polizei nur dort ermitteln kann, wo es auch Hinweise gibt.«

»Die Hinweise haben wir Ihnen doch gegeben«, ereiferte sich meine Mutter. »Sie haben von meinem Mann heute eine Beschreibung der beiden Entführer und des Hauses bekommen, in das Emilia eingesperrt war, oder etwa nicht?«

»Das ist ja auch so eine Sache. Sie war eben nicht eingesperrt. Oder habe ich deinen Vater da falsch verstanden?« Jetzt sah er nur noch mich an.

»Nein, das stimmt«, musste ich zugeben. »Aber wenn man Ihnen alle Erinnerungen nimmt und Sie dann vor vollendete Tatsachen stellt, die nicht der Wahrheit entsprechen, die Sie aber glauben, einfach, weil Sie es nicht besser wissen –« Ich befeuchtete meine Lippen mit der Zunge. Den Faden hatte ich sowieso längst verloren. Außerdem irritierte mich mein Nuscheln. Zumindest in meinen Ohren klang meine Stimme furchtbar schwach. Warum war ich nur so verdammt müde?

Ich entschied mich für einen anderen Weg. Keine Rechtfertigungen mehr, sondern Angriff nach vorn: »Sie sagen, Sie haben einen Neffen. Jetzt stellen Sie sich mal vor, dass der plötzlich weg ist. Verschwunden. Und dann taucht er nach zwei Wochen wieder auf und erzählt Ihnen, dass er … also, einfach meine Geschichte –« Meine Kopfhaut juckte plötzlich wie verrückt. Irritiert stellte ich fest, dass auch meine Hände zu zittern begonnen hatten.

Meine Eltern wollten als Rettung einspringen und versuchten, das Wort an sich zu reißen, doch ich fegte alle Einschübe mit ungeduldigem Händewedeln weg und brüllte dem Kommissar so laut wie möglich ins Gesicht: »Würden Sie ihm denn nicht glauben?«

Meine Eltern sahen sich entsetzt an. Wahrscheinlich genierten sie sich gerade fürchterlich für mich, aber dieser Arsch mit Ohren reizte mich dermaßen, dass ich ihm am liebsten an die Gurgel gegangen wäre.

Doch Neumann überraschte mich. Statt einer herablassenden Erwiderung forderte er mich auf zu erzählen. Vielleicht war er doch nicht so blöd.

»Erklär mir das alles noch mal von Anfang an. Ich möchte alles von dir persönlich hören, nicht nur von deinem Vater.«

Gut. Das war richtig gut von ihm. Und auch ich kriegte den Anfang noch richtig gut hin. Das Erwachen im Krankenhaus, die falschen Eltern …

»Wie die aussehen, wissen Sie ja schon von meinem Vater.«

»Ich würde es gerne noch einmal von Ihnen hören, Emilia.«

Ich runzelte die Stirn. Dieser ständige Wechsel zwischen Duzen und Siezen verwirrte mich. Merkte er das selbst gar nicht? Oder machte er das absichtlich, weil er mich verwirren wollte? Oder bildete ich mir das sowieso alles nur ein?

»Mel! Hat Ihnen mein Vater von Mel erzählt?«

Der Polizist wechselte einen Blick mit meinem Vater. Dann schüttelten beide den Kopf.

Meine Mutter legte ihre Hand auf meinen Arm und übernahm die Erklärung für mich. »Mel wurde von den Entführern engagiert, um Emilia darin zu bestärken, dass sie ihre richtige Familie sind.«

Neumann hob die Augenbrauen. »Gibt es irgendeine Möglichkeit, diese Mel zu erreichen?«, fragte er offensichtlich skeptisch

Ich kramte den Zettel mit ihrer Telefonnummer aus meiner Hosentasche. »Hier ist ihre Nummer. Ihr Handy war gestern leider ausgeschaltet, aber ich versuche es jetzt noch mal.« Ich überlegte kurz. »Wenn ich Ihnen die Nummer gebe, können Sie dann das Handy orten oder funktioniert das nur, wenn es eingeschaltet ist?«

Er grunzte. Sollte das ein Lachen sein? Wenigstens verschonte er uns diesmal mit seinem Zahnfleisch.

»Hör mal«, sagte er. »Das wahre Leben hat nichts mit einem Spionageroman zu tun.«

»Was? Ich dachte, Handyortung gehört zum Polizeialltag –«

»Ich dachte, du hättest alles vergessen«, erwiderte er.

Für einen Moment war ich fassungslos. Das sollte ein Polizist sein? »Kapieren Sie denn nicht, was hier passiert?«, schrie ich. »Es ist alles doppelt. Alles, was passiert ist – dass unser Haus abgebrannt ist, dass alle Fotos vernichtet sind, dass wir umgezogen sind, dass die Brandursache nicht geklärt ist. Das alles haben mir diese Leute, bei denen ich war, auch erzählt. Die wissen ganz viel über mich und meine Eltern, verstehen Sie mich?« Ich suchte den Blick meiner Eltern. »Die wissen so viel über uns … vielleicht kennen wir sie sogar. Fällt euch da niemand ein, der das sein könnte?«

Überrumpelt starrten meine Eltern mich an. Selbst Neumann wartete gebannt, was passierte.

Mein Vater schüttelte langsam den Kopf.

»Könnte es irgendein rachsüchtiger Kollege von früher sein?«, fragte meine Mutter ihn.

»Ich wüsste nicht, wer.«

»Denken Sie darüber nach.« Neumann stand auf. »Und rufen Sie mich an.«

* * *

Ich wachte auf. Auch wenn ich mich nicht daran erinnern konnte, eingeschlafen zu sein, war der Zustand des Aufwachens eindeutig. Die angenehme Lähmung meines Kopfes, meiner Gedanken, schwand dahin und musste einem nervösen Unruhegefühl weichen, das sich schnell in pure Panik verwandelte. Irgendetwas furchtbar Unangenehmes war passiert, bevor ich eingeschlafen war.

Jetzt wusste ich es wieder. Der Polizist hielt mich für eine Lügnerin, eine Wichtigtuerin, die von ihren Eltern abgehauen war und nun, aus Furcht, irgendeine abstruse Story über eine Entführung erfand.

Widerwillig schlug ich die Augen auf und erkannte, dass ich zur Abwechslung mal nicht auf dem Sofa, sondern in meinem Bett lag. Die Vorhänge waren zugezogen und unter dem Türspalt schimmerte elektrisches Licht durch. Hoffentlich war nicht schon der ganze Tag um. Ich musste endlich etwas unternehmen, damit dieser Albtraum ein Ende hatte.

Stöhnend setzte ich mich auf. Die Schmerztabletten hatten deutlich an Wirkung verloren, mein Knie fühlte sich an, als wäre irgendetwas darin explodiert.

Ich musste es noch einmal bei Mel versuchen. Ohne ihre Unterstützung würde mir am Ende überhaupt niemand mehr glauben. Warum nur versuchte sie nicht, Kontakt zu mir aufzunehmen? Schließlich konnte sie die Telefonnummer meiner Eltern auf der Homepage nachlesen. Gab es die noch? Ich musste Mama und Papa unbedingt danach fragen.

Jetzt beschäftigte mich ein wichtigerer Gedanke: Warum hatte die Polizei keinen Hinweis darauf gefunden, dass ich in der Uniklinik in München gewesen war? Was hatte Neumann noch mal gesagt? Sie hätten sämtliche Spitäler in und um München angerufen und in keinem war mein Name bekannt? Ich wusste aber ganz bestimmt, dass ich dort unter diesem Namen gelegen hatte. Alle hatten mich Emilia oder Frau Schneider genannt.

Plötzlich kam mir ein schrecklicher Gedanke. Konnte es sein, dass ich mich irrte, was München betraf? Konnte es eine ganz andere Stadt gewesen sein? Mein Herz trommelte gegen die Rippen. Der Gedanke, dass meine Erinnerung an die letzten vierzehn Tage womöglich nichts wert war, ließ Übelkeit in mir aufsteigen. Aber wenn ich mich so sehr irrte, dann musste ich doch verrückt sein?

»Du bist nicht verrückt«, sagte ich mir selbst.

Ich erhob mich vom Bett und fing an, den Satz zu wiederholen. Immer und immer wieder. Doch je öfter ich mir sagte, dass ich nicht verrückt war, desto irrer kam ich mir vor. Und desto größer wurde die Wut, die sich in meinem Inneren zusammenbraute. Aus einem Impuls griff ich nach meinem Wecker und schmetterte ihn gegen die Wand, wo er abprallte und in Dutzende kleine Teile zersprang.

Ich ließ mich aufs Bett fallen und trommelte mit den Fäusten auf mein Kissen ein.

Prompt kamen meine Eltern ins Zimmer gestürmt – diesmal ohne Regenschirm, dafür aber mit fürchterlich erschrockenen Gesichtern.

Ich schämte mich schrecklich. »Es tut mir so leid«, stammelte ich, während sie anfingen, die Einzelteile meines Weckers aufzusammeln.

»Daran ist nur dieser Idiot von der Polizei schuld«, stieß meine Mutter verbittert hervor. »Der hat uns alle vollkommen wahnsinnig gemacht.«

»Mama«, murmelte ich und legte unbeholfen meine Hand auf ihre.

Sie strich mir eine Haarsträhne von der Wange. »Mein liebes, liebes Mädchen.«

Ich musste wirklich sehen, dass dieser Albtraum endlich endete. Für uns alle.

7

Am Vormittag des nächsten Tages hatte mein Vater einen Termin mit seiner Kollegin, der Spezialistin für Amnesie.

»Ihr kannst du alle Fragen stellen. Und sie wird dir sicher einige beantworten können«, sagte er und es klang wie eine Entschuldigung.

Ich hatte von ihm wissen wollen, warum mich auch mein Kurzzeitgedächtnis in den letzten Tagen immer wieder im Stich ließ. Eigentlich hatte ich gedacht, dass ich diese Phase während des Krankenhausaufenthalts überwunden hatte. Vorausgesetzt, der hatte überhaupt stattgefunden.

»Einerseits geht es mir viel besser. Psychisch, meine ich. Andererseits habe ich von Tag zu Tag mehr das Gefühl durchzudrehen.«

»Du drehst nicht durch«, hatte mein Vater erwidert und mich anschließend etwas unbeholfen, aber liebevoll in den Arm genommen.

Meine Mutter war im Arbeitszimmer und bereitete Übungsblätter fürs neue Schuljahr vor. Ich hatte mir von ihr die Nummer meiner Freundin Esther geben lassen. Esther, die so alt war wie ich und vor zwei Jahren schon einen Meter achtzig groß gewesen war. Zum Glück, meinte meine Mutter, hätte sie bald danach aufgehört zu wachsen. Ich merkte, dass ich neidisch wurde. Neidisch darauf, dass meine Freunde sich Gedanken über ihre Größe machten und über die Schule klagten und über Liebeskummer.

Liebeskummer. Wenn ich meine Pseudoeltern nicht fand, dann würde ich auch Nick nie wiederfinden. Es war zum Heulen.

Gestern Abend hatte ich noch gemeinsam mit meinen Eltern die Deutschlandkarte im Atlas inspiziert und wir waren tatsächlich auf drei Ortschaften im Süden von Bayern gestoßen, die das Wort Hausen im Namen hatten. Auch ein Bad Hausen war dabei gewesen. Mein Vater hatte bei der Polizei angerufen und dort noch einmal klargestellt, dass die beiden Entführer sich höchstwahrscheinlich in diesem Ort namens Bad Hausen aufhielten. Aber die ernüchternde Antwort hatte nicht lange auf sich warten lassen. Es gab an diesem Ort keinen einzigen Einwohner, der mit dem Namen Schneider gemeldet war. Wenn ich doch bloß den Nachnamen von Nick gewusst hätte. Wenigstens würden meine Eltern am Wochenende mit mir nach Bad Hausen fahren. Sie hatten sich lange gesträubt, hielten das für möglicherweise gefährlich, doch was sollten wir tun, wenn die Polizei nichts unternahm?

Bevor ich Esther anrief, wählte ich noch einmal Mels Handynummer. Mittlerweile kannte ich sie auswendig. Genau wie den Ansagetext des Tonbands, das gleich darauf erklang. »Mel, was ist bloß mit dir?«, flüsterte ich.

Meine Eltern vermuteten, dass sie mir eine falsche Nummer gegeben hatte, doch das glaubte ich nicht. Ich war mir sicher, dass ihr Handy noch immer in dem Haus in Bad Hausen – oder wo das Haus nun auch immer stand – herumlag, und ich konnte nur hoffen, dass Mel beim Versuch, es wiederzubekommen, nicht in Schwierigkeiten geraten war.

Mit klopfendem Herzen wählte ich nun Esthers Nummer und lauschte dem Läuten.

»Hallo?«

»Ähm, hi, hier ist Emilia.«

Pause. Dann: »Emilia!«

»Ja.«

Noch mal: »Emilia!«

»Ja.« Ich musste lachen.

»Mensch, tut das gut, deine Stimme zu hören!«, quietschte sie und ihr Tonfall kam mir so überraschend vertraut vor, dass mir aus heiterem Himmel die Tränen in die Augen schossen.

»Wir haben uns solche Sorgen um dich gemacht, echt jetzt! Wir haben Flyer gedruckt und all so ein Zeug. Wo warst du, Emilia? Mensch, war ich froh, als deine Eltern angerufen und gesagt haben, dass du wieder da bist. Hab's gleich auf Facebook gepostet. Wir haben auch eine Seite gemacht: *Emilia missing.* Innerhalb von ein paar Tagen haben wir zweitausend Fans bekommen. Die ganze Schule. Und alle haben's in ihrem Bekanntenkreis gepostet. Emilia ... Shit! Verflucht – kannst du mir mal sagen, warum ich jetzt heul? Jetzt, wo du endlich wieder da bist?« Sie lachte und weinte gleichzeitig, was sehr lustig bei ihr klang. Ihr Lachen war nämlich ein einziges Gegacker. Sie hörte sich an wie ein schluchzendes Huhn.

»Du bist süß«, sagte ich unsicher. Wusste sie überhaupt schon von meinem Gedächtnisverlust? Hoffentlich. Ich hatte absolut keine Lust, dieser überdrehten liebenswerten Henne alles von vorne zu erklären.

»Also, du hast mich ja schon vieles genannt, aber bestimmt nie süß – stimmt es, dass du dich an gar nichts erinnern kannst?«

Ich dankte meinen Eltern im Stillen. »Ja, leider. Ich hoffe –«, ich musste schlucken, »ich hoffe, dass wir trotzdem Freundinnen sein können, Esther. Ich – ich hab Freundinnen grad ziemlich nötig.«

»Und wir haben dich nötig«, sprudelte sie bereits weiter. »Sibel und ich waren so down. Ohne dich war nichts mehr dasselbe.«

»Echt?« Ich klammerte mich an den Telefonhörer, glücklich über diese Worte, glücklich zu erfahren, dass es einen Unterschied machte, ob es mich gab oder nicht.

»Aber wo warst du, Emilia? Deine Eltern haben null Infos rüberwachsen lassen. Nur dass du einen Unfall hattest und 'nen Bänderriss im Knie hast.«

Einen, der nicht besser wird, wenn man nachts drauffällt. Doch mein Missgeschick war ein Klacks gegen all die anderen Ereignisse, die seitdem passiert waren. Und es war vor allem nicht wert, unnötig Zeit deswegen zu vergeuden. Kostbare Zeit, um Informationen über mich zu erhalten, nach denen ich meine Eltern ja doch nie fragen würde.

Deshalb schilderte ich die Geschehnisse der letzten Wochen auch so knapp wie möglich. Aber auch diese Kurzversion genügte, um Esther in Panik zu versetzen.

»Gooott! Emiiilia!«, schrie sie in den Hörer. »Wart ihr denn schon bei der Polizei?«

»Jaja. Das Ganze ist nur etwas schwierig, weil mein Gedächtnis mittlerweile auch Probleme macht, was diese letzten zwei Wochen betrifft. Und auch jetzt vergesse ich noch manchmal was.«

»Oh nein.« Ich hörte, wie sie langsam ausatmete. »Heißt das, du kannst dich morgen vielleicht nicht mehr dran erinnern, dass wir heute telefoniert haben?«

»Doch. Doch, das sicher. Aber ich werde höchstwahrscheinlich nicht mehr alles wissen, was wir besprochen haben.«

»Ach so. Na, das kenn ich«, sagte sie fröhlich.

So bestimmt nicht, dachte ich, behielt meinen Einwand aber für mich.

Wieder das lange Ausatmen. Jetzt kapierte ich, was sie machte. Ich meinte fast, den Geruch der Zigarette riechen zu können. Ich konnte regelrecht spüren, wie ich selbst den Rauch in meine Lunge zog.

»Ich hab auch geraucht, nicht wahr?«

»Soll das heißen, du hast damit aufgehört?« Sie kicherte. »Ach so, klar. Deine Oldies lassen dich wahrscheinlich keine Sekunde aus den Augen, oder?«

Ich hörte Schritte vor meiner Tür und betete, dass meine Mutter nicht ausgerechnet jetzt hereinplatzte, jetzt wo wir endlich zum wirklich interessanten Teil des Gesprächs kamen. Doch ich hatte Glück, die Schritte entfernten sich wieder. Trotzdem senkte ich die Stimme, als ich fragte: »Ich hab also richtig viel geraucht? Und immer heimlich?«

»Einmal haben sie dich dabei erwischt. Das war ein Riesentheater.«

Ohne zu wissen, warum, fühlte ich mich plötzlich äußerst unbehaglich. »Esther, du, ich hab eine Riesenbitte an dich.«

»Was denn? Was denn?«

»Du musst mir ein paar Dinge über mich erzählen. Dinge, die ich nicht mit meinen Eltern besprechen will. Verstehst du?«

Nervöser Zug von der Zigarette, wieder verschluckte sie sich und musste husten. »Klar!«, versprach sie schließlich mit erstickter Stimme und fügte röchelnd hinzu: »Leg los.«

»Und du musst absolut ehrlich zu mir sein. Versprochen?«

Schon wieder dieses Hühnergackern. »Emilia, wenn du dich an mich erinnern würdest, wüsstest du, dass ich immer viel zu ehrlich bin. Wirklich *immer* und wirklich *viel* zu ehrlich.«

Gut. Ich holte tief Luft.

»Bin ich ein netter Mensch, Esther?«

Ich hatte mich auf eine Runde Gackern eingestellt, doch das Einzige, was ich zu hören bekam, war ein simples »Ja«.

»Ja?«

»Ja.«

Für einen Moment sagten wir beide nichts. Dann durchbrach sie die Stille: »Mensch, soll ich das jetzt noch mit Gefühlsduselei ausschmücken? Dachte, du hast so viele Fragen an mich. Da werde ich mich doch am besten auf kurze Antworten beschränken.«

»Hatte ich schon mal – einen Freund?«

»Ja und nein.«

»Okay, geht's ein bisschen detaillierter in dem Fall?«

»Keinen Freund, du warst verlobt.«

Was?! Ich schluckte. »Was?«

Jetzt kam das Gackern. »Die ganze Grundschulzeit lang. Mit Tobi.« Neuerliches Glucksen. »Aber irgendwann hat Tobi sich dann mehr um Judo gekümmert als um dich. Ist bei den Münchner Schülermeisterschaften sogar mal Dritter geworden.«

»Wow«, erwiderte ich rein mechanisch. »Und danach hatte ich keinen Freund mehr?«

»War dir bis jetzt ja keiner gut genug. Und ich nehm mal an, in Nürnberg hast du auch noch keinen getroffen?«

Nick. Waren seit unserem Beinahe-Kuss wirklich erst drei Tage vergangen?

»Sibel und ich möchten dich so bald wie möglich besuchen kommen. Wir halten es beide kaum noch aus ohne dich.«

»Ja!« Ich schrie fast. Auch wenn Esther mit ihrer hohen Stimme, die mir irgendwie vertraut vorkam, für meinen momentanen Zustand eigentlich viel zu schnell redete, wollte ich plötzlich nichts lieber, als endlich mit meinen Freundinnen zu sprechen.

»Shit!«, flüsterte sie jetzt. »Ich glaub, meine Mutter ist grad nach Hause gekommen …«

Ich hörte, wie ein Fenster geöffnet wurde. »Warte«, rief ich panisch, »wann kommt ihr nach Nürnberg?«

»Ich ruf dich später noch mal an.«

»Warte, Esther!«

»Bis nachher.«

»Nur eine Frage noch: Weißt du irgendetwas über den Brand?«, haspelte ich noch schnell, doch das Handy klang bereits tot. Ich sah aufs Display. Esther hatte das Telefonat beendet. Ich kam mir vor wie eine Idiotin. Hatte ich diese dämliche letzte Frage sehr laut gestellt? Hatte mich meine Mutter gehört? Ich presste die Augen zusammen.

Das also war Esther. Meine groß gewachsene Freundin

mit der Piepsestimme und dem Hennencharme. Ich legte das Handy aufs Bett. Esther. Tobi, mit dem ich einmal »verlobt« war, und Sibel, die mich mit Esther zusammen besuchen kommen wollte. Bei ihrem Namen hatte irgendetwas in mir geläutet? Warum ausgerechnet bei ihrem Namen? Ich musste Esther unbedingt nach ihrer Nummer fragen.

»Sibel«, flüsterte ich vor mich hin. Und dann fiel es mir plötzlich ein. Jemand hatte vor Kurzem schon mal den Namen genannt. Aber nicht hier. In dem anderen Haus. Natürlich! Luna und Sibel. So hatte die Frau, die sich als meine Mutter ausgegeben hatte, meine Freundinnen genannt. In Wahrheit hießen sie Esther und Sibel. War das ein Zufall? Hatten die Entführer sich irgendwelche Namen ausgedacht oder wussten sie von meinen Freundinnen, hatten sich jedoch nur einen Namen korrekt merken können? Mir schwirrte der Kopf. Es war mir unmöglich, irgendeinen Sinn in dieser ganzen Sache zu sehen.

Der Drang, mich auf dem Bett auszustrecken, die Augen zu schließen und der Realität, von der ich so wenig verstand und die mir so wenig real erschien, zu entkommen, wurde übermächtig. Dennoch zwang ich mich aufzustehen. Die Wand als Unterlage verwendend, schrieb ich die Namen Esther, Tobi und Sibel auf ein Blatt Papier. Den letzten Namen kreiste ich ein und starrte ihn lange an. Ich wusste, wenn ich jetzt die Augen schloss, um besser in mich hineinhorchen zu können, würde ich einschlafen, noch bevor ich irgendeine Antwort bekommen hatte.

Mist. Ich hätte Esther fragen sollen, wie sie und meine

anderen Freunde aussahen. Ich brauchte ein Bild von ihnen.

Klar! Das Internet. Die einfachste und schnellste Möglichkeit, um an andere Menschen heranzukommen. Esther selbst hatte doch Facebook erwähnt. Eine Suchgruppe. Aber ich wusste ja nicht einmal ihren Nachnamen. Doch dann fiel es mir plötzlich ein. Mein eigener Name genügte ja. Auf meinem Profil würde ich automatisch meine Freunde finden.

Ich nahm mir nicht die Zeit, die Krücken aus der Ecke zu holen, sondern humpelte stattdessen ins Arbeitszimmer meiner Eltern. Auch hier stapelten sich die Kartons.

»Mama, kann ich später an den PC, wenn du ihn nicht mehr brauchst?«

Sie nickte abwesend, während sie weiter auf den Bildschirm starrte und ihre Finger in beunruhigendem Tempo über die Tastatur flogen. »Warte – ganz kurz … so jetzt. Ja bitte?«

Erwartungsvoll sah sie mich an.

»Äh, ich wollt nur wissen, ob ich nachher mal kurz an den PC kann.«

»Ja, mein Mäuschen, natürlich. In einer halben Stunde?«

»Okay. Cool.«

»Oh. Du willst wahrscheinlich ins Internet? Das spinnt leider grade wieder.«

»Was?« Ich konnte meine Enttäuschung nicht verbergen.

»Das muss an dem Haus liegen. Seit wir hier wohnen, fällt es alle paar Tage mal aus. In München hatten wir nie Probleme.« Sie lehnte sich zurück. »Hast du überhaupt schon etwas gegessen heute Morgen?«

Ich schüttelte den Kopf und merkte, dass ich tatsächlich Hunger hatte.

Zusammen gingen wir in die Küche.

»Das sieht aber nicht aus wie Nerventee.« Ich deutete auf einen Krug mit schäumendem gelbem Inhalt. In der ganzen Küche roch es verführerisch nach frischem Bananenshake.

Meine Mutter lächelte und goss mir ein Glas ein. »Wie sieht es mit den Schmerzen aus? Papa hat gesagt, du sollst noch eine Tablette nehmen, wenn es zu wehtut.«

Ich nickte. »Ja. Eine nehme ich noch.«

Ich schluckte die kleine weiße Tablette, die sie mir hinhielt, mit einem Schluck Bananenshake hinunter und dachte, dass ich meinen Vater fragen musste, ob die Müdigkeit eine Nebenwirkung der Tabletten sein konnte.

»Wahnsinnig lecker«, sagte ich, nachdem ich mein Glas mit wenigen Schlucken zur Hälfte geleert hatte. »Wow.« Ich grinste. »Seh ich das richtig, dass ich auch Bananenshake liebe?«

»Lieben würde ich nicht sagen, vergöttern trifft es viel eher.« Meine Mutter zwinkerte gut gelaunt. »Ich schneide dir noch ein paar Scheiben Brot ab.« Sie öffnete den Kühlschrank. »Schau, hier liegt der Schinken, dort der Käse. Tomaten sind im Gemüsefach …«

»Danke, Mama, ich komm schon klar. Und ich kann mir auch das Brot selbst schneiden.«

Ich fühlte mich richtig gut. Die Aussicht darauf, mir auf Facebook Fotos von meinen Freunden ansehen zu können, machte mich unerwartet glücklich. Nur das Internet musste jetzt noch mitspielen. »Haben wir eigentlich auch einen Laptop? Vielleicht mit einem mobilen Internetzugang?«

Sie schüttelte den Kopf. In einer ersten Reaktion wollte ich meinem Unmut Luft machen, doch dann fiel mir wieder das Feuer ein. Und dass unser sämtliches Hab und Gut davon verschlungen worden war. Dass ich von Glück reden konnte, dass es in der Wohnung überhaupt einen Computer gab.

»Du wirst sehen, die Störung dauert auch diesmal nicht lang«, versicherte sie und ich nickte und machte mich auf den Weg in mein Zimmer.

Als sie kurz darauf an meine Tür klopfte, saß ich gerade auf dem Bett und starrte den Zettel mit den drei Namen an. Besondere Weisheiten waren mir nicht gekommen, im Gegenteil, es kam mir so vor, als wüsste ich weniger als je zuvor.

»Ich brauch eine Hypnose«, erklärte ich meiner Mutter, als sie den Kopf ins Zimmer reinstreckte.

»Daran haben wir auch schon gedacht«, antwortete sie überraschenderweise. »Papa bespricht das momentan alles und spätestens morgen wirst du die Ärztin kennenlernen, die dir helfen wird. Du wirst sehen: Es wird alles gut, Emilia.«

»Ich muss sie heute noch treffen. Ich halte das nicht mehr aus. Es kommt mir vor als würde mein Hirn von Stunde zu Stunde mehr verfallen. In manchen Momenten glaube ich, es geht endlich wieder, und gleich darauf ist alles wieder weg. Und dann weiß ich nicht mal mehr, ob ich mir die wachen Momente nicht überhaupt nur eingebildet habe.«

»Nein«, sagte sie überzeugt. »Die bildest du dir nicht nur ein. Und es sind nicht nur Momente. Ich glaube, dir kommt die Zeit, in der du müde und unkonzentriert bist, viel länger vor, als sie eigentlich ist.« Sie sah mich besorgt an. »Denkst du, ich kann dich für eine halbe Stunde allein lassen?«

Ich lachte. »Na, hallo? Ich denke, eine halbe Stunde lang werde ich gerade noch schaffen mit meinen sechzehn Jahren.«

Sie blieb ernst. »Den Computer hab ich für dich angelassen. Mach aber niemandem die Tür auf, Papa und ich haben beide einen Schlüssel.«

»Jaja.« Ich gähnte.

»Das ist wirklich wichtig, hörst du?«

»Ja.« Ich nickte artig und unterdrückte krampfhaft und wenig erfolgreich ein weiteres Gähnen.

Kurze Zeit später hörte ich die Türe ins Schloss fallen. Ich feuerte mich selbst an, es endlich aus dem Bett zu schaffen.

»Raus jetzt mit dir«, murmelte ich und tröstete meinen müden Körper mit der Aussicht auf eine Runde Schlaf, sollte das Internet immer noch nicht funktionieren.

Ächzend ließ ich mich im Arbeitszimmer auf den ledernen Drehsessel fallen und starrte den Bildschirm an, der mir grün und blau entgegenleuchtete. Zum Glück hatte meine Mutter daran gedacht, ihn eingeschaltet zu lassen, so musste ich mir wenigstens nicht den Kopf wegen irgendwelcher Passwörter zerbrechen.

Ich klickte auf das Explorer-Zeichen und war wieder

einmal erstaunt darüber, wie selbstverständlich viele Aktivitäten für mich waren, obwohl ich mich nicht daran erinnern konnte, sie jemals zuvor ausgeführt zu haben.

Die Verbindung kann nicht hergestellt werden.

Fuck! Ich hieb auf die Tischplatte. Und begann dann, wie wild auf der Windowsseite herumzuklicken. Mit dem Ergebnis, dass ich plötzlich nicht einmal mehr den Pfeil am Bildschirm bewegen konnte. Ich ruckelte die Maus hin und her, fauchte »Beschissener Dreck« und runzelte die Stirn.

Am Mousepad hatte sich eine kleine rote Pfütze gebildet. *Rostige Batteriesäure* war der erste Gedanke, den mein verwirrtes Hirn zustande brachte. Als ich die Maus losließ, spürte ich die warme Feuchtigkeit, die meinen Arm entlangkroch. Ich blutete. Von der Handfläche lief ein dünnes, aber beständiges Rinnsal in Richtung Ellbogen. Dabei tat es nicht mal weh. Genervt wischte ich es an meiner Jeans ab.

»Ich hab jetzt keine Zeit für den Scheiß«, knurrte ich und spürte, wie mein Arm gleich darauf wieder feucht wurde. Jetzt fand ich den Übeltäter, einen Schnitt direkt unter meinem rechten Daumen, so winzig, dass man ihn mit bloßem Auge fast nicht ausmachen konnte. Dennoch floss noch immer Blut heraus. Ich kämpfte mich aus dem Sessel hoch, humpelte mit einer Krücke ins Bad und durchwühlte hastig sämtliche Laden und Körbe nach einem Pflaster.

Ich fand keines, gab die Suche auf und versuchte es stattdessen mit kaltem Wasser. Es brauchte einige Überwindung, die Hand unter den Strahl zu halten – nicht wegen der Kälte, die spürte ich kaum, sondern weil es anfangs so gar nichts zu helfen schien. Es quoll nur immer mehr Blut aus dem Schnitt hervor.

Endlich wurde ich belohnt. Die Flüssigkeit, die im Abfluss des Waschbeckens verschwand, wurde immer heller, bis sie nur noch einen leichten rötlichen Schimmer hatte und schließlich ganz klar war. Weil ich auf die Schnelle kein Pflaster finden konnte, presste ich Klopapier gegen die Wunde und fixierte es mit Klebeband. Meine ganze rechte Hand war knallrot, nur die Fingerspitzen leuchteten blau. Ich bewegte sie und merkte erst jetzt, wie kalt mir war.

Sicherheitshalber nahm ich gleich eine Rolle Klopapier mit und humpelte zurück ins Arbeitszimmer.

Als ich das Mousepad abwischte, entdeckte ich einen kleinen unschuldigen Holzspan, der aus der Tischplatte schaute. Vermutlich der Übeltäter.

Ich ließ mich in den Drehsessel fallen und versuchte noch einmal mein Glück mit dem Internet.

Die Verbindung kann nicht hergestellt werden.

Natürlich. Ich blieb sitzen und starrte unschlüssig vor mich hin. Plötzlich musste ich blinzeln. Was lag denn hier? Ich streckte die Hand nach einem dünnen Katalog aus, der auf einem Stapel mit Magazinen thronte. Irritiert begann ich, ihn durchzublättern. *Modell Rittertruhe* las ich. *Modell Arche, Modell XXL aus Eiche.*

Warum um alles in der Welt hatten meine Eltern einen Katalog für Särge in ihrem Arbeitszimmer liegen? Sollten sie etwa … nein, sagte ich mir sofort, sie können nicht ernsthaft angenommen haben, dass ich tot bin, und schon mal vorsorglich mein Begräbnis organisiert haben, nur weil ich verschwunden war. Blödsinn.

Doch wenn der Katalog nicht durch irgendeinen makabren Zufall seinen Weg in diese Wohnung gefunden hatte, dann bedeutete es zumindest, dass jemand tot war.

»Ich hab's gewusst«, stieß ich zwischen zusammengebissenen Zähnen hervor. Das Bild der toten Frau, das ich vor mir gesehen hatte, war eine echte Erinnerung gewesen. War sie in dem Feuer gestorben? Aber nein, ihr Körper war ja nicht verbrannt, ich hatte ihr schneeweißes Gesicht ganz deutlich vor mir gesehen. Ein Hausbrand und eine Tote, die nicht zusammenhingen ... ein bisschen viel Zufall auf einmal. Es sei denn, sie war an einer Rauchgasvergiftung gestorben.

Wer war sie bloß gewesen? Sosehr ich mich auch anstrengte, es gelang mir nicht mehr, ihr Bild heraufzubeschwören.

Geistesabwesend prüfte ich noch einmal die Internetverbindung. Wieder nichts. Ich starrte auf den Katalog, auf ein Modell, das den irritierenden Namen *Romance* trug, und überlegte, was ich jetzt machen sollte. Meine Eltern anrufen und ihnen an den Kopf werfen, dass sie mich belogen hatten, als sie sagten, dass niemand gestorben sei? Ich entschied mich dagegen. Meine Konfrontations-Taktik hatte schon beim letzten Mal nicht geklappt. Nein, ich musste diesmal vorsichtiger sein. Ich beschloss, meinen Vater trotzdem anzurufen. Jedoch vorerst nur, um ihn nach dem Namen des Internetanbieters zu fragen, damit ich mit dem Unternehmen Kontakt aufnehmen und herausfinden konnte, was es mit den ewigen Störungen an unserer Adresse auf sich hatte.

Ich fand den Zettel, auf dem meine Eltern ihre Handynummern notiert hatten, und griff nach dem Mobilteil des Festnetztelefons. Das Läuten begann im selben Moment. Ich zuckte zusammen. Stöhnte. Konnte man eigentlich noch schreckhafter sein als ich gerade?

»Hallo?«, fragte ich vorsichtig und wünschte mir, dass Mel am anderen Ende war. Oder auch Esther.

»Mäuschen?« Mama. Auch gut.

»Alles in Ordnung bei dir?«

»Jaja«, erwiderte ich, vielleicht ein wenig zu schnell. »Nur das Internet spinnt noch immer.«

»Oje.«

»Wie heißt der Anbieter? Ich möchte dort anrufen.«

»Tut mir leid, Mäuschen, das weiß ich leider nicht. Papa ist der Hüter über diese Dinge. Aber die Unterlagen sind sicher drüben in der Praxis.«

»Drüben in der Praxis?«

»Ja. Die Wohnung, die genau gegenüber von unserer liegt, haben wir auch gemietet. Es ist die ehemalige Praxis eines Psychologen. Papa möchte in Zukunft auch wieder mit Patienten arbeiten, aber momentan nutzen wir sie nur als Abstellraum.« Sie lachte bekümmert.

Immer wenn ich dachte, dass ich endlich alle Informationen halbwegs auf der Reihe hatte, die meine Eltern betrafen, erfuhr ich etwas Neues.

»Kann ich da mal rüberschauen? Gibt's einen Schlüssel?«

»Ich fürchte, bisher nur an Papas Schlüsselbund. Er wird bald wieder zu Hause sein, dann macht er sicher eine Führung mit dir. Übrigens hat er mich vorhin gerade angerufen. Diese Psychologin, Doktor Seethaler, hat leider wirklich erst morgen Zeit für einen richtigen Termin. Aber sie meint, ihr könntet heute schon mal am Telefon miteinander plaudern, wenn du das möchtest. Ich hab sie ja noch nicht kennengelernt, aber sie scheint auf die gängigen Procedere zu pfeifen und ihren eigenen Weg zu verfolgen. Ganz auf den Patienten zugeschnitten.«

Beim letzten Wort zuckte ich zusammen, ein kleiner roter Kreis drückte sich durch das provisorische Pflaster aus Klopapier und wuchs sich rasch zu einer ganzen Blüte aus.

»Klingt gut«, erwiderte ich abwesend.

In dem Moment klingelte es an der Tür.

»War das bei uns?«, erkundigte sich meine Mutter. Sie klang erschrocken.

»Ja.« Ich war schon auf dem Weg zur Tür.

»Mach auf keinen Fall auf!«

Jäh blieb ich stehen. »Warum denn nicht?« Ich erschrak, als es erneut klingelte.

»Oh Gott, bleib weg von der Tür, Emilia!«

»Warum schreist du denn so?«, flüsterte ich fassungslos – und überflüssigerweise, denn die Panik in ihrer Stimme ließ keinen Zweifel daran, dass sie ganz einfach große Angst hatte.

Paradoxerweise sorgte aber genau diese Angst dafür, dass ich mich nun erst recht der Türe näherte. Endlich hatte ich kapiert – meine Mutter befürchtete, dass die Entführer vor der Tür stehen könnten. Was sie jedoch unterschätzte, war meine Sehnsucht nach einem Beweis, dass es den Mann und die Frau wirklich gab. Die Polizei glaubte mir ja jetzt schon nicht und ich selbst begann sowieso, an allem zu zweifeln. Wie lange würde es also noch dauern, bis auch meine Eltern den Glauben an mich und meine Geschichte verloren. Das konnte ich nicht zulassen. Mir konnte also kaum etwas Besseres passieren, als dass die Entführer tatsächlich vor unserer Tür warteten.

»Emilia, bitte –«

»Pssst, Mama.«

»Was?« Ihre Stimme hallte viel zu laut aus dem Hörer.

»Ich ruf dich gleich zurück«, flüsterte ich.

»Nein! –«

Doch ich konnte es mir nicht erlauben, dass, wer auch immer dort draußen stand, durch ihr Geschrei gewarnt wurde. Ich beendete das Telefonat, in ein paar Sekunden würde ich sie sowieso zurückrufen. Ich musste nur ganz kurz durch den Türspion schauen. Und wenn der Mann und die Frau davorstanden, dann blitzschnell die Polizei verständigen. Und danach dann sofort meine Mutter anrufen.

Das Telefon klingelte und ich konnte die Panik meiner Mutter bereits durch das Läuten hindurch hören, zumindest bildete ich mir das ein.

Jetzt war ich an der Tür. Hoffentlich hatte ich mir nicht zu lange Zeit gelassen, hoffentlich waren sie noch da.

Atemlos blickte ich durchs Guckloch. Es war niemand zu sehen.

Im selben Moment, in dem ich fluchend die Tür aufriss, wurde mir eines klar: Wenn man jemand dazu bringen will, seine Wohnungstür zu öffnen, dann kann man nichts Besseres machen, als zu läuten und sich hinter der nächsten Ecke zu verstecken.

Ich schrie!

Nichts. Nicht einmal ein Nachbar ließ sich blicken. Zum Glück. Ich musste unendlich blöd ausgesehen haben, in geduckter Haltung, die Arme vors Gesicht geworfen – als ob das überhaupt was gebracht hätte.

Ich wusste nicht, was überwog. Die Erleichterung, weil nichts geschehen war, oder die Enttäuschung, weil, tja, eben nichts geschehen war.

Bevor ich die Tür hinter mir schloss, sah ich einen kleinen weißen Briefumschlag auf der Schwelle liegen. Mensch, so viel Aufregung wegen dem Postboten. Mir fiel meine Mutter ein, die wahrscheinlich gerade Todesängste ausstand. Schnell nahm ich den Umschlag, schloss die Tür und bückte mich nach dem Mobilteil, das am Boden lag.

Zerknirscht entschuldigte ich mich bei meiner Mutter, redete mich auf die Blutung an der Hand heraus, die ich erst während unseres Gesprächs bemerkt hätte und die ich doch schnell hatte verarzten müssen, bevor die schönen Fliesen fleckig wurden.

Genau wie ich wusste sie, dass das Blödsinn war. Doch nachdem ich ihr versprochen hatte, »nie wieder auf diese Weise und ausgerechnet in so einer Situation und ausgerechnet jetzt« ein Telefonat mit ihr zu beenden, beruhigte sie sich und versicherte mir, sie sei in einer Viertelstunde zu Hause.

»Ich bin sicher, du hast mittlerweile durch den Türspion geschaut«, sagte sie dann noch.

»Natürlich. Ich muss doch sichergehen, dass da niemand ist, der dir was tun könnte, wenn du gleich kommst.«

Sie lachte. »Bis gleich.«

»Bis gleich.«

Von dem Brief hatte ich ihr nichts erzählt. Ich hatte gerade dazu ansetzen wollen, da waren mir die beiden Worte aufgefallen, die auf der Rückseite standen.

Für Emilia. Kein Nachname. Keine Adresse. Kein Poststempel.

Mein Zeigefinger fungierte als Brieföffner. Kaum war der Umschlag auf, stieg mir ein beißender Geruch in die Nase. Verbrannt, das war es. Aus dem Innern heraus roch es verbrannt.

Nervös wie ich war, schmiss ich den gesamten Umschlag weit von mir und flüchtete mich in meine vorhin erprobte Verteidigungshaltung: ducken und die Arme vors Gesicht.

Nichts passierte. Natürlich nicht. Sehr gut, Emilia, ermahnte ich mich. Erstens: Eine tickende Briefbombe, riecht erst nachdem sie explodiert ist, jedenfalls sicher nicht vorher. Zweitens: Wäre es trotz allem eine Bombe gewesen, dann hätte sie in dem Moment gezündet, in dem sie auf den Boden geschmissen wurde. Und drittens: Die Arme vorm Gesicht hätten dann auch nichts mehr gerettet.

Genervt von mir selber hob ich den Umschlag wieder auf und beäugte misstrauisch dessen Inhalt: lauter rußig verkohlte Papierfetzen. Vorsichtig fasste ich hinein und wühlte darin herum. War da überhaupt sonst noch irgendwas drin? Ja, am Boden ertasteten meine Finger etwas. Vorsichtig, damit die rußigen Fetzen nicht auf die Fliesen fielen, zog ich meine Beute hervor.

Es war ein Schlüssel, ein vollkommen neutral aussehender Zylinderschlüssel. Mein Blick fiel auf die Wohnungstür. Für dieses Schloss benötigte man einen Bartschlüssel – die sahen anders aus, das wusste ich.

Hatte dieser Schlüssel vielleicht zu unserem Haus gehört? Aber warum um alles in der Welt sollte mir jemand unseren alten Hausschlüssel schicken? Kam die Post von den Entführern? Konnte es sein, dass sie tatsächlich gerade noch vor der Wohnungstür gestanden hatten, nur ein paar Meter von mir entfernt? Die Adresse konnten sie von der Homepage haben, die meine Eltern eingerichtet hatten, als ich vermisst wurde.

Eine plötzliche Welle der Angst überfiel mich und schnürte mir die Kehle zu. Mit dem Umschlag in der Hand hinkte ich zum Wohnzimmerfenster. Die Straße da unten war ziemlich belebt, aber bekannte Gesichter sah ich keine. Doch was hatte ich erwartet? Dass sie da unten stehen und zu mir hochwinken würden? Ich betrachtete den Schlüssel genauer. Auf einer Seite hatte er eine viereckige Verfärbung, vielleicht hatte da früher mal ein Etikett geklebt.

Nervös durchwühlte ich noch einmal die Papierfetzen und stieß dabei auf festes Papier. Ich zog es heraus und starrte es so lange an, bis meine Augen sich mit Tränen füllten. Mein Pulsschlag trommelte in den Ohren, obwohl ich für eine Sekunde das Gefühl hatte, dass mein Herz aussetzte.

8

Es musste die Stille in der Wohnung gewesen sein, die meine Eltern aufschreckte, als sie zurückkamen. Ich hörte sie reinkommen und die Tür schließen. Murmelnd, leise, rücksichtsvoll. Doch dann plötzlich riefen sie nach mir, drängelnd und ängstlich.

Jetzt müssen sie schon wieder Angst haben, dachte ich. Weil die Wohnung so leer wirkt, als wäre ich schon wieder verschwunden.

»Ich bin hier«, sagte ich laut. Es klang dumpf in meinen Ohren, doch sie hatten mich gehört und kamen in die Küche geeilt.

»Du blutest ja!«

Ich sah meinen Vater verwundert an. Dann fiel mein Blick auf meine Hand. »Ach das«, murmelte ich. Den Schnitt hatte ich längst vergessen.

Mein Vater machte sich an meinem provisorischen Verband zu schaffen, während meine Mutter eine große Box mit Pflastern und Verbandszeug aus einer der Küchenladen angelte.

»Ach hier bewahren wir das auf«, stellte ich fest, doch keiner reagierte. Sie konzentrierten sich auf die Wunde unter meinem Daumen, unterhielten sich murmelnd darüber, scheinbar ebenfalls erstaunt, dass so eine winzige Wunde überhaupt blutete.

»Ich verstehe das auch nicht«, sagte ich.

»Vielleicht die Medikamente?«, vermutete meine Mutter zögernd.

Doch mein Vater schüttelte den Kopf. »Nein, das kann nicht sein. Ich hab ihr Voltaren gegeben, das wirkt nicht blutverdünnend.«

»Und was ist mit dem Krankenhaus?«, fragte meine Mutter.

Mein Vater und ich sahen uns an. Er übernahm das Reden. »Sie hat vorletzte Nacht im Krankenhaus nichts von den Ärzten bekommen. Davon war gar keine Rede.«

»Nicht hier bei uns«, erwiderte meine Mutter. »In dem anderen Krankenhaus. In München.«

»Egal, was sie dort bekommen hat, es kann nicht mehr im Blut sein. Es sei denn –« Er sah mich an. »Emilia, nimmst du irgendetwas? Vielleicht Tabletten, die dir jemand verschrieben hat?«

»Wieso sollte ich? Das hätte ich euch doch längst erzählt.«

Der misstrauische Blick, den sich meine Eltern zuwarfen, machte mich wütend. »Glaubt ihr mir etwa nicht?«

Keine Reaktion. Es sei denn, Schweigen war eine Reaktion. Dann stand mein Vater auf, zog eine Lade auf und begann, zwischen verschiedenen Medikamenten herumzuwühlen.

»Was ist? Schaust du jetzt nach, ob ich mich heimlich aus deinem Giftvorrat bedient habe?«

»Ich suche lediglich nach einem Medikament mit Vitamin E, das dabei hilft, die Blutung zu stoppen«, sagte er mit bemüht ruhiger Stimme.

»Das ist doch jetzt ganz egal!«

»Emilia, was ist denn los?«, wollte meine Mutter wissen. »Günther, bitte, setz dich mal zu uns.«

»Gleich.« Er zeigte uns weiterhin nur seinen Rücken und wühlte ununterbrochen in den Medikamenten. Irgendwie erinnerte er mich an jemanden. An den Igel. Daran, wie er mir in seiner Küche den Rücken zugedreht hatte. Warum nur hatte der damals diese Show abgezogen?

»Günther«, sagte meine Mutter mit Nachdruck.

»Ich bin da.« Seufzend holte er eine große gelb-grüne Kapsel aus einer Packung und hielt sie mir mit einem Glas Wasser entgegen.

Ich rührte mich nicht. »Ich schlucke das erst, wenn ihr mir eine Frage beantwortet habt.«

»Jetzt sei doch nicht kindisch«, fuhr mein Vater mich an. »Das Geblute ist doch kein Spaß.«

Ungerührt sagte ich: »Ich schlucke das erst, wenn ihr mir gesagt habt, woran meine Großmutter gestorben ist.« Ich begann zu schluchzen. »Meine Oma.«

Sie waren wieder da. Die Bilder, die vorhin auf mich eingestürzt waren, als ich das Foto betrachtet hatte, das mir jemand gemeinsam mit dem Schlüssel geschickt hatte. Ich konnte mich nicht daran erinnern, wie meine Großmutter gestorben war. Aber ich sah ihr kalkweißes totes Gesicht vor mir, das früher vor Güte und Fröhlichkeit gestrahlt hatte, so wie auf dem Foto. Instinktiv wusste ich, dass sie die Frau war, die mir den Rat in Sachen Liebe gegeben hatte, dass sie die Frau war, mit der ich auf einem großen Bahnhof unterwegs gewesen war, auch wenn ich immer noch keine Ahnung hatte, warum. Ich konnte mich daran erinnern, wie viel sie mir bedeutet hatte. Mein Herz fühlte sich wund und schwer an, jedes Mal, wenn ich mir klarmachte, dass ich sie nie wiedersehen würde.

»Woher ist die Erinnerung an Oma gekommen, Mäuschen?«, fragte meine Mutter flüsternd.

»Ich weiß es nicht.« Irgendetwas in mir weigerte sich, ihnen von der ominösen Post zu erzählen. Das war zur Abwechslung mal etwas, von dem nur ich wusste – vom Absender mal abgesehen –, das wollte ich mir nicht gleich wieder nehmen lassen. Nicht bevor ich mehr über die Bedeutung dieses Briefs herausgefunden hatte. »Wahrscheinlich hat meine Erinnerung etwas mit eurem Sarg-Katalog zu tun.«

Bei dem Wort Sarg verzog meine Mutter das Gesicht, als hätte sie plötzliche Schmerzen. »Ich hab ihn am Schreibtisch liegen gelassen?« Es war eine Mischung aus einer Frage und einer Feststellung, die keiner Antwort bedurfte.

»Es tut mir leid.«

»Dass du den Katalog liegen gelassen hast? Dass ich jetzt endlich Bescheid weiß?«

»Dass – Oma tot ist.« Sie holte tief Luft und ich kam mir mit einem Mal furchtbar blöd vor.

Mein Vater hatte sich halb abgewandt, ich sah nur sein Profil. »Sie war deine Mutter, nicht wahr?«, fragte ich.

Sein Nicken war kaum merklich. »Du kannst dich an Oma erinnern – aber immer noch nicht an uns?« Auch hierauf erübrigte sich jede Antwort.

»Woran ist sie gestorben?«

Meine Mutter sah verwundert aus. »Mäuschen, ich hab gedacht, du weißt es inzwischen.«

»In dem brennenden Haus?«, fragte ich zweifelnd.

Sie nickte.

»An einer Rauchgasvergiftung?«

Mein Vater hatte sich mittlerweile ganz abgewandt. Meine Mutter legte sanft eine Hand auf seinen Rücken und sah auf den Boden, als sie leise sagte: »Als der Brand gelöscht war und sie gefunden wurde, ließ sich nicht mehr feststellen, wie sie gestorben ist.«

Ich schwieg. In meinem Kopf rotierten die Gedanken. Das passte nicht. Ich wusste genau, dass meine Oma schon vor dem Brand tot war. Ich war da. Ich hatte sie gesehen. Doch wenn es gleich darauf gebrannt hatte, sodass ihre Leiche vom Feuer entstellt wurde, bedeutete das dann nicht, dass ich dabei gewesen sein musste, als es gebrannt hatte? Bittere Wut stieg in mir hoch.

»Das Problem ist, dass ihr mir immer noch nicht die Wahrheit sagt. Dass ihr mich immer noch schützen wollt wie ein Kleinkind –« Ich fixierte den Rücken meines Vaters. »Zu mir müssen nicht alle *nett* sein, hörst du?«

»Du hast recht.« Die Stimme meiner Mutter klang fest und trotzdem so liebevoll, dass sich mein Herz zusammenzog. »Wir hätten längst mit dir reden sollen.«

Endlich, dachte ich.

»Nein«, widersprach mein Vater, ohne sich umzudrehen. »Wir sollten erst einmal das Gespräch mit der Psychologin abwarten.«

Es war ein Gefühl, als ob eine Bombe in mir explodiert wäre. In meinem Innern knallte und rauchte es. »Die Psychologin kann mich mal!«, schrie ich. »Ich brauche kein Gespräch mit *ihr,* sondern mit *euch,* kapierst du das nicht?

Ich habe es so satt, von euch hingehalten zu werden! Ich – halte – das – nicht – mehr – aus!«

Jetzt hatte ich ihn endlich so weit. Die Emotionen kochten hoch, er schrie zurück: »Du hast doch keine Ahnung davon, was es alles gibt, das wir dir sagen könnten!«

Aus dem Augenwinkel nahm ich eine schnelle Bewegung wahr, doch falls meine Mutter vorhatte, meinen Vater zu stoppen, war sie nicht schnell genug.

Sein Bart bebte. »Ja, du bist schuld an dem Brand! Weil du wieder mal geraucht hast – und dann nicht mal fähig warst –«, er brach ab.

»Es reicht«, entschied meine Mutter und nahm mich am Arm. Sie flüsterte: »Komm. Wir gehen in dein Zimmer.«

Ich konnte meinen Vater nicht ansehen, als meine Mutter mich an ihm vorbei durch die offene Küchentür führte. Seine Worte waren wie ein Stich mitten ins Herz, auf den mein Körper allergisch reagierte. Alles in mir fühlte sich taub und wund an.

Ich kroch ins Bett. Kurzerhand legte sich meine Mutter neben mich auf den Rücken und wir starrten beide an die Decke. Ich wusste nicht, was ich sagen sollte.

Schließlich begann sie zu sprechen. »Ich sehe es anders als Papa. Für mich trägst du keine Schuld an dieser furchtbaren Sache.«

Ich schluckte. Mit einer Absolution hatte ich wirklich nicht gerechnet. Und die hatte ich auch nicht verdient. Das sagte ich ihr.

Sie drehte sich zu mir und stützte den Kopf auf die Handfläche. »Der Ablauf ist alles andere als geklärt. Es gibt auch nur zwei Dinge, die für«, sie seufzte, »die Zigarettentheorie sprechen. Man hat ein halb volles Päckchen beim Gartentor gefunden und die Untersuchungen haben ergeben, dass der Brand nicht durch einen Elektroschaden und auch durch keine Gasexplosion zustande gekommen ist. In solchen Fällen wird dann sehr schnell an glühende Zigaretten oder Brandstiftung gedacht.«

Ich dachte nach. »Dann ist also gar nicht erwiesen, dass ich schuld daran bin?«

»Das meine ich ja«, stimmte sie mir zu. »Ja, du warst vermutlich im Haus, als es zu brennen begonnen hat – und ja, du hast vorher schon immer wieder heimlich geraucht, aber handfeste Beweise sind das natürlich nicht.«

Verurteilt worden war ich trotzdem. Von meinem Vater. Doch was sollte ich zu meiner Verteidigung vorbringen? Dass ich mir ganz sicher war, dass meine Großmutter nicht an den Folgen des Feuers gestorben war, sondern schon vorher, weil ich sie *gesehen* hatte, als sie tot war – und ein Feuer in dieser Erinnerung nicht vorkam.

»Warte – habe ich die Feuerwehr gerufen?«, fragte ich.

Sie schüttelte den Kopf und ich setzte zu einer Erklärung an: »Die anderen Eltern haben das –« Ich stockte, doch natürlich hatte sie es gehört.

»Die anderen Eltern«, stieß sie bitter hervor.

Verzweifelt schlug ich die Hand über die Augen. »Es tut mir leid.«

Sie legte den Arm um mich und drückte meinen Kopf an ihr Gesicht. »Mein liebes, süßes Mädchen, du brauchst dich für nichts entschuldigen.«

Ich hätte ihr so gerne geglaubt, aber ich hörte sie leise weinen.

»Und der Brand war an dem Tag, als ich verschwunden bin?«, erkundigte ich mich vorsichtig.

»Ja.« Ihre Stimme klang, als wäre sie erkältet.

»Und warum war Oma bei uns im Haus?«

Sie löste sich von mir, wischte sich mit dem Ärmel über die Augen. »Sie hat ja bei uns gelebt.«

»Oh.« Ich richtete mich auf. »Ich kann mir nicht vorstellen, dass man mit einer einzigen Zigarette ein ganzes Haus anzuzünden kann.«

»Feuer verbreitet sich sehr schnell.« Sie sah plötzlich alarmiert aus.

»Das passiert doch normalerweise eher alten Menschen, weil sie einschlafen beim Rauchen, oder?«

»Emilia, bitte – bitte, sag solche Sachen nicht. Zu niemandem. Auch nicht zu Papa. Das würde alles nur –«

»Was?«, unterbrach ich sie irritiert. Sie war ja schon genauso schlimm wie das Känguru mit ihrer Geheimniskrämerei. »Soll ich das alles einfach auf mir sitzen lassen? Obwohl es mir so seltsam vorkommt?«

Sie antwortete nicht gleich.

»Mama«, sagte ich flehend.

»Wir konnten bisher verhindern, dass die Polizei dich festnimmt.« Sie holte tief Luft. »Die denken nämlich nicht, dass es sich um eine zufällig gerauchte Zigarette handelt, sondern um gezielte Brandstiftung.«

»Und die glauben, dass ich das war?«, fragte ich entgeistert. »Dass ich absichtlich unser Haus angezündet und meine Großmutter getötet habe?«

»Papa und ich wissen, dass es so nicht war«, schob sie schnell nach. »Wir kennen dich und haben auch ausgesagt, dass wir uns sicher sind, dass es so nicht gewesen sein kann. Aber schau, was hat die Polizei denn mitbekommen? Dass unsere Tochter ausgerechnet am Tag des Brandes verschwunden ist. Da haben sie eben ihre Schlüsse gezogen.«

»Und ihr auch«, sagte ich, bitterer, als ich es vorgehabt hatte.

Meine Mutter schüttelte den Kopf, schwieg jedoch.

Ich setzte mich auf und lehnte meinen Kopf gegen die Wand. »Das ist Wahnsinn. Jedes Mal, wenn ich glaube, es kann nicht schlimmer werden, kommt der nächste Hammer.«

Sie setzte sich ebenfalls auf und sah mich besorgt an.

Ich schüttelte den Kopf. »Nein. Das stimmt einfach nicht. Auch wenn ich alles vergessen hab, eins weiß ich ganz bestimmt: Ich bin keine Brandstifterin.«

Flüchtig erinnerte ich mich daran, wie ich selbst nur ein paar Tage zuvor gefragt hatte, ob ich einen psychischen Knacks hatte und eine Pyromanin war. Doch all diese Gedanken fühlten sich jetzt nicht mehr richtig an. Ich hatte meine Großmutter nicht getötet!

»Ich werde dieser Sache auf den Grund gehen«, verkündete ich entschlossen.

»Jetzt konzentrieren wir uns erst einmal darauf, dass es dir wieder besser geht.«

»Mir wird es besser gehen, wenn ich endlich kapiere, was hier läuft. Was wollten diese beiden Leute von mir? Warum haben sie mir genau dieselbe Geschichte erzählt wie ihr? Das muss was Persönliches sein. Hast du wirklich keine Ahnung, wer die beiden sein könnten?«

Sie schüttelte den Kopf. Dennoch begann ich, noch einmal alles zu erzählen – und merkte dabei, dass ich mich allmählich klarer fühlte. Und stärker. Es war, als hätte es in meinem Kopf Klick gemacht. Ich wollte der verdammten Geschichte endlich auf den Grund kommen.

»Er ist groß und ganz dünn – so eine Statur wie Papa in etwa –, seine Haare sind schwarz und gehen ihm langsam aus. Sehr ungünstiger Bartwuchs.«

Sie runzelte die Stirn, ich beugte mich vor, sagte eindringlich: »Sie ist auch recht groß, hat ein richtiges Babyface und braune Haare –«

»Du meine Güte«, stieß meine Mutter hervor.

»Sagt dir das was?«

Die Falten auf ihrer Stirn vertieften sich. »Als du sie uns das erste Mal beschrieben hast, da hab ich mir gar nichts dabei gedacht. Aber jetzt, wo du den Bartwuchs ansprichst und dass sie ein Babyface hat – hat sie eine ziemlich hohe Stimme?«

»Ja!«, rief ich aufgeregt.

Meine Mutter starrte mich an.

»Was denn? Wer sind sie? Kennst du die?«

Langsam sagte sie: »Ich glaube, wir sollten das mit Papa besprechen.«

* * *

»Mein Bruder und seine Frau sollen die Entführer sein?«

Es war schwer zu sagen, ob mein Vater kurz vorm Lachen oder Weinen war, jedenfalls huschten alle möglichen Emotionen über sein Gesicht, die auch der Vollbart nicht verdecken konnte.

»Das ist doch vollkommen unmöglich, schon die Namen sind doch ganz anders. Eva und – und … Georg, hast du gesagt, nicht wahr?« Ich nickte, woraufhin er den Kopf schüttelte. »Eben. Mein Bruder heißt Fred. Seine Frau heißt Claudia. Abgesehen davon, dass die beiden seit über zehn Jahren irgendwo in Südamerika leben und sich noch nicht mal gemeldet haben, als … ja, als deine Oma …«

Ich nickte schnell. »Habt ihr Fotos von ihnen?«

Mein Vater schnaufte. »Wir hatten natürlich Fotos. Aber nur, bis unser Haus abgebrannt ist.«

»Günther –«, sagte meine Mutter warnend.

Ich verstand sehr gut, was ich ihm mit meinen Fragen antat. Erst sorgte ich dafür, dass seine Mutter starb, und dann beschuldigte ich seinen Bruder der Entführung.

»Erstens: Selbst wenn sie aus Südamerika zurückgekommen wären, ohne uns davon zu erzählen, warum hätten sie Emilia einfach so mitnehmen sollen?« Mein Vater lachte, als wolle er damit zeigen, wie lächerlich diese ganzen Gedanken waren. »Weil sie auf einmal selbst ein Kind haben wollten? Das ist doch absurd!«

»Warum hätte mich *irgendwelche Leute* entführen sollen?«, wollte ich von ihm wissen. »Ist das nicht genauso absurd?«

»Na, weil sie verrückt sind!«

»Wie alt ist dein Bruder?«

Er setzte zu einer Antwort an und stockte dann. Ich vermutete, dass ihm eingefallen war, was ich über das Alter der beiden Entführer gesagt hatte.

»Neununddreißig müsste er jetzt sein«, sagte er dann leise. »Er ist vier Jahre jünger als ich.«

»Und Claudia ist genauso alt wie er, erinnerst du dich?«, ergänzte meine Mutter.

»Neununddreißig. Das ist genau das Alter, das mir die beiden genannt haben.«

»Was sagt das schon aus?«

»Das allein sagt vielleicht nichts aus«, gab ich ihm recht. »Aber alles zusammengenommen?«

»Okay.« Mein Vater atmete tief durch. »Jetzt mal in aller Ruhe. Am besten, wir setzen uns alle drei mal hin.«

Wir nahmen auf dem Sofa Platz, meine Mutter und ich nebeneinander, er schräg gegenüber von uns auf der kürzeren Seite. Seine Haare standen strubbelig in alle Richtungen ab, sein Bart sowieso und ständig musste er sich mit den Fingerspitzen unter die Brillengläser fahren, um sich die müden Augen zu reiben.

Plötzlich überkam mich ein Schwall der Zuneigung. »Papa«, flüsterte ich, »es tut mir so leid.«

Abrupt ließ er die Hände sinken und sah mich betroffen an. »Mir tut es auch leid. Ich hab vorhin Sachen gesagt, die sehr unfair waren. Und die wahrscheinlich auch gar nicht stimmen.«

»In Ordnung.« Meine Mutter nickte. »Es ist klar, dass die Emotionen hochkochen, aber ich finde, dass wir es trotz aller schrecklichen Dinge, die passiert sind, als Familie ganz gut meistern. Nicht wahr?« Sie sah uns beinahe flehend an.

Wir nickten.

»Also angenommen, es stimmt, dass mein Bruder und Claudia – ihr wisst schon … Warum sollten sie Emilia entführen? Woher hätten sie überhaupt wissen können, dass sie unsere Tochter ist? Sie haben sie das letzte Mal gesehen, da war sie keine sechs Jahre alt.«

»Sie haben im Krankenhaus ihren Namen gehört und es geraten«, schlug meine Mutter vor.

»Nein.« Mein Vater schüttelte den Kopf. »Nein. Emilia hat doch gesagt, dass sie keinen Ausweis dabeihatte. Niemand wusste, wie sie heißt, bis ihre sogenannten Eltern auf der Bildfläche erschienen sind.«

Ich nickte abwesend. Er hatte recht. So musste es gewesen sein.

»Weiß dein Bruder, dass Oma«, ich räusperte mich, »dass eure Mutter gestorben ist? Hast du ihn verständigt?«

»Wie denn? Ich weiß ja nicht mal, in welchem Land sie sich die letzten Jahre aufgehalten haben. Er ist abgehauen mit seiner Claudia vor zehn Jahren. Niemand weiß, wo hin genau. Nur dass die beiden immer von Südamerika geredet haben. Es war die reinste Hölle für unsere Mutter.« Er schluckte.

»Und wenn er doch irgendwie mitbekommen hat, dass sie gestorben ist, und herausgefunden hat, dass ich – jetzt weiß ich es!« Ich schlug mir gegen die Stirn.

»Kannst du dich erinnern?«, fragten sie im Chor.

»Nein, das nicht, aber es gibt nur eine einzige logische Erklärung für das alles. Sie waren dabei, als es gebrannt hat! Und egal, ob ich nun wirklich Schuld habe oder nicht, sie halten mich für die Schuldige, darum haben sie mich aus dem Krankenhaus mitgenommen. Um mich zu quälen!« Auch wenn die Qual hauptsächlich aus gut gespielter mütterlicher Fürsorge bestanden hatte, wie ich mir eingestehen musste.

Mein Vater fuhr vom Sofa hoch. »Ich fange an zu begreifen«, rief er. »Sylvia, du weißt ja, was meine Mutter für einen Blödsinn gemacht hat, bevor sie gestorben ist.«

Meine Mutter nickte, aber ich verstand schon wieder nichts.

»Ich bin am Montagvormittag vom Filialleiter von Omas Hausbank angerufen worden«, erklärte mein Vater. »Der hat mir gesagt, dass Oma darauf bestanden hätte, all ihr Geld abzuheben – und dass er ihrem Wunsch nachgekommen ist. Nachdem sie gegangen war, hat er sich jedoch gefragt, ob sie nicht einen leicht verwirrten Eindruck gemacht hatte. Er wollte mir also sicherheitshalber Bescheid geben.«

»Was? Das ist doch eine Frechheit!«, rief ich empört und erntete einen irritierten Blick.

»So was macht man doch nicht. Die Verwandten anrufen, nur weil das Konto aufgelöst wird? Oma war doch nicht unmündig!«

Mein Vater stieß ein kurzes trauriges Lachen aus. »Oma war dement, Emilia. Ich habe es nur viel zu lange nicht wahrhaben wollen.«

»Dement?«, fragte ich entgeistert.

»Ich hätte mich darum kümmern müssen. Als guter Sohn und vor allem auch als Psychiater«, sagte er leise. »Aber es ist ein ganz schön schwerer Schritt, die eigene Mutter für unmündig erklären zu lassen.«

Meine Mutter griff nach seiner Hand und zog ihn neben sich aufs Sofa. »Wir haben ja auch immer gehofft, dass sich ihr Zustand noch mal bessert«, erklärte sie mir. »Diesen Verfolgungswahn, dass alle ihr ans Geld wollten – die

Banken selbst, die Regierung und leider auch ihre ganze Familie.«

»Oje«, keuchte ich, weil ich nicht wusste, was ich sonst sagen sollte.

Mein Vater holte tief Luft. »Jedenfalls frage ich mich – angenommen Herr Dexter, der Filialleiter, hat nicht nur mich angerufen, sondern auch meinen Bruder …«

»In Südamerika?«, warf ich ein.

Mein Vater hob die Augenbrauen. »Sollte eure wahnwitzige Theorie der Wahrheit entsprechen, dann gehen wir doch sowieso davon aus, dass mein Bruder und seine Frau in Deutschland sind. Vielleicht sind sie ja schon einige Zeit vorher angekommen. Die Bank, die mich angerufen hat, ist die Hausbank unserer Familie. Vielleicht hat Fred sein Konto dort nie gekündigt, dann hatte die Bank sicher auch seine Daten.«

»Warum habt ihr keinen Kontakt mehr zu ihnen?«

Er sackte sichtbar in sich zusammen. »Das ist eine so lange und mühsame Geschichte …«

»Es hat alles begonnen, als er Claudia kennengelernt hat«, erklärte meine Mutter. »Deine Oma und sie konnten sich vom ersten Moment an nicht ausstehen.«

Plötzlich wirkte sie verbittert. Ich sah sie fragend an.

»Claudia war einmal meine beste Freundin«, erklärte sie leise. »Wir haben uns beim Studium kennengelernt. Als du zur Welt gekommen bist, ist sie für ein paar Jahre nach Frankreich gegangen. Mit einem Mann.« Sie zuckte die Schultern. »Tja. Die beiden haben sich getrennt, sie kam zurück nach Deutschland und ich habe ihr deinen Onkel – Fred vorgestellt.«

»Ein Fehler.« Das kam von meinem Vater.

Sie zuckte zusammen.

Papa sank aufs Sofa. »Entschuldige bitte – ich bin völlig …«

»Nein, nein, du hast schon recht. Es war ein Fehler. Oma hat Claudia ständig vorgeworfen, dass sie nur an Freds Geld interessiert sei. Sie konnte ihre Vorbehalte einfach nicht ablegen.«

»Wir doch auch nicht«, warf mein Vater ein. »Es ging ihr ja auch wirklich ständig ums Geld.«

»Und wie fand Fred das alles?«, fragte ich.

Mein Vater stieß ein bitteres Lachen aus. »Der war hin- und hergerissen. Letztendlich aber ziemlich enttäuscht von unserer Mutter, dass sie ihre Abneigung nicht überwinden konnte.«

»Oma war eben sehr stur«, ergänzte meine Mutter.

»Aber doch auch sehr tolerant.« Konnte ich mich daran wirklich erinnern oder wünschte ich mir nur, dass meine Großmutter so gewesen war?

Mein Vater schwieg, während meine Mutter ausweichend antwortete: »Sie hatte ihre guten – und ihre anstrengenden Seiten.« Sie wandte sich an Papa. »Denkst du wirklich, dass die beiden in Deutschland sein könnten?«

»Ich hab's!« Vor Aufregung schlug ich die Hände aneinander, sodass ein lautes Klatschen zu hören war. »Wir rufen den Filialleiter von der Bank an und fragen ihn einfach nach der Adresse von den beiden. Und wenn das in Hausen ist oder in –«

»Bad Hausen oder in Oberhausen«, unterbrachen mich die beiden im Chor. Sie lächelten sich an.

Mein Vater holte sein Handy aus der Sakkotasche. »Ich hab die Bank in meinen Kontakten gespeichert.«

»Es ist nur leider schon halb fünf«, warf meine Mutter ein.

Er ließ das Handy sinken. »Ach nein. Da erreiche ich an einem Mittwochnachmittag natürlich niemanden mehr bei der Bank.«

Frustriert schloss ich die Augen. Ich wollte handeln. Möglichst schnell handeln, denn ich hatte das beunruhigende Gefühl, dass uns die Zeit davonlief. In meinem Kopf hatte sich eine vollkommen neue Theorie gebildet, doch die war so abenteuerlich, dass ich sie meinen Eltern erst erzählen wollte, wenn ich mich selbst davon überzeugt hatte.

»Was hast du gesagt?«, fragte ich meine Mutter.

»Ich habe mich nur gerade selbst gefragt, wo wohl das Geld hingekommen ist.«

»War es denn viel?«

»Ziemlich.«

»Und es ist nicht wieder aufgetaucht?«

Sie schüttelte den Kopf. »Papa hat den Anruf vom Filialleiter bekommen und das Nächste, was wir gehört haben, war, dass unser Haus abgebrannt ist. Und dann –« Sie holte tief Luft und warf meinem Vater einen besorgten Blick zu. Er presste die Lippen aufeinander und wirkte dabei so tapfer und gleichzeitig hilflos, dass ich ihn am liebsten in die Arme genommen hätte.

Leise sagte ich zu meiner Mutter: »Das Geld wird wahrscheinlich verbrannt sein, oder?«

Sie schüttelte den Kopf. »Das glaub ich eben nicht. Zwischen dem Anruf von der Bank und dem Brand sind einige

Stunden vergangen. Genug Zeit, um das Geld woandershin zu bringen.« Sie schlang die Arme um ihren Oberkörper, als wäre ihr plötzlich kalt. »Es ist schrecklich, an das Geld zu denken. Aber ich mach mir um Papa Sorgen.« Die letzten Worte flüsterte sie nur noch. Mein Vater saß ein paar Meter von uns entfernt auf dem Sofa und starrte auf das Handy in seiner Hand.

Ich sah meine Mutter fragend an. Sie schüttelte den Kopf. Fast wäre ich wieder laut geworden. Doch dann schaffte ich es, die Worte ganz leise auszusprechen: »Bitte, Mama, hört auf mit dieser Geheimniskrämerei. Ich hab das Gefühl, dass all die Geheimnisse überhaupt erst schuld sind an dieser ganzen Tragödie. Sag mir, was du genau meinst mit den Sorgen um Papa.«

Ich sah die Tränen in ihren Augen schimmern, als sie sagte: »Emilia, wir haben alles verloren durch den Brand. Die Versicherung zahlt nicht, weil die Brandursache …«, hilflos hob sie die Arme, ergänzte, »… ungeklärt ist.«

Oh Gott, was kommt denn noch alles, dachte ich verzweifelt und schwor mir, nicht eher Ruhe zu geben, bevor ich nicht endlich die ganze Wahrheit kannte. Egal ob mit oder ohne die Hilfe meiner Eltern.

Genau genommen waren mir zwei Ideen gekommen, wobei die zweite mit dem Schlüssel zu tun hatte, der mir heute geschickt worden war.

Als meine Eltern im Bett lagen und es in der Wohnung so ruhig war, dass ich den Eindruck hatte, meinen eigenen Herzschlag hören zu können, holte ich den Schlüssel hervor und betrachtete ihn noch einmal ganz genau. Jetzt erschien mir der Gedanke, den ich am Nachmittag gehabt hatte, absurd. Dass dieser Schlüssel zu einem Safe oder einem Bankschließfach gehören könnte, in dem das Geld meiner Großmutter gelagert war. Ich seufzte entnervt, der Schlüssel brachte mich nicht weiter. Er konnte überall herkommen. Nein, ich musste meine Nachforschungen auf etwas anderes konzentrieren.

Leise trat ich in den Flur, schlüpfte in meine Schuhe, nahm den Schlüsselbund vom Haken und öffnete die Wohnungstür. So leise wie möglich zog ich sie hinter mir zu.

Als ich vor dem Haus stand, überlegte ich nicht lange, sondern schlug kurzerhand eine Richtung ein. Ich hatte natürlich keine Ahnung, ob es in der Nähe ein Internetcafé gab, aber ich musste es einfach versuchen. Erst hatte ich überlegt, ob ich das Smartphone meines Vaters klauen sollte. Er hatte es nach unserem Gespräch am Nachmittag auf dem Sofatisch liegen gelassen. Doch in seinem Handy herumzustöbern, schien mir nicht richtig. Genauso wenig wie mich heimlich an den Geldbörsen meiner Eltern zu bedienen, um mir ein Taxi zum nächsten Internetcafé leisten zu können.

Es genügte schon, dass ich ein paar Münzen aus dem Sparschwein genommen hatte, das in der Küche stand.

Noch wusste ich nicht, was ich genau im Internet suchen würde. Am liebsten hätte ich Google gefragt: *Kann es sein, dass mein Onkel und meine Tante das Haus angezündet und meine Oma auf dem Gewissen haben und dass ich alles mit angesehen habe, weshalb sie dafür gesorgt hatten, dass ich nicht mehr zu meinen richtigen El-*

tern zurückkonnte, weil die Gefahr viel zu groß war, dass ich mein Gedächtnis wiederfand und dann als Zeugin gegen sie aussagen konnte?

Nächste Frage an Doktor Google: *Was hätten sie mit mir auf Dauer gemacht? Irgendwann hätten sie mich doch loswerden müssen – hätten sie mich am Ende etwa umgebracht?*

Erleichtert atmete ich auf, als ich in einiger Entfernung ein flackerndes Schild sah: *Tonis Bar & Internetcafé.* Mit meinen Krücken brauchte ich noch eine kleine Ewigkeit, bis ich dort angelangt war. Endlich trat ich in die finstere Spelunke ein und fragte den mürrisch dreinblickenden Mann hinter der Theke, ob vier Euro ausreichten, um eine Zeit lang das Internet benutzen zu dürfen. Wortlos deutete er auf ein Schild aus Pappe, auf dem mit Filzstift geschrieben stand: *Internet nur für Gäste gratis.* Ich bestellte ein Mineralwasser, das er mir seufzend gab.

Ich stellte das Glas neben dem Bildschirm ab, lehnte meine Krücken an die Tischkante und nahm Platz. Die Krücken rutschten ab und polterten auf den Boden.

»He!«, kam es von hinten.

»Arsch«, flüsterte ich und öffnete den Browser. Mein Plan war es, in den Weiten des Internets nach meinem Onkel und meiner Tante zu forschen, doch zuerst wollte ich noch einen kleinen Blick auf meine Freunde werfen und eventuell sogar eine Telefonnummer herausbekommen. Vielleicht wussten andere Freunde ja mehr über den Brand als Esther.

Es gab viele Anlaufstellen, auf denen ich nach Infos hätte suchen können – Facebook, Twitter, Instagram –, doch nun wusste ich wieder, dass ich dafür Passwörter brauchte.

»Mist!«

Dann fiel mir eine andere Variante ein. Ich würde einfach meinen Namen in die Suchmaschine eingeben. Selbst wenn meine eigenen Profile nicht öffentlich waren, konnte es doch durchaus sein, dass die Gruppe, die Esther und die anderen gegründet hatten, es war. Wenn eine Vermisste gefunden werden soll, dann macht eine öffentliche Gruppe Sinn – ich hoffte, dass meine Freunde das genauso sahen. Denn dann brauchte ich nur nachzusehen, wer sich besonders auf der Seite engagiert, und wenn ich Glück hatte, würde ich auch auf ein paar vollständige Namen stoßen und deren E-Mail-Adressen rausfinden.

Ich klickte auf den ersten Link. Auf Englisch wurde ich darauf hingewiesen, dass ich mich einloggen musste, um mit Emilia Schneider in Kontakt zu treten. Das Profilfoto zeigte eine violette Blume und sagte mir rein gar nichts.

Ich öffnete den zweiten Link und wartete nervös.

Bingo. Diese Seite war offen zugänglich und es handelte sich tatsächlich um eine Gruppe mit dem Namen *Emilia Schneider – vermisst.*

Meine Augen suchten nach Esthers und Sibels Namen, fanden sie aber auf die Schnelle nicht. Ich nahm einen Schluck vom Mineralwasser, um meinen trockenen Hals zu beruhigen, und klickte auf *Administrator*.

Ich erschrak so sehr, dass ich beinahe ein Stück vom Glas abgebissen hätte. Meine Augen saugten das Profilbild des Administrators und seinen Namen ein. Ich knallte das Glas neben die Tastatur.

»He!«, rief der Wirt hinter meinem Rücken erbost.

»'tschuldigung«, murmelte ich heiser.

Misstrauisch hörte ich ihn fragen: »Alles in Ordnung mit dir?«

»Jaja.«

Meine Finger gehorchten mir kaum, als ich mit der Maus hantierte. Und als ich es endlich geschafft hatte, auf das Profil des Nutzers zu klicken, half mir das wenig. Der Junge namens Air Jordnick, der aussah wie der hübsche Nachbarssohn meiner falschen Eltern, der Basketballfan mit Namen Nick, hatte natürlich ein gesperrtes Profil.

Warum in aller Teufels Namen war er der Administrator der Gruppe *Emilia Schneider – vermisst*?

Der Wirt hatte mich rausgeschmissen. Zwar unter dem scheinheiligen Vorwand, dass gleich ein Stammkunde käme, der den PC bräuchte, doch die Konsequenz war dieselbe. Ich musste nach viel zu kurzer Zeit gehen und hatte nichts weiter rausfinden können.

In der Wohnung war alles still. Ich wagte kaum zu atmen, als ich ins Wohnzimmer hinüberhumpelte, um das Smartphone meines Vaters vom Sofatisch zu holen. Ich nahm es an mich und machte mich vorsichtig auf den Weg in mein Zimmer. Auf keinen Fall durfte ich vergessen, den Internetverlauf zu löschen, wenn ich fertig war. Auf dieselbe Weise wie vorhin gelangte ich auf meine Vermissten-Seite. Auch wenn es Ewigkeiten dauerte, bis sie sich endlich lud. Das Handy zeigte eine Edge-Verbindung an und ich konnte vor mich hin fluchen, so viel ich wollte, sie verwandelte sich einfach in nichts Schnelleres.

Endlich hatte sich die Seite geladen. Ich tippte aufs Display und suchte nach der Mitgliederliste, fand jedoch nur den Hinweis, dass diese Gruppe vierhundertsechzehn Mitglieder hat. Ich tippte auf Info, um mir noch einmal das Bild von Air Jordnick anzusehen, da fiel mein Blick plötzlich auf das Foto einer Person, die etwas an die Pinnwand gepostet hatte. Nur vier Worte: *Danke an alle Unterstützer.*

Ich presste die Hand vor den Mund, um nicht aufzuschreien. In dem Moment lud sich die Info und das Foto verschwand. Verzweifelt drückte ich auf die Zurück-Taste, ich musste dieses Foto unbedingt noch einmal sehen.

»Das kann nicht sein«, keuchte ich, während ich wie wild auf das Display des Handys drückte. Doch die Wahrheit war, dass ich das Foto gar nicht noch mal ansehen musste. Ich hatte den Namen, der darunter stand, genau erkannt.

Ein lauter durchdringender Ton ließ mich zusammenfahren. Im ersten Moment dachte ich, das Handy in meiner Hand hätte angefangen zu läuten, doch dann erkannte ich den Klingelton des Festnetzapparates.

Ich riss die Zimmertür auf und humpelte in kurzen abgehackten Eilschritten in den Flur. Auf keinen Fall wollte ich, dass das Telefon meine Eltern weckte. Am Ende würde ihnen noch auffallen, dass ich mir das Smartphone meines Vaters geliehen –

Ich erstarrte. In dem Moment, in dem ich zum Hörer griff, schaltete sich das Licht im Flur ein. Mein Kopf fuhr herum. Meine Mutter stand direkt hinter mir.

»Lass es läuten«, sagte sie mit einer Schärfe in der Stimme, die ich noch nie bei ihr gehört hatte.

Doch meine Hand hatte den Hörer schon berührt.

Ich sah meine Mutter auf mich zustürzen, während ich den Hörer an mein Ohr führte: »Hallo?«

Nur dieses eine kleine harmlose Wort. Und doch stieß der Teilnehmer am anderen Ende einen Schrei aus. Es war mein Name, den die Frau schrie. Und bevor meine Mutter mir endgültig den Hörer aus der Hand schlug, gelang es mir zu antworten. Wieder ein kleines harmloses Wort, es kam mir so unbewusst über die Lippen, dass ich seine Bedeutung erst begriff, als ich es schon ausgesprochen hatte.

»Mama«, sagte ich in den Hörer.

9

Sie rief den Namen ihres Mannes. So wie sie ihn damals gerufen hatte, als ich aus dem Taxi gestiegen war und vor dem Haus gestanden hatte.

»Günther!«

Doch diesmal lag keine freudige Erregung in ihrer Stimme, sondern die nackte, blanke Panik. Und Wut – wie ich erkannte, als sie seinen Namen ein zweites Mal rief.

Die ganze Zeit stand ich vor ihr, unfähig, die Gedanken, die wie Pfeile durch meinen Kopf schossen, zu sortieren.

Günther kam angerannt und erkannte wohl schon am Gesichtsausdruck seiner Frau, dass etwas Schlimmes passiert sein musste. »Kann sie sich erinnern?«

Sie schüttelte den Kopf. »Aber Eva weiß, dass sie hier ist.«

Eva Schneider, schoss es durch meinen Kopf. Die Frau, die in der Vermissten-Gruppe auf Facebook allen Unterstützern dankte. Die Frau mit den großen runden Augen, die sie an mich vererbt hatte. Die Frau, die gerade eben angerufen und bei meiner Begrüßung die Stimme ihrer Tochter erkannt hatte. Ihrer Tochter, die vor drei Tagen verschwunden war, nachdem sie Besuch von einem Mädchen namens Mel bekommen hatte. Mel, die engagiert worden war, um … ja, um was? Wie passte irgendetwas davon zusammen?

Plötzlich riss jemand meine Arme nach hinten. Ich öffnete den Mund zum Schrei und erstickte fast. Sie hatten mir irgendein Stück Stoff in den Mund geschoben, so tief hinein, dass ich würgen musste.

Als hätten sie es vorher geübt, schnürten sie mich in Sekundenschnelle dermaßen fest zusammen, dass ich meine Gliedmaßen nicht einen Millimeter bewegen konnte.

Sie packten mich unter den Armen, zogen und zerrten mich aus der Wohnungstür. Unfähig zu jeder Bewegung konnte ich nur zusehen, wie sie mich in die gegenüberliegende Wohnung beförderten.

Die Praxis, dachte ich voller Panik. Ich machte mich so schwer ich nur konnte und versuchte, meine Füße gegen den Boden zu stemmen. Aber es war sinnlos. Sie packten mich einfach bei den Knöcheln und ich kam mir vor wie eine hilflose Puppe. Sobald sie die Tür aufgesperrt hatten, ließen sie meine Beine los, meine Füße knallten hart auf den Boden. Aus meinem Knie schoss ein Schmerz in alle Nervenbahnen, sodass mir das Wasser aus den Augen zu tropfen begann. Meine Lunge, mein Bauch und mein Herz schrien, doch durch den Knebel hindurch drang nicht ein einziger winziger Laut.

Gerade wollten sie die Tür zuziehen, da hallte ein Klingeln durchs ganze Haus.

»Die wollen sicher zu uns!«

»Nein, die können doch noch nicht da sein«, stieß er erregt aus.

»Aber die Polizei haben die uns geschickt, ganz sicher!« Sie stieß die Tür zu einem kleinen Raum auf. »Bring sie schnell rein, ich muss denen aufmachen. *Mach schnell!*«

Ich spürte, wie sich sein Körper versteifte, mehr noch,

als er es beim Geräusch des Klingelns getan hatte. Das war meine Chance – wenn da unten wirklich ein ungeduldiger Polizist stand, dann wäre der in spätestens zwei Minuten hier oben. Zwei Minuten. Hundertzwanzig Sekunden. So lange musste ich mich mit aller Kraft wehren. Nur hundertzwanzig Sekunden, dann wäre ich gerettet.

Doch mein Gegenüber hatte alle Vorteile auf seiner Seite. Vor allem konnte er seine Arme und Beine bewegen. Erst als er mich auf dem staubigen Boden abgelegt hatte, fiel mir ein, dass ich ihm meinen Kopf in die Brust hätte rammen sollen.

Jetzt war es zu spät. Ich hörte zwei polternde Geräusche hintereinander. Eine Tür in der Wohnung schlug zu, dann die im Hausflur. Ich hatte Todesangst.

Der Raum, in dem ich mich befand, war offensichtlich früher mal als Wartezimmer genutzt worden. An der Seite stand ein Schreibtisch, vermutlich die Anmeldung. Vielleicht befand sich dort auch noch ein Telefon. Aber selbst wenn, was würde es mir nutzen? Ich lag zusammengeschnürt am Boden und schaffte es nicht einmal, mich aufzusetzen. Geschweige denn zu sprechen. Wenn bloß der Knebel nicht gewesen wäre, dann hätte ich zumindest schreien können. Doch vermutlich hätte mich selbst dann niemand gehört. Der Neubau hier war bestimmt bestens isoliert.

Bei jedem Atemzug sog ich Staubpartikel durch die Nase ein. Sie wirbelten in meiner Lunge herum und lösten einen Hustenreiz aus. Erneut musste ich würgen und diesmal stieg die Galle so hoch, dass sie in meiner Kehle brannte.

Wenn es mir gelungen wäre, mich zum Schreibtisch hinüberzurollen und in eine sitzende Position zu kommen, dann hätte ich womöglich mit dem Kopf eine Schublade öffnen können. Und mit ganz viel Glück befanden sich darin noch alte Praxis-Überbleibsel: vielleicht eine Schere oder im besten Fall ein scharfes Messer. Jedenfalls irgendetwas, womit ich mich von den Fesseln befreien konnte.

Mit zwei gesunden Beinen hätte ich mich zumindest auf Knien vorwärtsschieben können, doch so konnte ich mich nur mühsam zur Seite rollen. Ächzend und völlig außer Atem stieß ich gegen den Schreibtisch. Aus meiner liegenden Position war selbst die unterste Schublade in unerreichbarer Höhe. Der Schmerz, der mir beim Aufsetzen ins Knie schoss, war so überwältigend, dass ich seitlich umkippte und mit dem Kopf gegen die Tischkante knallte.

Ich blinzelte benommen. Und dann schrie eine Stimme in meinem Kopf: »Oma! Oma!!« Wieder und wieder. Und dann: »Was hast du mit Oma gemacht?«

Mein Körper bebte, Tränen liefen in Sturzbächen über meine Wangen. Ich war völlig aufgewühlt. In mir kämpften Gefühle und Bilder gegeneinander und dann war da nur noch Schmerz.

Als sich die Nebelschwaden in meinem Kopf endlich lichteten, kam es mir vor, als hätte mein Gehirn eine lange, erschöpfende Reise gemacht, ohne Schlaf und Proviant, aber gefüllt mit einer Unzahl neuer, alter Eindrücke.

Endlich wusste ich, was passiert war, wer ich war und wohin ich gehörte.

10

Ich sah das Haus vor mir, unser schönes Haus in München, in dem ich gemeinsam mit meinen Eltern und meiner Großmutter gewohnt hatte. Wir mussten umziehen. Weil Oma weg aus der Stadt und an den See sollte, wegen ihrer Lunge. Es war ein gemeinsamer Entschluss gewesen. Ich hätte mich dagegenstemmen können und vermutlich gewonnen. Dann wären wir in München geblieben und Oma wäre an den See in ein Heim gezogen. Doch das hätte ich niemals gewollt.

Der Umzug war in vollem Gange und ich hatte schon die ersten Nächte in unserem neuen Haus am See verbracht. Aber dann wollte meine Großmutter unbedingt noch mal zurück nach München. Ohne meine Eltern, wie sie mir sagte. Das war mir ganz recht, denn auch ich hatte viel mehr Lust, meine Freundinnen zu treffen, statt beim Auspacken der Kartons zu helfen. Wir erzählten meinen Eltern, dass wir mit dem Bus in das nahe Einkaufszentrum fahren würden, ein paar Sachen besorgen, die Oma brauchte.

Stattdessen waren wir mit dem Zug nach München gefahren und Oma hatte mir stolz den Inhalt ihrer Handtasche präsentiert: zwei zusammengeknüllte Plastikreisetaschen.

»Was hast du denn vor, Oma?«

»Lass dich überraschen, Emmi.« – Sie war die Einzige, die mich so nennen durfte.

Zwei Minuten später gab sie den Überraschungseffekt auf: »Wir fahren jetzt zur Bank, du und ich. Dort löse ich mein Konto auf und verfrachte mein ganzes schönes Geld an einen anderen Ort.«

»Wieso das denn? Und warum brauchst du dafür zwei riesige Reisetaschen?«

Trotzig sagte sie: »Ich pass schon auf, dass mir niemand mein Geld klauen kann. Nur du darfst wissen, wo es hinkommt, Emmi. Zumindest so lange, bis ich ein ordentliches Testament gemacht habe.«

»Warum ist das so wichtig, Oma? Keiner kommt auf die Idee, dir dein Geld wegzunehmen. Und solange es auf der Bank liegt, kommt sowieso niemand außer dir ran.«

Ihr weiches Gesicht, das in den letzten Monaten deutlich ausgemergelter geworden war, nahm einen eigensinnigen Ausdruck an. »Ich weiß, dass Sylvia es darauf abgesehen hat. Sie will Günther einreden, dass ich einen Vormund brauche!«

»Was?«

»Ja.« Sie nickte, anscheinend zufrieden darüber, wie schockiert ich aussah.

»Wie kommt sie denn auf den Blödsinn?« Ich mochte die Frau meines Onkels genauso wenig wie der Rest der Familie und war sofort bereit zu glauben, dass sie Böses im Schilde führte.

»Von Anfang an hat sie es auf das Geld abgesehen gehabt. Das ist keine, die einen Mann nimmt, weil sie ihn liebt. Sie nimmt nur einen, weil er Geld hat.«

»Aber Onkel Günther hat doch genug Geld, was sollte sie auf einmal mit deinem wollen?«

Ihr Mund wurde breit, ihre grünen Augen blitzten lachend. »Mein liebes Mädchen, du bist in so vielen Dingen klüger, als ich es je war. Nur von der Bosheit der Menschen hast du keine Ahnung. Aber wie denn auch?«

Ich verdrehte innerlich die Augen. Meine Oma hatte anscheinend vergessen, wie boshaft es in einer Schulklasse zugehen konnte – oder war das zu ihrer Zeit wirklich noch anders gewesen?

Als ich wenig später die Summe hörte, über deren Abhebung meine Großmutter mit dem Filialleiter ihrer Bank verhandelte, wurde mir übel.

»Ich habe Sie doch extra am Freitag deswegen angerufen, Herr Dexter!«

»Natürlich, Frau Schneider. Das Geld ist auch vorbereitet. Ich hatte Sie nur so verstanden, dass Sie erst um die Mittagszeit kommen. Es dauert jetzt einfach ein wenig, bis der Tresorraum offen ist.«

Meine Großmutter tippte auf ihre Armbanduhr. »Es ist halb zwölf. Das bezeichne ich als *Mittag.*« Sie seufzte lächelnd und sagte munter: »Stellen Sie sich doch einfach vor, dass ich die Bank überfalle und Ihnen genau zwei Minuten Zeit gebe, mir das Geld zu beschaffen, bevor ich alle hier drin erschieße.«

»Oma«, mahnte ich leicht verlegen.

Auch Detlef Dexter schien peinlich berührt, vor allem als meine Großmutter mit süßlichem Lächeln nachlegte: »Also: in zwei Minuten ist der Tresor leer geräumt oder ich fange zu schießen an.«

»Oma!« Jetzt schimpfte ich richtig.

Der arme Mann riss den Telefonhörer an sein Ohr, wandte sich von uns ab und murmelte leise Anweisungen in den Hörer.

»Wieso um alles in der Welt hast du fast neunhunderttausend Euro auf dem Konto?«, zischte ich ihr währenddessen zu.

»Du weißt doch, dass dein Großvater Glück mit Spekulationen hatte. Und ich hab nichts von dem Geld ausgegeben«, erklärte sie und fügte kopfschüttelnd hinzu: »Und jetzt weiß ich nicht, wofür. Man sollte das ganze Geld einfach auf den Kopf hauen.«

Die letzten Worte hatte Dexter gehört, wie an seinem irritierten Gesichtsausdruck zu erkennen war. Aber auch mir wurde mulmig, als ich zusah, wie meine Großmutter mithilfe des Filialleiters und eines weiteren Angestellten die Unmengen an Geldpaketen in ihren zwei Plastiktaschen verstaute.

»Willst du jetzt mit dem ganzen Geld Zug fahren?«

Sie lachte. »Was hätte ich denn davon, wenn ich es mit ins neue Haus nehmen würde? Da würden es doch sofort deine Eltern entdecken. Und dann würde letztendlich auch Sylvia davon erfahren. Nein, nein, nein, das kommt woandershin.«

Ich kämpfte mich in eine Sitzposition. Die Fesseln an Hand- und Fußgelenken schnitten mir tief in die Haut, aber ich ließ mich davon nicht aufhalten. Gierig saugte ich Luft durch die Nase, als ich endlich aufrecht saß und mich an den Tisch lehnen konnte. Sofort war ich wieder in der Vergangenheit.

Ich sah meine Oma, wie sie neben mir zielstrebig die Straße entlangeilte. Stolz berichtete, dass sie sich schlau gemacht hatte. Wir kamen zu einer Tür, neben der ein großes Schild angebracht war: *Selfstorage zum Superpreis!*

»Oma«, flüsterte ich halb schockiert, halb beeindruckt, als wir zwanzig Minuten später wieder das Gebäude verließen.

Meine Großmutter hatte gerade selbstbewusst einen Jahresvertrag für einen ein Quadratmeter großen Raum abgeschlossen – zum Schnäppchenpreis – und die Kleinigkeit von neunhunderttausend Euro, ohne mit der Wimper zu zucken, in dem Kämmerchen allein gelassen.

»Den bekommst du, Emmi.« Sie drückte mir einen Schlüssel in die Hand, auf dem ein Sticker mit der Nummer 27 prangte.

»Ich will ihn nicht«, widersprach ich, fast panisch.

Sie weigerte sich jedoch, ihn zurückzunehmen.

Anschließend hatte meine Großmutter darauf bestanden, noch einen kurzen Blick in unser altes Haus zu werfen. Ich hätte mich zwar viel lieber noch von Luna und Sibel verabschiedet, die beide am nächsten Tag in die Ferien reisen würden, doch ich wollte Oma die Bitte nicht abschlagen.

Die Umzugskartons stapelten sich bereits. Ich wusste, meine Eltern würden am späteren Nachmittag mit einem geliehenen Kleintransporter kommen, um die erste Fuhre in unser neues Zuhause zu schaffen. Eigentlich sollte ich ihnen dabei helfen, schließlich hatte ich Ferien und jede Menge Zeit.

»Wir müssen jetzt gehen, Oma«, drängte ich, als es an der Tür klopfte.

Alarmiert sahen wir uns an. Die Klingel wurde gedrückt.

»Ich mach halt auf«, erklärte ich zögerlich, halb in der Hoffnung, dass meine Großmutter die Kontrolle über die Situation übernehmen würde. Doch sie sah mich nur an, die Augen aufgerissen wie ein ängstliches Kind. Ich hätte sie nie im Leben das Geld abheben lassen dürfen, das wusste ich jetzt. Ich hatte es vehementer als alle anderen abgestritten, doch heute war es selbst für mich nicht mehr zu leugnen, dass sie manchmal nicht mehr ganz Herrin ihrer Sinne war.

Ich ließ sie im Wohnzimmer zurück und ging zur Haustür. Ich musste das in Ordnung bringen. Sobald ich den Besucher abgewimmelt hatte, würde ich meine Eltern anrufen und beichten.

Ich zog die Tür auf und hob überrascht die Augenbrauen. »Oh. Hallo.« Ich drehte mich um und rief: »Oma? Es sind Onkel Günther und Tante Sylvia!«

Während ich auf dem Boden saß, zusammengeschnürt in der Praxis meines Onkels, konnte ich die Dreistigkeit von ihm und vor allem auch von meiner Tante nicht fassen. Was hatten sie mir da erzählt? Dass sein Bruder und dessen Frau Fred und Claudia hießen und jahrelang in Südamerika gelebt hatten? Vor Wut über die beiden schossen mir die Tränen in die Augen.

Freds und Claudias Namen waren erfunden, aber die Geschichte der beiden war echt. Nur dass es in Wahrheit Günther und Sylvia selbst gewesen waren, die den Kontakt zur Familie abgebrochen und nach Südamerika ausgewandert waren. Sylvia war geldgierig, das hatte ich immer von allen Seiten gehört. Meine Mutter war die Einzige, die immer noch zu ihr stand, wenn auch die Freundschaft durch Sylvias Verhalten erheblichen Schaden genommen hatte. Ich hatte Sylvia und Günther beinahe sieben Jahre nicht mehr gesehen, bis sie vor ein paar Wochen zurückkamen. »Weil sie pleite sind«, wie meine Oma sofort vermutet hatte.

An jenem Montag, an dem meine Großmutter starb, sah ich sie das zweite Mal innerhalb weniger Tage und konnte sofort erkennen, dass es diesmal Probleme geben würde.

»Mutter, was bringt dich dazu, dein Konto aufzulösen?«, fuhr Günther meine Großmutter an, kaum dass er das Wohnzimmer betreten hatte. »Was hast du mit dem Geld gemacht? Emilia?«

Ich zuckte zusammen, während meine Oma ihren Sohn wütend anfunkelte. »Wie kommst du dazu, hier hereinzuplatzen und so herumzubrüllen?«

»Oma –« Ich nahm ihren Arm und hakte mich unter. In der Hoffnung, sie zu beruhigen, streichelte ich ihre Hand. »Wie kommt ihr überhaupt darauf, dass sie ihr ganzes Geld abgehoben hat?«, wollte ich wissen, obwohl ich es bereits ahnte.

»Detlef Dexter hat mich angerufen. Dieser Vollidiot. Er hätte mich anrufen sollen, bevor er zugelassen hat, dass du dein Konto auflöst!«

»Hör doch endlich auf!«, rief ich wütend, wobei sich die Hälfte meiner Wut auf den Filialleiter der Bank richtete. Wie kam der Mann dazu, eine alte Frau bei ihrem Sohn zu verpetzen? »Oma ist die Einzige, die über ihr Konto verfügen darf – warum also hat er dich überhaupt angerufen?«

Er fixierte mich mit seinen kalten Augen. »Misch dich nicht ein! Das ist ein Gespräch unter Erwachsenen.«

Ich kochte vor Wut.

Zum ersten Mal ergriff Sylvia das Wort: »Wir tun deiner Großmutter nichts«, sagte sie mit mitleidigem Blick. »Komm doch mal mit. Dein Onkel möchte gern ein paar Minuten ungestört mit seiner Mutter sprechen.«

Ich spürte, wie meine Großmutter sich verspannte. Vielleicht vor Nervosität, vermutlich jedoch eher aus Wut.

»Oma geht's heute nicht so gut«, hörte ich mich sagen. »Besser, du rufst sie später noch mal an, Onkel Günther.«

Alles, was danach geschah, konnte mein Gedächtnis nur noch in Fetzen an die Oberfläche spülen, es waren die abgerissenen Highlights einer Szene, die so schrecklich war, dass mein Unterbewusstsein sie für immer hatte verdrängen wollen.

Meine Großmutter, die mich laut beschwor, egal, was passierte, niemals ein Wort über den Aufenthaltsort des Geldes zu verlieren. Mein Onkel, der plötzlich ganz nah neben uns stand und nach einem weiteren hitzigen Wortgefecht meine Großmutter packte und sie so heftig schüttelte, dass sie zu Boden stürzte.

Ich sah mich selbst, wie ich atemlos neben ihr kniete, rein mechanisch versuchte, sie aufzuwecken, während mein Inneres immer noch mit der Frage beschäftigt war, warum ich nicht fähig gewesen war, sie vor dem Sturz zu bewahren.

Ich sah Sylvia, die neben mir kniete und Günther anfuhr, er solle endlich aus seiner Starre erwachen und seiner Mutter helfen, schließlich sei er doch Arzt. Ihn, wie er sich endlich zu uns kniete, aber nichts unternahm, sondern nur immer wieder über die faltige Wange strich und heulte, dass alles gut sei. Das bleiche leblose Gesicht, dessen Augen starr geradeaus blickten.

Schließlich sah ich wieder mich, wie ich in die Höhe fuhr, weil ich begriffen hatte, dass meine Großmutter so unglücklich gestürzt war, dass niemand ihr mehr helfen konnte.

»Da hast du dein Geld!«, hatte ich geschrien und ihm den Schlüssel vom *Selfstorage* an den Kopf geworfen.

»Was ist das für ein Schlüssel?«

Schluchzend war ich davongerannt. Das Nächste was ich sah, war die Taschenlampe des Arztes, die mich blendete.

Ich schaffte es nur knapp, ein erneutes Würgen zu verhindern. Es fühlte sich an, als würde der Knebel immer weiter in Richtung Kehle wandern. Verzweifelt versuchte ich, meine Atmung zu kontrollieren und die aufsteigende Panik zu unterdrücken.

In dem Moment, in dem der Würgereiz so groß wurde,

dass ich sicher war, ihn nicht länger zurückhalten zu können, wurde plötzlich die Tür aufgestoßen.

Zischelnde wütende Stimmen waren zu hören, dann ein lautes Poltern und schließlich ein durchdringendes Klingeln, das im ganzen Haus zu hören sein musste.

Bevor ich begriff, was geschah, landete etwas Riesiges direkt neben mir, keine zehn Zentimeter von meinen aufgerissenen Augen entfernt. Die Türe wurde zugeschlagen und von einem Moment auf den anderen hörte ich nur noch meinen eigenen hyperventilierenden Atem.

Es war ein Körper, der neben mir lag. Bitte sei nicht tot, wer auch immer du bist, fuhr es mir durch den Kopf.

Ich sah einen Rücken, über den langes, pechschwarz gefärbtes Haar fiel … konnte das Mel sein? Mel, die in diesem ganzen verdammten Spiel die Perfideste von allen gewesen war und mich doppelt und dreifach gelinkt hatte? Ich merkte, dass ich trotz allem inständig hoffte, dass sie es war. Und vor allem, dass sie lebte.

Auf einmal hörte ich wieder Stimmen. Waren Günther und Sylvia immer noch in der Praxis? Ich lauschte. Dann erkannte ich, dass die Stimmen aus einer anderen Richtung kamen.

Hilflos wie ein Wurm versuchte ich, meinen Kopf zu heben. Doch bei jeder Bewegung meines Nackens schnitt ich mir mit den Seilen in die Kehle.

Komm schon, Emilia, komm schon. Endlich konnte ich den Kopf weit genug drehen, um Mel zu erkennen. Mel und ein kleines weißes Kästchen, aus dem ein Rauschen kam. Es war kein Telefon, es musste so eine Art Sprechanlage sein, durch die die Arztpraxis direkt mit der Haustür verbunden war.

Plötzlich fing mein Herz zu trommeln an. Klar und deutlich hatte ich die Stimme meiner Mutter gehört. Eva Schneider. Mama, dachte ich und spürte, wie mein Kinn zitterte. Jetzt nur nicht sentimental werden, beschwor ich mich und lauschte angestrengt nach weiteren Lauten.

»Günther, mach die Tür auf«, meinte ich zu verstehen. Die Stimme meines Vaters. Meines echten Vaters, der – wie mir bitter bewusst wurde – wirklich glaubte, dass ich am Tod seiner Mutter schuld war.

Ich hörte ein mechanisches Brummen. Mein Onkel und meine Tante schienen den Türöffner betätigt zu haben. Was bedeutete, dass meine Eltern jetzt im Haus waren. Gleichzeitig wurde mir klar, dass der Polizist nicht mehr hier sein konnte, denn sonst hätten Günther und Sylvia meinen Eltern bestimmt bereitwilliger die Tür geöffnet.

Wenn ich bloß hätte schreien können! *Verdammt!* Voll Wut begann ich, mit meinen zusammengeknoteten Füßen nach Mels Beinen zu treten.

Es klang wie Musik in meinen Ohren, als sie endlich leise aufstöhnte. Ich trat und trat immer wieder, von dem Gedanken beseelt, dass Mel meine einzige Chance war, den Knebel loszuwerden, bevor ich kotzen und ersticken musste.

»Au, verdammt!«, schrie sie auf einmal, setzte sich auf, stöhnte, schlug sich auf die Stirn und kippte wieder nach hinten. »Verdammte Scheiße, tut das weh!«

Ich trat ein weiteres Mal gegen ihre Beine.

»Au!« Mel rollte sich auf die Seite und sah mich an – sie

sah schrecklich aus. Die Augen dick und verquollen, als hätte sie nächtelang nicht geschlafen. Auf der Stirn eine riesige blaurote Beule, an deren Spitze die Haut eingerissen war, es sah aus wie ein blutiges Gipfelkreuz.

Ich versuchte, ihr mit den Augen zu signalisieren, dass sie mich von dem Knebel befreien sollte. Es verging eine halbe Ewigkeit, bis sie reagierte. Stand sie unter Drogen? Wütend pfefferte ich erneut meine Füße in ihre Richtung.

»Emilia –« Sie streckte ihre zitternden Hände vor und fummelte an meinem Hinterkopf herum. Ich schloss die Augen. Das unglaubliche Gefühl von Befreiung, das durch meinen Körper strömte, als Mel es endlich schaffte, meinen Knebel zu lösen, war nicht zu beschreiben. Ich schnappte nach Luft, saugte sie tief ein.

»Danke, Mel, danke«, flüsterte ich, bevor ich sagte: »Du verlogenes Biest! Was sollte das alles?«

Sie fing an zu weinen und ich verdrehte die Augen. »Komm schon, hör auf damit. Die Masche nehme ich dir nicht ab. Und jetzt binde mich endlich los!«

Ihre Hände zitterten so sehr, dass ich Angst bekam, sie könnte es nicht schaffen, mich zu befreien.

»Was ist los, Mel? Haben sie dir Drogen gegeben?«

Es war schwer, ihre fahrige Kopfbewegung zu deuten. Sie fing an zu sprechen, ihre Stimme klang eigenartig, als wären Teile ihres Kiefers gelähmt. Ich rückte den Kopf, so nahe es ging, um sie besser zu verstehen.

»Tabletten«, verstand ich schließlich, doch ich ging nicht darauf ein.

»Hast du ein Handy mit?«, fragte ich stattdessen und fluchte, als sie den Kopf schüttelte.

»Ich hab auf Facebook die Seite gesehen. Deine echte Vermisstenseite«, brachte sie hervor. »Da hab ich mir gedacht, dass das nicht alles stimmen kann, was mir der Schneider erzählt hat.«

»Du meinst Günther Schneider, meinen Onkel?«

Sie nickte mühsam. »Den Doktor. Er stellt mir immer die Rezepte aus.«

»Ich verstehe gar nichts mehr. Bist du seine Patientin?«

Ihr Lachen klang wie ein Krächzen. »Kann man so sagen.« Sie schniefte. »Ne, kann man nicht.«

»Mel, bitte, red Klartext.«

»Was weißt du über deinen Onkel, Emilia?«

»Nichts Gutes jedenfalls.«

»Kann ich mir vorstellen. Er ist – wie soll ich das sagen –, er verdient sein Geld damit, dass er Süchtigen Rezepte ausstellt. Er ist eine ziemlich bekannte Nummer am Ostbahnhof.«

»In München?«

»Klar.«

»Bist du ein Junkie?«

»Tabletten. Ich war sechzehn, als es angefangen hat.« Sie sah mich traurig an. So alt, wie ich jetzt, schoss es mir durch den Kopf.

»Viel Scheiße erlebt. Und ein Arzt hat mir Tranquilizer verschrieben. Gegen meine Panikattacken. Jetzt brauch ich zusätzlich meine tägliche Dosis Morphium. Das verschafft mir dein Onkel über irgendwelche Umwege aus Brasilien. Ohne Rezept. Dafür umso teurer.«

Dieses Arschloch. »Und der nennt sich Arzt?« Ich schüttele wütend den Kopf. »Scheiße, Mel.«

Sie zuckte mit den Schultern.

»Und du bist so süchtig, dass du ihm bei meiner Entführung geholfen hast – im Austausch für ein paar Rezepte und ein bisschen Morphium«, stellte ich fest.

»So ist es«, erwiderte sie trocken. »Wenn ich das große Zittern kriege, dann mache ich alles für meine Mittelchen. Das kannst du nicht verstehen und das verlange ich auch gar nicht.«

»Ach, das ist ja nett, dass du das nicht von mir verlangst«, sagte ich sarkastisch. »Weißt du, was? Die ganze Geschichte interessiert mich einen Dreck. Warum sollte ich dir überhaupt noch irgendetwas glauben?« Am meisten ärgerte mich, dass ich sie immer noch mochte, egal wie sehr sie mich ausgenutzt hatte. Ich deutete mit dem Kopf auf meine Handfesseln und fauchte: »Vielleicht bist du so nett, mich endlich loszubinden?«

Sie versuchte es erneut, doch bald war klar, dass sie es ohne Werkzeug nicht schaffen würde, mich zu befreien.

»Du musst auf dem Schreibtisch nachsehen. Und in den Laden. Vielleicht findest du irgendwo eine Schere.«

»Das ist 'ne ziemlich dicke Kordel, mit der die dich verschnürt haben. Da brauchen wir schon eine gescheite Schere. Ob die so was dahaben?«, stieß sie hervor, während sie mit wackeligen Beinen aufstand und sich – für meine Begriffe – viel zu langsam auf den Weg zum Schreibtisch machte.

Mir fiel etwas ein. »Mel, kann es sein, dass da oben ein Telefon steht?«

Sie schüttelte den Kopf.

»Scheiße. Hast du draußen irgendetwas mitbekommen?

Hast du jemand von der Polizei gesehen? Oder meine Eltern vor dem Haus?«

Wieder Kopfschütteln. Ich sah, wie sie sich durchs Haar strich, den Rücken durchstreckte und tief einatmete. Anscheinend versuchte sie, einen klaren Kopf zu bekommen. Dann kam sie mit ihrer mageren Ausbeute zurück. Eine kleine Schere – so wie Kinder sie zum Basteln benutzen –, zwei stumpfe Bleistifte, ein paar Kugelschreiber und ein Klemmbrett.

Panik stieg in mir auf. Wenigstens bin ich den Knebel los, versuchte ich, mich zu beruhigen.

»Versuch, meine Füße freizukriegen«, wies ich sie an. An den Händen war sie vorhin schon gescheitert, außerdem konnte ich – wenn meine Füße frei waren – wenigstens meine Position verändern.

Immer wieder tropften ihre Tränen auf meine Hose und meine Socken, während sie bei der Arbeit war. Sie tat mir leid, trotzdem wollte ich unsere Zeit nicht mit Mitleid vergeuden.

»Warum haben sie dich plötzlich hier eingesperrt«, fragte ich sie.

Sie schwieg.

»Na?«, hakte ich nach einer Weile nach.

Sie säbelte mit der stumpfen Schere an dem Seil herum und sagte: »Du bist mir nicht mehr aus dem Kopf gegangen. Ich hab nach der Vermisstenseite gesucht, die ich dir damals auf dem iPad gezeigt habe. Der Doktor hatte mir gesagt, dass deine Eltern dich misshandeln und dass er dich irgendwie aus ihren Fängen befreien muss. Er hat so viel geredet – über alles, was er und seine Frau schon versucht haben, um dich von dort wegzuholen. Er hat über die Polizei geschimpft und übers Jugendamt und ja – irgendwie hab ich ihm geglaubt.« Sie holte tief Luft. »Vielleicht war es mir auch egal. Ich kannte dich nicht, hab mir eingeredet, dass der Doktor sicher dein Bestes will. Erst war die Idee, dass ich dich im Krankenhaus besuchen komme, doch an dem Abend, an dem ich dorthin gefahren bin, war ich – na ja, nicht so gut drauf.«

Vollgedröhnt, ergänzte ich in Gedanken. »Warst du wirklich mal drin im Krankenhaus?«

Sie schnitt eine Grimasse. »Sogar in ein paar Zimmern auf der Suche nach ein bisschen Stoff.«

Ich nickte grimmig.

»Auch in deinem Zimmer.«

Es dauerte einen Moment, doch dann machte es Klick. »Du hast die Verdauungstablette mitgehen lassen!«

»Ich hab an dem Abend so viel mitgehen lassen. Ja, wahrscheinlich auch deine Verdauungstablette.« Sie seufzte. »Als ich den Doktor angerufen und ihm gesagt habe, dass unser erstes Treffen nicht so geklappt hat, kam er mit der Planänderung an. Ich sollte warten, bis du wieder zu Hause wärst. Ja, und dann hab ich dich kennengelernt und du bist mir nicht mehr aus dem Kopf gegangen. Nachdem du hier angekommen bist und ich mir meine Ration vom Doktor geholt habe, hab ich mich erst mal zwei Tage lang selbst ausgeknockt. Ich wollte nicht daran denken, was ich vielleicht verbrochen hatte.« Wieder das traurige Lachen. »Schätze, das vielleicht kann ich mir schenken.«

»Die Vermisstenseite, die du mir auf deinem Notebook gezeigt hast –«

Sie winkte ab. »Das war gar nicht meines. Das hat mir der Doktor gegeben. Seine Frau kennt sich gut mit Computern aus. Ich glaube, sie hat die Seite als Bildschirmschoner auf dem Notebook eingerichtet.«

»Das war also gar keine wirkliche Homepage!« Ich war fassungslos.

Mel fing an, mit den Zähnen an dem Seil zu zerren. Ich schüttelte sie ab. »Das bringt doch nichts. Damit ruinierst du dir nur die Zähne.«

»Na und? Schau dir an, was ich mit dir gemacht habe! Wegen mir bist du doch überhaupt nur hier!«

»Ich weiß nicht. Ich denke, ich bin eine so große Gefahr für meinen Onkel und meine Tante, dass sie auch einen anderen Weg gefunden hätten, mich in die Finger zu kriegen.«

»Aber warum?«, wollte Mel wissen und biss noch einmal ins Seil.

»Du weißt es wirklich nicht?«, fragte ich misstrauisch.

Sie schüttelte den Kopf.

»Lüg mich nicht mehr an«, flüsterte ich.

Sie schluckte. »Ich werd's versuchen. Und nein, ich weiß wirklich nicht, warum ich dich herlocken sollte.«

Im Schnelldurchlauf erzählte ich ihr von dem Tag, an dem meine Großmutter gestorben war. Mel begann sofort wieder zu weinen.

»Ich bin mir nicht sicher«, schloss ich, »ob sie wirklich nicht versucht haben, mich aufzuhalten, oder ob ich ihnen entwischt bin.«

»Du meinst, sie haben erst später begriffen, wie gefährlich du für sie sein könntest?«

Ich schüttelte den Kopf. »Ich glaube, sie haben erst später begriffen, dass sie überhaupt eine Chance hatten, aus der Sache rauszukommen – und das ganze Geld zu holen. Wahrscheinlich haben meine Eltern sie angerufen und erzählt, dass ich bewusstlos im Krankenhaus liege. Natürlich! Meine Mutter und Sylvia waren früher beste Freundinnen. Sicher hat meine Mutter sie angerufen.« So wie an jenem Abend, als ich mich im Treppenschrank versteckte und unfreiwillige Zeugin des Telefonats meiner Mutter geworden war, fiel es mir ein. Da hatte sie bei ihrer alten Freundin angerufen und sich ausgeheult, ganz bestimmt. So musste es gewesen sein.

Ich fuhr fort: »Vielleicht haben sie da schon gehofft, dass ich nie mehr aufwache. Und am nächsten Tag haben sie erfahren, dass ich sämtliche Erinnerungen verloren habe und da haben sie beschlossen, mich zu sich zu holen und mich so lange zu behalten, bis ich ihnen erzählt habe, wo das Geld ist.«

Ich überlegte kurz. Plötzlich machte alles Sinn. »Und weil ihre Nachbarn sich sicher gewundert hätten, wenn sie auf einmal eine Tochter gehabt hätten, sind sie vorher in die neuen Praxisräume von meinem Onkel gezogen. Offensichtlich sind sie doch nicht ganz so pleite, wie meine Oma vermutet hat.«

Mel nickte zustimmend.

»Diese Wahnsinnigen!«, rief ich entsetzt, als mir die Dimensionen ihres Plans bewusst wurden. »Die haben mich von der ersten Sekunde an manipuliert.« Ich berichtete Mel, wie ich nach dem Sturz in der Nacht die Umzugskartons im Flur entdeckt hatte und wie »mein Vater« im

Krankenhaus von dem Feuer gesprochen hatte, »ganz zufällig selbstverständlich«.

»Das ist absolut krank. Mir ist alles komisch vorgekommen, was meine echten Eltern betrifft. Dass keine Dokumente und Fotos da waren –«

Mel schaute betreten zu Boden und mir wurde noch was klar. »Du hast das alte Foto selbst mit ins Haus gebracht, oder? Das, auf dem man mich mit Tante und Onkel drauf sieht? Hast du auch den Quatsch hintendrauf geschrieben?«

Sie schüttelte beschämt den Kopf. Mir fiel auf, dass ihr Gesicht vor Schweiß glänzte und ihr T-Shirt unter den Achseln klatschnass war. »Der Doktor hat mir das beschriftete Foto gegeben und mir eingebläut, was ich sagen soll.«

»Und unser altes Haus haben sie angezündet«, fuhr ich fort, »damit meine Großmutter verbrennt und die Todesursache nicht mehr nachzuvollziehen ist.«

»Und trotzdem haben sie dich laufen lassen?«, fragte Mel.

Sie hatte recht. Das passte nicht zusammen. Es sei denn … Ich sah Mel an. Und plötzlich war alles wieder da. Wie ich die Augen geöffnet hatte und meinen Onkel dabei beobachtet hatte, wie er Feuer legte.

»Ich bin ihnen entwischt«, flüsterte ich. »Sie haben mich bewusstlos geschlagen. Vielleicht haben sie sogar gedacht, dass ich auch tot wäre. Aber dann bin ich aufgewacht, als sie gerade dabei waren, das Haus anzuzünden. Ich hab es heimlich rausgeschafft, bevor es so richtig gebrannt hat. Darum hatte ich keine Rauchvergiftung.«

»Aber wie hast du entkommen können mit deinem kaputten Knie?«

»Das ist erst nachher passiert«, erinnerte ich mich. »Ich hab die Feuerwehr gerufen. Da ist Sylvia aus dem Haus gekommen. Ich hab das Handy nach ihr geschmissen und bin davongerannt. Irgendwann hatte ich sie abgehängt. Aber ich bin trotzdem weitergerannt. Immer weiter. Ich wollte nur weg. Und sonst nichts. Bis ich auf die Straße vor das Auto gefallen bin und mir das Knie so doof verdreht habe. Die beiden hatten alle Zeit, in Ruhe den Brand zu legen. Wahrscheinlich haben sie es auch extra so aussehen lassen, als wäre das alles durch eine brennende Zigarette passiert.« Ich seufzte schwer.

»Und weil meine Eltern mich kurz davor beim Rauchen erwischt hatten und ich in der Nähe aufgegabelt wurde, dachten sie, dass *ich* am Tod von Oma schuld wäre. Deshalb war mein Vater die ganze Zeit so komisch.«

»So 'ne abgefahrene Scheiße«, entfuhr es Mel. »Wenn ich dran denk, was ich dir alles vorgespielt habe … diese Esther –«

»Was?« Ich war sicher, mich verhört zu haben.

»Er hat mir ein Handy gegeben. Hat mir wieder erklärt, was ich dir alles sagen soll.«

»Du bist Esther.« Ich schnaubte sauer. »Und die Freundinnen, von denen du mir erzählt hast? Und Tobi, mein Verlobter?«

Sie sah mich zerknirscht an. »Die gibt es alle nicht.«

»Aber woher wusstest du von Sibel? Sie ist eine meiner besten Freundinnen.« Daran erinnerte ich mich jetzt ganz sicher. »War ihr Name ein Zufall?«

Sie schnitt eine Grimasse. »Der Name ist mir rausgerutscht, weil du mir bei unserer ersten Begegnung von deinen Freundinnen erzählt hast, Sibel und … und …«

»Luna«, ergänzte ich. Meine zwei lieben, süßen Freundinnen, dachte ich, wenn die wüssten, wo ich hier reingeraten war.

»Aber wer hat mir dann den Umschlag vor die Tür gelegt?«, fragte ich mich laut.

»Ich fürchte, ich«, gab Mel kleinlaut zu.

»Klar.« Ich nickte unwillig. »Das hätte ich jetzt schon wissen müssen.«

»Was war da drin?«, fragte sie vorsichtig.

In dem Moment klingelte es erneut. Wir starrten uns an.

Diesmal war das Geräusch nicht aus der kleinen weißen Box gekommen, sondern von der Wohnungstür. Jemand musste direkt vor der Praxis stehen.

»Was tun wir jetzt«, fragte ich. »Glaubst du, wir sollen schreien?«

»Was haben wir schon zu verlieren?«

Mel hatte recht. Wir schrien uns die Seelen aus dem Leib, aber anscheinend war die Praxis wirklich so gut gedämmt, wie ich befürchtet hatte.

»Hast du eine Uhr?«, fragte ich Mel schließlich, heiser vom Schreien.

»Nein. Ich hab keine Ahnung, wie spät es ist.«

»Ich schätze, es wird höchstens sechs sein«, sagte ich. »Wer klingelt denn so früh an einer fremden Wohnungstür? Ich glaube, das sind meine Eltern. Vielleicht wollen sie die Nachbarn befragen. Vielleicht ist es auch die Polizei«, vermutete ich hoffnungsvoll.

»Das Problem ist nur, dass keiner wissen wird, dass die Praxis auch dem Doktor gehört. Unten hab ich den Namen Schneider nur bei einer einzigen Tür gesehen, bei Nummer 19.«

»Du hast recht. Scheiße! Aber die Polizei kann doch leicht rausbekommen, dass Günther eine weitere Wohnung in dem Haus gemietet hat.«

»Ja. Wenn sie einen Grund haben, es nachzuprüfen«, sagte Mel.

Ich presste die Lider aufeinander. Ob meine hysterische Mutter es schaffte, die Polizei zu überzeugen? Hoffentlich glaubte wenigstens mein Vater ihr, dass es tatsächlich meine Stimme war, die sie am Telefon gehört hatte.

Mel arbeitete immer noch mit sämtlichen zur Verfügung stehenden Mitteln an meiner Entfesselung, doch außer dass sie einen halben Fingernagel bei der Aktion eingebüßt hatte, war noch nicht viel passiert.

»Das wird nichts!« Ich spürte, wie Tränen der Wut in mir hochkrochen.

Doch Mel arbeitete verbissen weiter. »Hast du eigentlich Dennis kennengelernt?«, fragte sie.

Ich schluckte die Tränen hinunter. »Wer ist das schon wieder?«

»Ein Kunde vom Doktor. Bevorzugt Fentanyl und Buprenorphin. Hat eine Arschlache. So.« Sie riss den Mund auf und legte ihr Zahnfleisch frei.

»Der Polizist!«

»Ich vermute, ja.« Sie lachte säuerlich. »Hab ihn vor ein paar Tagen getroffen, den Angeber.« Sie fletschte erneut die Zähne und äffte den Mann, der sich mir als Kommissar Neumann vorgestellt hatte, nach: »Uh, ich hab einen Job beim Doktor. Brauch ihn danach ein Monat lang nicht zu bezahlen.«

Ich stöhnte. »Und ich bin auf alles reingefallen!«

Mel wollte etwas sagen, doch die Worte blieben ihr im Hals stecken. Ohne jede Vorwarnung war die Tür aufgestoßen worden. Ich erstarrte.

Onkel Günther und Tante Sylvia traten ein, beide mit einem Küchenmesser in der Hand.

Das gibt's nicht, schoss es mir durch den Kopf. Die ganze Situation war so skurril, dass mir ganz unvermutet ein hämisches Lachen entfuhr. »Wollt ihr damit meine Fesseln aufschneiden?«, rief ich.

»Jetzt mal ganz ruhig, *Mäuschen«*, zischte Sylvia. Am liebsten hätte ich sie angespuckt. Noch nie in meinem Leben hatte ich einen Menschen so verabscheut wie diese Frau. Ausgerechnet sie, die ich in den letzten Tagen so bewundert und beinahe schon zu lieben begonnen hatte.

Selbstgefällig schritt sie in dem kleinen Raum auf und ab. Mel kniete hilflos vor mir, in einer Hand die Schere, in der anderen das Klemmbrett.

»Funktioniert dein Köpfchen endlich wieder, Mäuschen?«

»Ich hätte es wissen müssen«, presste ich hervor. »Ich hab meiner Mutter verboten, mich Mäuschen zu nennen, als ich aus der Grundschule draußen war. Das konntest du natürlich nicht wissen, denn du bist ja abgehauen nach Südamerika. Fred und Claudia, so ein Scheiß.«

Völlig unvermittelt fing sie an zu kichern. »Das war echt

ein Scheiß.« Sie wandte sich zu ihrem Mann um. »Was sind denn das für Namen? Ich hab gedacht, ich muss losbrüllen vor Lachen bei dem Namen Fred.«

Er zuckte die Schultern. »Ich hab halt irgendwas erzählt. Los jetzt, Emilia, sag uns, wo das Geld steckt.«

Sylvia zog den mir mittlerweile wieder vertrauten Schlüssel aus ihrer Hosentasche und drehte ihn spielerisch hin und her. »Eieiei, sieh mal an, was ich Schönes in deinem Zimmer gefunden habe ...«

»Den habt ihr mir doch selbst geschickt!«

Sie lächelte kalt. »Allerdings. Nur wussten wir nicht, dass unsere kleine Postsendung dich tatsächlich erreicht hat. Da hat unsere liebe Melanie ein bisschen geschlampt, wie?«

»Ich – was? Ich –«, stammelte Mel.

»Du solltest mal die Uhr lernen, Melanie. Die Postsendung war für siebzehn Uhr bestellt. Und du kommst stattdessen mittags. Jetzt weiß ich auch, wer da an der Tür geklingelt hat. Im ersten Moment hatte ich schon befürchtet, dass deine Eltern vor der Tür stehen, Mäuschen.«

»Lass das doch jetzt, Sylvia«, ermahnte mein Onkel seine Frau.

»Was sollte dieser ganze Schwachsinn mit dem Schlüssel? Und warum war die Uhrzeit so wichtig?«, fragte ich mit hämmerndem Herzen und in der Hoffnung, etwas Zeit zu schinden. Auch wenn ich keine Ahnung hatte, wer uns jetzt noch retten sollte.

»Die Post hast du bekommen, damit du dich endlich erinnerst, Herrgott noch mal! Gedächtnisstimulation, verstehst du, Mäuschen? Aber nachdem wir nicht da waren, um dir die richtigen Impulse zu geben und deine Erinnerung in die richtige Richtung zu lenken, war das wohl verlorene Müh.«

Mein Onkel wischte sich den Schweiß von der Stirn. »Emilia, sag uns einfach, wo das Geld ist.«

Ich schwieg. Nicht weil ich den Aufenthaltsort des Geldes um jeden Preis schützen wollte. Dafür interessierte ich mich höchstens, weil es meiner Oma gehört hatte. Sondern weil ich genau wusste, dass sie keinen Grund mehr hatten, Mel und mich am Leben zu lassen, sobald ich ihnen gesagt hatte, wo sich die Taschen befanden.

Günther kam auf mich zu, seine rechte Hand, die das Messer hielt, zitterte.

Sofort sprang Mel auf und stellte sich schützend vor mich.

»Weg da, Melanie«, befahl mein Onkel abfällig.

»Nein«, antwortete sie nur.

»Willst du in Zukunft auf deine Medikamente verzichten?«

Ihr Rücken bebte. Ich schloss die Augen. *Bitte lass mich nicht im Stich!*

Da hörte ich sie brüllen. »Ja, das will ich!«

Ich riss die Augen auf und sah, wie Mel mit erhobenen Fäusten auf meinen Onkel zusprang. Im selben Moment hob er das Messer.

»Mel!«, schrie ich. Sie schaffte es genau einmal, ihm das Klemmbrett auf den Kopf zu knallen, bevor er sie mit dem Messer am Arm erwischte. Der Stoff ihrer Bluse sog sich sofort mit Blut voll. Sie ließ das Brett fallen und ging mit der linken Faust auf ihn los.

Mein Onkel riss beide Hände vors Gesicht und wimmerte wie ein Kind, während Sylvias Stimme wie ein Messer durch den Raum schnitt. »Lass ihn in Ruhe, du süchtige Schlampe!« Schnell hatte sie sich hinter mich geworfen, mich gepackt und drückte mir nun das Messer an die Kehle.

Mel ließ von Günther ab und starrte mich verzweifelt an.

»Rühr dich nicht vom Fleck«, keifte Sylvia, »sonst schneide ich Emilia den Hals durch. Und du –!«, wandte sie sich fuchsteufelswild an mich. »Du wirst mir jetzt endlich sagen, wo deine bescheuerte Großmutter das ganze Geld versteckt hat!« Ihr Atem war heiß und unangenehm in meinem Gesicht. Wie hatte es diese Frau nur geschafft, mir drei Tage lang eine liebende Mutter vorzuspielen?

Meine Unterlippe vibrierte, doch ich schwieg.

»Hör doch auf, die Scheißheldin spielen zu wollen, du dummes, kleines Mädchen!« Sylvias Hand zitterte, die Schneide des Messers berührte immer wieder meine Kehle.

Ich hatte nichts mehr zu verlieren. Meine Wut verlieh mir die zusätzliche Energie, die ich brauchte, um einen allerletzten Versuch zu starten, am Leben zu bleiben.

Ich besaß einen Körperteil, der nicht zusammengeschnürt war, und in den bündelte ich jetzt alle meine Kräfte. Ich kippte das Kinn Richtung Messer, um auszuholen, schloss die Augen und schleuderte dann meinen Hinterkopf mit einer solchen Wucht gegen meine Angreiferin, dass mir beim Aufprall schwarz vor Augen wurde. Trotzdem bekam ich das Knirschen aus Sylvias Gesicht mit und den gurgelnden Schrei, der zwischen ihren Lippen hervorquoll.

Jaulend kippte sie nach hinten.

»Sylvia!« Die Stimme meines Onkels überschlug sich. Mit wutverzerrtem Gesicht stürzte er sich auf mich. Verzweifelt versuchte ich, an das Messer zu kommen, das Sylvia vor mir auf den Boden hatte fallen lassen. Ich berührte es schon, aber meine eingeschnürten Hände konnten es nicht greifen.

Mein Onkel schleuderte mich nach hinten. Dass ich dabei hart auf seine Frau fiel, die einen neuerlichen Schrei ausstieß, schien er gar nicht zu bemerken.

Seine Hände lagen um meinen Hals, seine Daumen drückten auf meinen Kehlkopf und mir wurde erneut schwarz vor Augen.

Plötzlich war der Druck weg, ich sog röchelnd Luft ein. Mel saß wie ein großer Käfer auf dem Rücken meines Onkels und hämmerte mit dem Klemmbrett auf seinen Kopf. Es schien dem Mann vollkommen egal zu sein. Mit einem kräftigen Stoß seines Ellbogens beförderte er Mel von seinem Rücken. Es krachte, als sie gegen die Wand flog.

»Oh Gott, nein«, flüsterte ich.

Und dann gab es einen noch viel lauteren Krach. Die Tür splitterte. Günther keuchte erschrocken. Er stürzte ein letztes Mal in meine Richtung, doch diesmal nur, um sich zu seiner Frau zu flüchten, die sich stöhnend hinter mir am Boden wälzte.

Wie in Zeitlupe nahm ich die vier Polizisten wahr, die den Raum enterten und meinem Onkel und meiner Tante Handschellen anlegten.

Unfähig, mich zu rühren, beobachtete ich, wie Mel plötzlich auf einer Bahre lag, eine Sauerstoffmaske auf ihrem Gesicht. Ich spürte, wie die Fesseln endlich von meinen tauben Hand- und Fußgelenken geschnitten wurden, und sah, wie meine Eltern auf mich zuliefen.

»Mama, Papa«, flüsterte ich, während ich in ihre Arme sackte.

Als ich den Kopf hob, sah ich, dass noch jemand da war. Er stand in der Tür und hielt die Augen unentwegt auf mich gerichtet. Air Jordnick, wie er sich auf Facebook nannte. Mein Nachbar, der mich vor ein paar Tagen fast geküsst und später dann die Vermisstenseite für mich eingerichtet hatte. Nick, der – wie ich gleich erfahren sollte – ausschlaggebend dafür war, dass Mel und ich gerettet wurden. Nick, der sich in diesem Moment bestimmt wie ein Held vorkam, weil er keine Ahnung davon hatte, dass es – neben ein paar anderen Faktoren – eine kleine unbedachte Lüge aus seinem Mund gewesen war, die mich überhaupt erst in die Arme dieser Verbrecher geführt hatte.

11

Die Asche meiner Großmutter wurde drei Tage später beigesetzt.

Die Todesursache war natürlich nicht mehr festzustellen gewesen. Doch nach den Geschehnissen in der Praxis zweifelte niemand mehr daran, dass mein Bericht – meine Erinnerung – den Tatsachen entsprach.

Mein Onkel und meine Tante würden angeklagt werden, ob des Mordes und der Beihilfe zum Mord oder aber wegen Körperverletzung mit Todesfolge und deren Beihilfe, war noch unklar. Fest stand, dass noch jede Menge Anklagepunkte hinzugekommen waren: Mordversuch, Brandstiftung unter besonders gefährlichen Umständen, Freiheitsentzug und noch einige mehr. Die Polizei hielt mich und meine Eltern immer auf dem neusten Stand: Mein Onkel war letztendlich vollkommen zusammengebrochen und versuchte, die ganze Schuld auf seine Frau abzuladen. Alles wäre ihre Idee gewesen, behauptete er.

Seine ausufernden Schuldzuweisungen hatten immerhin ein Gutes: Ich erfuhr detailliert alles, was die beiden mit mir angestellt hatten. Zum Beispiel, dass sie mir von Anfang an Medikamente gegeben hatten. Starke Schmerzmittel, die einerseits aufputschend wirkten und mich auf einer Art Wolke schweben ließen und mich andererseits so müde machten, dass kaum eine Gefahr für sie bestand, dass ich allzu aktiv wurde. Alles war durchdacht gewesen. Sogar die Hustenbonbons, die Mel mir am Bahnhof angeboten hatte, steckten voller Tranquilizer, die mich besonders gefügig machen sollten.

Mel hatte eigentlich den Auftrag gehabt, mich höchstpersönlich nach Nürnberg zu kutschieren, war an dem Tag aber so zugedröhnt gewesen, dass sie mich kurzerhand in den Zug setzte und auch nicht wirklich darauf achtete, ob ich mir die Bonbons nun tatsächlich in den Mund steckte oder nicht. Ja, Mel war ein ziemlicher Unsicherheitsfaktor in dem ganzes Szenario gewesen, aber den Deal musste man eingehen, wenn man als Komplize jemanden arrangierte, der abhängig war. Abhängig von ihren Drogen und von meinem Onkel.

Dennis, der falsche Polizist, war ebenfalls verhaftet worden. Auch er würde mit einer ganzen Latte von Anklagepunkten zu rechnen haben. Genauso wie Mel.

»Sie hat sich schlussendlich aber äußerst lobenswert verhalten, es wird sie nicht schlimm erwischen«, hatte mir ein Polizist anvertraut und ich war erleichtert gewesen. Ich hatte Mel vom ersten Moment an gemocht – und ich mochte sie immer noch. Morgen würde ich sie auf der Entzugsstation besuchen.

Und danach würde ich mich um meine eigene Therapie kümmern. Meine Eltern hatten schon einen Termin für mich bei dem Spezialisten ausgemacht, den der nette Arzt aus der Uniklinik uns empfohlen hatte. Auch wenn ich mein Gedächtnis wiederhatte, gab es noch einiges aufzuarbeiten. Mama und Papa hatten mir hierfür ihre volle Unterstützung versprochen. Ohnehin schienen sie seit meiner Rückkehr wie ausgewechselt. Als hätten sie durch meine Entführung begriffen, dass es sinnlos war, mich vor der Wahrheit schützen zu wollen. Wer weiß, vielleicht wären die Dinge auch anders gekommen, hätten sie mir sofort vom Tod meiner Oma erzählt oder zugelassen, dass die Polizei mich verhört. So war ich den Lügen von Sylvia und Günther hilflos ausgeliefert gewesen.

Ich wurde immer noch wütend, wenn ich daran dachte, wie sehr ich mich hatte manipulieren lassen. Und wie skrupellos Sylvia und Günther die Sache bis ins kleinste Detail geplant hatten.

Als wir den Friedhof verließen, legte ich meinem Vater die Hand auf den Rücken. Er lächelte mich dankbar an. Trotz des traurigen Anlasses sahen meine Eltern weitaus besser aus als noch vor einer Woche. Am Vorabend hatte mein Vater sie mir eröffnet, dass ich Omas Geld bekommen sollte. Ich wollte nichts davon haben. Aber das musste ich ihm erst noch klarmachen.

Sibel und Luna hakten sich links und rechts bei mir ein. »Wir haben ein Attentat auf dich vor«, flüsterte Luna und ich verzog das Gesicht.

»So eine doofe Wortwahl!« Sibel knuffte Luna grinsend in die Seite.

»Leute, wir sind hier auf dem Friedhof«, ermahnte ich die beiden, obwohl ich in Wahrheit heilfroh über jede fröhliche Geste war.

»Ach komm«, sagte Sibel, »du weißt, wie wir alle deine Oma geliebt haben. Aber du weißt auch ganz genau, dass sie ganz sicher nicht gewollt hätte, dass wir jetzt traurig sind.«

»Da hat sie recht«, meinte Luna.

Ich lächelte. Es stimmte. »Also, was habt ihr vor?«

Luna deutete mit dem Kopf nach rechts. Ich sah hinüber und mein Herz machte einen Sprung.

Ich holte tief Luft. »Ich hab euch doch gesagt, ich brauch noch Zeit.«

»Du, auch das fände deine Oma gar nicht gut. Jetzt geh schon hin!«

»Aber meine Eltern –«

»Denen sagen wir, dass du in ein paar Minuten kommst. Die verstehen sowieso nicht, wieso du deinem Retter nicht viel dankbarer bist.«

Ich schnalzte mit der Zunge. »Und so was nennt man Freundinnen.«

Sie schubsten mich sanft in Richtung des Ankömmlings und liefen dann meinen Eltern und den anderen Trauergästen nach.

Nick stand hinter einer Reihe von Gräbern neben einer großen Eiche. Ich ließ mir ein bisschen Zeit, um ihn aus der Ferne zu mustern.

Mel und ich hatten ihm unser Leben zu verdanken. Er war unermüdlich auf der Suche nach mir gewesen. Hatte die ganze Zeit mit meinen Eltern in Kontakt gestanden und sie auf ihrer Fahrt nach Nürnberg mitten in der Nacht begleitet.

Als meine Eltern die Wohnung von Günther und Sylvia verlassen hatten, ohne einen Hinweis auf mich zu finden, war Nick an ihrer Stelle nach oben gegangen. Mein Vater hatte eigentlich vorgeschlagen, vor dem Haus zu warten und Günther und Sylvia heimlich zu folgen, wenn sie das Haus verließen.

Es war Nicks Idee gewesen, dass sie mich vielleicht in einer anderen Wohnung oder im Keller versteckt halten konnten. Er hatte Sylvia und Günther dabei beobachtet, wie sie mit den Messern bewaffnet über den Flur schlichen, und sofort die Polizei verständigt.

Während ich jetzt zwischen den Gräbern auf ihn zuging, bewegte er sich keinen Millimeter. Als hätte er Angst, dass ich mich sonst erschrecken und gleich wieder kehrtmachen würde. Oder weil er es gewohnt war, dass er nur dazustehen brauchte und die Mädchen ihm nachlaufen, dachte ich spöttisch. Wobei dieser Spott mehr mir selbst galt als ihm. Schließlich lief – oder humpelte – ich ja gerade wirklich auf ihn zu. Auch wenn ich ihn davor drei Tage lang schmoren hatte lassen.

»Ich hab mich noch gar nicht bei dir bedankt«, sagte ich schließlich, als ich bei ihm angekommen war. Meine Stimme klang kälter, als ich es vorgehabt hatte.

»Du sollst dich auch nicht bedanken«, erwiderte er leise und ließ den Kopf hängen.

»Nun, schließlich hast du Mel und mir das Leben gerettet.«

Er holte tief Luft und sah mich direkt an. »Kannst du mir irgendwie verzeihen?«

Am liebsten hätte ich ihn geküsst. Mein Herz klopfte so wild, dass ich gar nicht glauben konnte, dass er es nicht bemerkte. »Warum hast du mich angelogen?«, fragte ich mit bemüht ruhiger Stimme.

»Weil … weil ich dich immer noch so mochte. Und ich –

ich Idiot – gedacht hab, das könnte eine neue Chance für uns sein. Ich bin wirklich so ein Idiot!«

Mein Herz klopfte immer noch viel zu schnell. Es war wie ein Schlag gewesen, als ich mich in dem kleinen Wartezimmer, in das mich Günther und Sylvia gesperrt hatten, plötzlich daran erinnern konnte, dass Nick und ich uns sehr wohl schon vor meiner Amnesie begegnet waren. Und nicht nur begegnet. Wir hatten auch bereits bei diesem ersten Treffen schon ordentlich herumgeknutscht. Zunächst. Kein Wunder, dass meine Mutter ihm gegenüber skeptisch war. Unsere letzte Begegnung hatte damit geendet, dass ich ihm an den Kopf geworfen hatte, dass er ein wahnsinniger Angeber sei und mich mal kreuzweise konnte. Zwei Tage später dann lag ich im Krankenhaus.

»Deine Freundinnen haben mir gesagt, dass du – wenn du gewusst hättest, dass ich, dass wir …« Er seufzte tief. Ich musste ihn endlich erlösen.

»Nick«, sagte ich und nahm seine Hand. Er sah mich hoffnungsvoll an. »Ich war auch eine Idiotin«, gab ich zu. »Es ist bescheuert, dir die Schuld an dem Ganzen zu geben. Selbst wenn du mir gesagt hättest, dass ich schon vor dem Unfall ein paar Tage lang dort gewohnt habe, selbst wenn du mir alles, was zwischen uns vorgefallen ist, haarklein erzählt hättest – ich wäre mit Sicherheit trotzdem auf Mels Geschichte reingefallen. Sie hätte dann womöglich behauptet, du wärst gekauft worden, und wahrscheinlich hätte ich ihr geglaubt. Sie ist verdammt gut darin, Leuten was vorzumachen.«

Er sah mich an.

»Du bist nicht so gut darin«, sagte ich.

Er hob die Augenbrauen.

»Ja, du bist nicht in allem gut, du Angeber.« Ich lächelte ihn an.

Er wartete ab.

»Aber«, fügte ich schließlich hinzu, »ich habe gehört, du bist ein fabelhafter Trainer für Kniegelenke.«

Er grinste. »Darin bin ich wirklich fabelhaft.«

»Du wolltest mir doch ein paar Übungen zeigen«, sagte ich leise und spürte, wie ich rot wurde.

»Emilia«, flüsterte er und zog mich an sich.

Aus einiger Entfernung hörte ich Lachen. Sibel und Luna, meine beiden Lieblingsgänse.

»Wir sind doch am Friedhof«, murmelte ich in Nicks Halsbeuge hinein, bevor ich den Kopf hob und ihn küsste.

Meine Rückkehr ins Leben hatte ein zweites Mal begonnen. Nur dass diesmal alles anders war. Ich fühlte mich zuversichtlich und glücklich. Ich lebe, dachte ich, und das Leben ist so schön.